TOブックス

Contents

イラスト✤ザネリ
デザイン✤諸橋藍

プロローグ

誰かを蔑ろにした上に立っていた。
誰も私を必要としていないことを、いつだって、分かっていた。
傷つけられるその前に、傷つけてしまう方が楽だった。
だから、我が儘(まま)も言ったし、傍若無人(ぼうじゃくぶじん)に振る舞った。
気付いたら、後に残っていたものは何一つ。
私の手元には何一つ……。
欠片すら残らずにぼろぼろと。

——ただ、零れ落ちては消えていた。

＊　＊　＊　＊

覚えているのは深紅に染まった、自分。
心臓をめがけて、剣を突き刺されたと気付いたのは一瞬のことで……。
見慣れた金色の瞳と、忌々しげに歪められた唇から、見て取れる憎悪。

（――嗚呼、間違えたんだ、私は）

そう悔いたのは、本当に最期のことで……。

自分の身体が倒れていくのも、まるで『スローモーションみたいだな』と、どこか、他人ごとのような頭で考えた。


「……私は、死んだはず、では……？」

薄らぼんやりとした意識が次第に覚醒していく。

伸ばした指先が、自分の胸をなぞるように往復する。

怪我など何一つなく、五体満足であることに違和感を覚えながら、周囲を見渡して、此処が見慣れた自室のベッドであることに気が付いた。

「死ななかった……？」

ぽつり、と漏れた言の葉が、存外重たくて自嘲する。

「……っ！　アリス様、お目覚めですか！」

――誰かの声が耳を通り抜けていく。

いや、誰か、じゃなかった。……この声は、酷く聞き慣れた声だ。

「……ローラ」

声のした方へと視線を向けて、ゆっくりと声を溢す。

「はいっ！　アリス様、良かったです」

ふわりと、穏やかに笑いかけてくるその姿に、そんなはずはないと混乱する。

生前、私に仕えてくれたこの侍女は、最期の瞬間まで私に仕えてくれたままで。

(……アリス様、お逃げくださっ……う、ぁっ)

(っ！　……ローラっ！)

——最期のあの瞬間。

彼女は私を逃がそうとして、私よりも先に殺されたはずだった。

「……身体はっ？　どこも怪我してない？」

咄嗟にその全身にくまなく視線を走らせ、確認するように声をかければ……。

「……え？　ええ、なんともありませんよ？」

私の言葉が意外すぎたのか、きょとんとするローラに、私の方が驚いてしまう。

(本来なら、死んでいるはずの人間が生きている)

……だったら、そう、これは未だ覚めることのない夢なのかもしれない。

そうだとしたら、今なら何でも言える気がして。

「今まで、私に仕えてくれて本当にありがとう」と、頭を下げて、声を溢す。

私がそう口にしたことが、どこまでも意外だったのか、ローラの瞳が驚きに見開かれた。

「アリス様……？」

「もう、我が儘は言わない。だから、これからもずっと、可能なら、私に仕えてくれる？」

その問いかけに、驚きに染まった表情がふっと穏やかなものへと変化するのが見えた。

「勿論です！」

嗚呼、そうだった……。そう言われることは分かっていた。

ローラは、生前の私の我が儘にすら、根気よく付いてきてくれた人だったから。

試すような物言いになってしまったことが、恥ずかしくなって、胸がきゅっと痛んでしまう。

また、私に仕えてほしいだなんて、そんなのあまりにも烏滸がましすぎるのではないか、と。

「……ううん、違うな。私に仕えなくてもいい。……時間が許すなら、今度は好きなように生きてくれていい」

ゆるり、と口に出した言葉は、いとも簡単に、表へと出た。

最早、何にも縛られることもなく、私は自由だ。

それならば、ローラも私に縛られることなく、自由であるべきだと思う。

私から解放されるべき、だ。

「いいえ、アリス様！　私は、アリス様がなんと言われようと、あなたに一生お仕えいたします！　もしも、誘拐に遭われたことで、未だそのお心が傷ついているのなら、まずはその心を癒やすところから始めましょうっ」

「……うん……？　聞き間違えたんだと思う、今、なんて？」

「そんなっ！　もしかして、誘拐された記憶がごっそりと消えていたりしますかっ？　ああっ、そんなっ、やっぱりまだ本調子ではなかったのですねっ、直ぐに医者を……」

「……待ってて！　ゆうかい、誘拐、……覚えている。でも、あれは私が十歳になったばかりの話で、……っ⁉」

「アリス様？」

「……ローラ、やっぱり今すぐお医者さんを呼んできてほしい」

「……っ！　承知しました！」

　バタバタとローラが走り去っていく音がする。

　その足音が完全に消えたあと、私は今、自分に起こっている現象があり得なさすぎて、手のひらを眺めたあと、布団を捲(まく)って自分の足を確認する。

　何度見ても同じだ。……五体満足であることに変わりは無い。

　だけど、どう見ても手足が小さくなっていることを確認してしまった。

　恐る恐る、ベッドから這い出ることにした。

　どうしても、確認しなければいけないことがもう一つだけあったから……。

　震える足で、よたよたと自分の部屋の片隅に置かれた姿見に足を向ける。

「……そん、なっ……！」

　絶望の声がぽつり、と零れ落ちた。

　この世界では忌むべき、魔女(母)の姿を鮮明に受け継いだ紅色(くれないいろ)の髪。

　ぺたり、ぺたり、と、どこを触っても。……私は、私だ。

　だけど、あまりにもその姿は『記憶にあるもの』よりも幼かった。

「過去に、戻ってる……？」

……ゆるり、と唇が歪んでいく。

赤いルージュをその口に引いて、記憶の中の母は、いつも儚(はかな)げに嗤(わら)っていた。

孤独に、嗤っていた……。

『紅色の髪は魔女の証し』

『蛙の子は蛙』

『私が悪魔だというのなら……』

『ねぇ、アリス』

『私の可愛いアリス』


――あなたが悪魔じゃない訳、無いわよね?

＊　＊　＊　＊　＊

……呆然と鏡の前に立ち尽くしていた。

気付いたら、ローラがお医者さんを連れて戻ってきていて、心配された後(のち)に私はまた布団に逆戻りすることになった。

確か、お医者さんの名前は……ロイと言っていたような気がする。

よっぽど、真っ青な顔をしていたのだろうか。

お医者さんであるロイが慌てたように私の顔を覗き込み、ローラと一緒に心配そうな顔をする。

「アリス様、誘拐されたことは覚えていますか？」

聞かれたことに、私は素直にこくりと頷いた。


十歳の、夏だった。

その日、私は普段、滅多に外に出ることがないお母様に手を引かれ歩いていた。

『立場上』皇后だったお母様と同じように、頻繁に外に出られる生活を送っていなかった皇女の私は、母がどこへ行くのか、何をするのか、不安と期待に満ちていたと思う。

外に出なくても、望む物ならおおよそ何でも手に入った。

……お母様も、そうして私も。

欲しいものがあるのならば、皇帝陛下、お父様に頼めば、大抵のものは買ってもらうことも出来た。

でも、『外』は、私にとっては未知のもの。……望んでも、なかなか行けるものではなかった。

ましてや、母と出かけるなんて初めてのことで……。

そうだ、柄にもなく確かに私は浮かれていたのだと思う。


「お母様と出かけたあと、買い物帰りに乗っていた馬車が事故に遭って」

「そうです……！」

「そのあと、誘拐されたんだ……。ああ、そうだった、確か犯人は、第二妃のテレーゼ様が皇后になるべきだからと、私とお母様に魔女狩りを」

「……っ！」

事実を口に出しただけだったのに、痛ましい者を見るような瞳で見られて思わず口を噤む。

何か、問題発言をしてしまっただろうか。

……まぁ、実際この件は、皇室とは無関係の貴族でも何でも無いただの一般人が犯人だったから、
乾いた笑いしか漏れないんだけど。

（どれほど、周囲から自分が嫌われていたのかが、この事件一つとっても、客観的に分かってしまう）

そうして、薄らぼんやりと、事件の全容を思い出してから……。

「そのあとのことは……。そのあとのことは、覚えていらっしゃいますか？」

と問われて。……嗚呼、と納得した。

「……お母様……」

そうだった。この事件で私は誘拐されて助かったけれど、お母様は亡くなってしまったんだった。

『紅色の髪は魔女の証し』

『蛙の子は蛙』

『私が悪魔だというのなら……』

『ねぇ、アリス』

『私の可愛いアリス』

（あなたが悪魔じゃ無い訳、ないわよね？）

ぶわり、と鮮明に記憶が蘇る。

お母様の言葉はまるで、呪詛みたいだった。

洗っても、洗っても、消えない言霊みたいに。


蛙の子は蛙とは、よく言ったものだな、と今は思う。

もしも、今、この瞬間が『私の過去』を再びなぞっているのなら。

母の喪が明けるその前に、皇帝陛下であるお父様から、正式に継母でもあるテレーゼ様を第二妃の立場から皇后に繰り上げることが発表されたはず。

私が起きた時には既に決まっていて、その決定が覆ることはなかったと思う。

だからこそ、今後、より一層『魔女狩りの勢力、貴族達の発言力』が強まることは分かっている。

「申し訳ありませんっ、アリス様。……手は尽くしましたが、皇后様は、お亡くなりに」

私のぽつりと溢した呟きに、ロイがなんとも言いにくそうに言葉を並べた。

一度経験していることだから、私自身、予想以上に冷静だった。

「ありがとう」

小さく述べたお礼は、このお医者さんが私達のことを偏見の目でみることなく、常に皇族として、この事件のあとも何かと気にかけてくれていた分のお礼も入っている。

それに、もしも仮にこの事件が無かったとしても、母は短命だっただろう。

十六歳の時に、異母兄弟であるお兄様の手で殺された……。

――私が、そうだったように。

「……ありがとう。最期まで、お母様に手を尽くしてくれて」

……そうして。

「テレーゼ様が、皇后になることが決まったんですね？」

一言、事実を口にすれば、ロイの顔のみならずローラの表情も一気に強ばったのが見てとれた。

言いにくいことを口に出させるのは憚られてしまって、自分から口に出した。


――父は、母と政略結婚だった。

『この世界では、紅色の髪を持つものは、特殊な能力を持つ魔女だ』

誰がそう言いだしたのかは分からない。

だけど、決まって証しが表れるのは女性であり、彼女らは不思議な力を持っていた。

あるときは、遠い未来を先読みする能力。

また、あるときは、自分の周りを無重力に変える能力。

その力は、人々によくないものをもたらす呪いだとこの世界では信じられている。

実際、力を持つ人達はみんな『短命』であり、身内にまで不幸が及ぶと言われていた。

だからこそ、紅色の髪を持つものは人々に忌避される存在である。

能力を持っていても、持っていなくても、関係ない。

『紅色の髪を持つ者がこの世界の魔女であり、絶対的な悪だった』

それは、公爵家に生まれた母も例外ではなかった。

だけど母は、生まれる前から、五歳違いの、当時皇太子であった現皇帝の許嫁と決まっていた。

（お母様は能力は持っていなかったけど、世間から後ろ指をさされて、魔女扱いされて、そうして不運なことに皇后だった）

生まれながらに悪を背負わされたものが、当然支持などされるはずもない。

それでも、権力を持ち、それを振りかざすだけの力は母に与えられた。

……そして、私にも。

考えれば考えるほどに、その事実こそ『皇室の間違いだった』と今なら分かる。

「アリス様……」

ローラが気遣うように私の事を見てくれる。

私はそれに大丈夫だと、口元を緩めて穏やかに笑ってみせた。

——すごく、不思議な気分だった。

自分自身でも驚くほどに物に対する執着が消えていた。

殺される前までは、色んな物に執着していた。

どれほど焦がれても、手に入らないものには、特に……。

『自由に外を歩き回ること』

『誰にも縛られない人生』

そして……。

『誰かから与えてもらえる、無条件の愛』

……私には、どれも、何一つ。

結局、最期まで、手に入らなかったものだった。

兄との遭遇

『必要なものは全て与えている』と、気難しい顔をしていたお父様は言った。

私がもしも、紅色の髪を持って生まれなかったら、愛してもらえていただろうか、と。

――そう思ったのは、人生のうちの、ほんの一瞬にも満たない時間だった。

＊　＊　＊　＊

「暇になってしまった、な」

あれから、一週間が経過しようとしていた。

その間(あいだ)、私はほぼ部屋に缶詰状態で、体調に異変がないかどうかをお医者さんであるロイが確認しにくる以外は、日がな一日、他にやることもなくて暇にしていた。

ローラが持ってきてくれた幼児向けの本に視線を落とし、もう何度も読んで覚えてしまった内容にひとつ欠伸する。

思えば、この誘拐事件が私の立場を更に悪化させる一つのきっかけでもあったと思う。

テレーゼ様は、皇帝陛下であるお父様の寵愛を受け、二人の息子を産んでいる。

それは、皇后であったはずのお母様が私を産むよりも先のことで、皇家の者の証である『金』が色濃く出た二人だった。

お母様が『後継者』を産むその前から『後継者』は実質決まっているようなものだった。

二人息子がいたことで、言い方は悪いけれど『スペア』さえ、母が産むことを期待するような声はなかったみたいだし……。

そうして、事実。

生まれたのが、紅色の髪（魔女の要素）を色濃く持つ、私一人とは……。それだけでも、父の愛が私達に向くことはないと想像出来たはずなのに。

馬鹿だな、と今になって苦笑する。

何を夢見て、必死になって、その関心を精一杯此方（こちら）へと向けようとしていたのか。

そうして、その関心が向かぬことに気づき、私は形の無いものではなく形が有る物により固執するようになってしまった。

母がそうだったように……。

今ならその全てが、どうしようもないほどに無駄だったと私にも理解出来る。

パタン、と持っていた本を閉じた。

タイミング良く扉が開いたから、入ってきたのはローラかと思ったけれど、どうやら違ったらしい。

「何かご用でしょうか、お兄様」

視線を向けて、一言口に出せば、金色の瞳が表情も変えずに、私の方をじっと見つめていた。

第二皇子である腹違いの兄（ギゼルお兄様）とは、剣で刺し殺されて以来の再会だったけれど、現時点で目の前の十三歳の少年が『未来の自分の行い』を知っている訳もなく。

理由は色々とあるんだけど、幼少の時から殺されそうになったことも多々あるお陰なのか。

それとも、その所為だと言った方がいいのか、それに対して恨みなど特別な感情が湧いてくることもなくて……。

本当に、淡々とした再会だった。

「医者がまだ、体調が思わしくないと言っていたから来てみたけど、随分元気そうだな？」

それから、どれくらい経っただろうか。

皮肉の一つでも言ってやらなければ、気がすまないとでも思われてしまったのだろうか。

確かに仮病ではなかったけど、ベッドの上にいるものの、上半身を起こして本を読んでいたとなればあまり病人には見えないのかもしれない。

そう言えば、一度目の人生の時はお母様が亡くなったショックもあり、随分と癇癪（かんしゃく）を起こしては煙（けむ）たがれてしまったなぁ……、と、思い出した。

今度はそんなこともする必要がないことは分かっている。

自分にかかっていたシーツを捲り、ゆっくりと立ち上がり……。

「帝国の第二皇子様にご挨拶を。このような格好で申し訳ありません」

ゆるり、と着ていた寝間着のワンピースの裾を掴み挨拶する。

「……一体、どういうつもりだ？」

殊更、特別を心がけたつもりはないのだけど。

傍若無人に我が儘を言っていたようにしか見えていなかっただろうから……。

あまりにも今までの私の像から、かけ離れてしまっていたのだろう。

眉間に皺を寄せたギゼルお兄様が警戒するのが見てとれた。

（そんなにも、関わり合いを持ちたくないのなら、わざわざ近づかなければ良いのに……）

テレーゼ様が皇后になられたことで、動きを見せなかった此方への牽制のつもりだったのか。

私は思わず、自分の口が穏やかに緩むのを感じた。

「テレーゼ様が皇后になられたと聞きました。母は死に、これから先、継承権を持った男の皇族はよほどの事がない限り生まれてこないでしょう」

私の言葉に、ひどく驚いたような表情をする兄に構わず、私は淡々とありのまま、事実を事実として告げる。

「名実ともに、皇女とは名ばかりになったのです。……どうぞ、お笑いに」

くすりと小さく微笑んで、敵意がないことをお兄様に告げる。

真正面から見上げた兄は、驚いたままの表情を崩さず、こちらをじっと見つめた後。

そっと、視線を私から逸らした。

「……名ばかりの皇女だと？　自分で何を言っているのか理解しているのか？」

「母が死んだことで、私も死ぬべきだと嘆願する貴族は後を絶たないでしょう」

「……っ！」

当たり前のことを事実として伝えているだけなのに、その目からは此方に対する『疑心』が透けて見える。

牽制するにしても、あまりにもその態度が幼すぎて……。

隠す気がないのか、それとも、幼すぎてまだ、その率直すぎるほど真っ直ぐな態度を隠すことすら、覚えていないだけなのか。

——嗚呼、私の記憶の方が、今のこの少年よりもまだほんの少しだけ、大人であるが故なのか。

傍から見ればまだ、十三歳の少年と、十歳の私。

どちらも、子供だ。……だけど私には、十六年生きた時の記憶がある。

「お話がそれだけなのでしたら、どうぞお帰りに。出口はあちらですよ」

はしたなくも指さした方へと視線を向けて、退出を促せば……。何か言いたげな視線がこちらに向かってきたけれど、適切な言葉が思い浮かばなかったのだと思う。

ぐっと握りしめたその拳からは、何が言いたかったのかまでは読み取れず。

「申し訳ありません、これでもまだ体調不良なのです」

と、苦笑しながら告げる。

私の態度に何を言っても無駄だと思ったのか、チッと、小さく舌打ちしたかと思ったら、少年姿の兄はそこから何かを発することもなく乱暴に部屋を出て行ってしまった。

「きゃっ！」

丁度、そこに入れ代わりでローラがやってくる。

ドンとぶつかる音がしたから、あの暴君はローラにぶつかったまま走りさってしまったのだろう。

「ローラ」

声をかければ、びっくりした様子のローラの瞳が此方へ向いて、慌てたように私に向かって小走りで駆け寄ってきた。

「アリス様っ！　大丈夫ですか！」

それは、こっちのセリフじゃないかな……？

思わぬ侍女からの声かけに、きょとんと目を見開いてしまうことしか出来なかったんだけど。

慌てた様子のローラが、私の姿を逐一確認しながら、どこかに怪我でもしてないかと心配してくるものだから、とりあえずなんとか落ち着いてもらおうと、声をかける。

「大丈夫。そもそも、部屋から抜け出すことも出来ない私が、怪我なんてするはずがないし……」

一言、そう言えば、安心したようにほっと胸を撫で下ろし、

「第二皇子様が此方へ来られていたので、てっきり、何かされたかと……」

と、あまりにも真面目に、はっきりと声に出す彼女に、耐えきれなくて思わず私は、小さく笑みを溢した。

「え、アリス様っ？」

「えっと、素直すぎるのもどうかと思って……。今の不敬な発言は私の胸の中に仕舞っておいたらいいのかな……？」

「あっ！　申し訳ありません、つい、心配でっ！」

「うん、分かってる」

穏やかに笑えば、ホッと胸を撫で下ろした様子のローラが、私にとってはどこまでも有り難い存在だった。

……たった一人でも、この世に信じられる人間がいるのといないのとでは大分違う。

彼女は元々、病気がちで身体が弱かったお母様に代わって、私のことを育ててくれた存在だ。

自分の境遇から、癇癪を起こして手がつけられなかった『前の記憶』の時も根気よくただ一人、私に付き従ってくれていた人だから。

だからこそ、今回は失敗したくない。

目覚めた当初、混乱して『ずっと私を支えてくれる？』なんて、言葉が出てしまったけど、ローラが望むなら、いつだって私の下から去ってくれて構わないと思ってる。

また『繰り返し』私の人生に付き合わせることなんて出来るはずもない。

だって、私だけが知っているのだから。

——その道には、茨しか待っていないことを。

心配　――ローラSide

「アリス様と距離を、感じます」

扉を開けてすぐ、医者であるロイに、開口一番そう告げると、彼は私を見て困ったように頭を掻いた。

私達がこうやって密室とも呼べる場所で会話を交わしているのは他でもなく、私の仕えているアリス様のためだ。

言い換えれば、こうして人目を避けてこの医者と会わなければいけないほどに、アリス様には敵が多いということだ。

それもあってか、誘拐後に奇跡的な生還を果たしたあと。

すっかり人が変わられたように達観し、落ち着き払っているアリス様に、私は何かを失った時のような焦燥感に似たものを感じていた。

（一体、誘拐時にどんな大変な思いをしたのだろう？　助けもこずに、母である皇后様も殺されて、どんなに恐かっただろう）

ぎり、と、小さく唇をかみしめる。

大事な御方だからこそ、何かしたいと思うのに、お側にいても何も出来なくて歯がゆい気持ちばかりが湧き上がってくる。

（あれがほしい、これがほしい）

と、もっと、子供っぽく喋る御方だった。

（……身体はっ？　……どこも怪我してない？）

切羽詰まったように、私のことを一番に心配されたアリス様の姿を思い出すだけで胸が痛くなる。

（死ねなかった……？）

と、ぽつり、絶望したようにそう言ったあの方が忘れられない。

……そうして、今まで愛情にただ飢えていたために、欲しかった者の関心を引くことすらも、そっと手放すに至るまで。

口調を変えて、急激に大人でいようと努力するその姿に。

諦めたように、自分が『魔女』だと認めてしまっているようなその姿に。

周囲に対する憤りを感じずにはいられなくて、私は怒りで手足が冷たくなるのを感じていた。

「前にも話したように、恐らく事件の後遺症だと思います」

『よほど、恐い思いをしたのでしょう』というのが、ロイの見解だった。

感情を無くしてしまうほど、辛い思いをしたのだろうと、彼は言った。

そうして、安定しているように見える今が、実は、いつ崩れてもおかしくないほどに危険でぐらぐらと不安定な状態なのではないか、と。

それはアリス様があの事件以降『誰とも、一線を引いて会話をしている』ことからしても明白だと。

――まるで、人が変わったかのように、アリス様が穏やかに笑うようになった。

それ自体は良いことのはずなのに、アリス様がどこか遠い存在になってしまったような、そんなふうに思えてならなくて……。

「周囲がアリス様のことを魔女の子だなんて言っていても、私はそうは思わない。護られなければいけないはずの小さな子供が、どうしてそんな誹謗中傷を受けなければいけなくて、母親まで奪われなければいけなかったのかっ」

荒げるように溢した私の本音交じりの言葉に……。

頷いてくれる人間が、ほんの一握りしかいないことを私は知っている。

そうして、その数少ない貴重な人間が現在（いま）、私の目の前にいることも。

「アリス様に外傷は見られなかった。その代わりに、心の傷は見えない故に分かりづらい。……ただ、皇女様に特殊な能力の兆候がまだ見えないのが不幸中の幸い、か」

ぽつり、と憎々しげに呟かれた一言は決して前向きなものじゃない。

紅色の髪を持っていたとして、全ての人間が『魔女』と呼ばれるように能力を持っている訳じゃない。

その大半が、何の能力も持たないのに、紅に近い髪色だからと『魔女』扱いされて迫害される普通の人間だ。

……アリス様にもしも、特殊な能力が備わっていると知ったら、その時点で恐らく『魔女』と侮蔑する保守的な貴族達は一斉に彼女に群がり、これ幸いとばかりに食い物にするだろう。

そうでなくとも、テレーゼ様が皇后に正式に就かれたことで、そのお立場が危ういというのに。

「外傷はなくても、アリス様が本当に何かしらの能力を持っていたら、それはそれで短命かもしれないんですよね……。そんなの、酷すぎます」

アリス様は何も悪いことはしていない。

確かに以前までのアリス様は気性も荒く、時々手がつけられないこともあった。

でも、それは生まれた時から『彼女を愛するはずの存在』が誰一人、いなかったからだと私は思う。

愛を切望して、小さなその手のひらで一生懸命腕を伸ばしても……。

(誰一人として、彼女のその小さな手のひらを大丈夫だと握りしめてはあげなかった)

一介の侍女の私では、アリス様の寂しさは一時、埋められても……。

その根本的な部分までお救い出来ないことが、どうしようもないほどに歯がゆいと感じてしまう。

今、どんなに近く、お側にいてもその心が此方へと向くことはないのだろう。

それは、傍に居ればいるほどに、身に染みるように分からされる。

(アリス様の瞳は、今、誰の方にも向いていない)

前までならば、その矛先が誰に向いているか、手に取るように分かりやすかった。

母親、父親、兄弟……家族。でも、今は本当に、凪いだ水面(みなも)のようにぴたり、と。興味関心その全てが、誰の方も向いていない。

(まるで、全てを、諦めてしまったかのように)

それは、私達がお嬢様の手を取ることをやめてしまったら、その瞬間に、彼女は穏やかに笑って、全てを手放してしまうかのような、そんな危うい状態に見えてならなかった。

過去の記憶と能力の発現

……困った。

最近、どうしてか分からないのだけど、ローラがいつにも増して私を甘やかしてくる。

お医者さんであるロイも巻き込んで。

二人して、市井で買ったお菓子をプレゼントしてくれたり、くまのぬいぐるみを買ってきてくれたりと誕生日でもないのに大盤振る舞いだ。

侍女や医者という立場の二人にそんなふうにされなくても、必要ならば皇帝陛下であるお父様が買ってくれるのに……。

わざわざ、二人のお金を使う必要なんて何処にも無いのにな……。

(嗚呼、でも皇帝陛下のお金だと皇室を通さねばならないから、そっちから入手する方がかえって毒殺などの危険があるのか。……そういえば、前の時も、お母様が亡くなった直後は特に、私を皇女であると認めない人間がプレゼントと称して、毒が混入する食べ物を贈ってきたりしてきたっけ)

——あれ以来、贈り物が食べ物だった場合は、それがどんな物であれ、手をつけないようにしていた。

どうせ、私が体調を崩していても、皇族は誰も気付かない。

だからこそ、他の皇族だったら慎重に検閲するものも、私に関しては別だ。

（だって、私がどうなっても、みんな、別にどうでもいいのだから……）

市井で買ったものよりも、皇室を通したものの方が『私の身が危険』なのは本末転倒のような気もするんだけど、それは別に今に始まったことじゃない。

それと、二人が私のことを子供として扱っていることにずっと違和感を覚えていたけれど……。

それもそうか、と思い直した。

二人にはどこまでも、奇妙なように映ってしまったと思う。

起きた当初は混乱していて十六歳の時の私の喋り方だったたし、今もその癖は抜けないんだけど、考えてみれば、今の私は十歳だった。前の時の私が十歳だったころは、こんな喋り方をしていなくて、もう少し子供らしい子供だったと記憶があるから、ローラ達からすると変だったのだろう。

心配もされてしまう訳だ。

「はぁ……」

プレゼントされたくまのぬいぐるみを枕元に置いて、ベッドから下りる。

どこにも出かけないのに。

……いや、どこにも出かけないからこそなのかもしれない。

ローラが、私が暇をしないようにと、絵本の読み聞かせをしてくれたり……。

服を着替えさせられて、髪を結わえるためのリボンを選んでくれたりということがもう暫くしたらルーティンのように始まってしまう。

(嫌な訳ではない)

嫌な訳ではないのだけど、なんともむず痒くなってしまうその対応に、未だ慣れず。

また、怠惰に甘やかされて過ごすそんな日々が決して『当たり前』だとは思わずに、今日こそはそんな日常をなんとかしようと、早めに起きてクローゼットの中を開ける。

十歳の頃の私の、フリルや装飾がついた派手なドレスに思わず辟易してしまった。

別に流行遅れな訳でもなく、この年頃であるなら、至って普通のドレスだ。

ただ、時の流れによって、私の感性が大きく変わってしまったのと……。

前の時の経験から、好んで着ていたこういうドレスが、私にはあまり似合わないと知ってしまっているだけで。

「無駄遣い、ダメ、絶対……」

思えば、この洋服全てにどれだけのお金を費やしてきたのだろう。

いずれ、この流行が去ってしまうその前に、不必要なものは売ってしまった方がいいと思う。

一度しか着ない服はまだ良い方で、これだけあっても袖を通していないものすらある。

そんなものにお金をかけても、結局未来では何の意味ももたらさなかった。

一時の自尊心が保たれるだけで、私を救ってくれる訳でもなく……。

(殺される時、かえって動きにくいだけだった)

と、遠い記憶に思いを馳せながら。

「ああ、これがいいかも……」

と、クローゼットの中で、一番大人っぽくて上品な感じのシンプルな服を手にとって、ローラが来る前に手早く着替えてしまう。

一通りのことは、誰かの手を借りなくても一人で出来てしまう今の状況を私自身それほど悲観的になることもなく、楽に感じていた。

ローラやロイみたいな存在が奇特なだけ。

紅色の髪を持つ私に対して他の人間がローラのようにお人好しを発揮して好んで仕えてくれる訳がないことは分かっているし、それは、前の人生で私が学んだ唯一のことかもしれない。

何もしなくても、自分への評価はどうせいつだって『最底辺』なのだから、今更それを変えようとも思わない。

だけど、前の時みたいに何も考えず、我が儘放題で傍若無人に振る舞うことも、今はする気にはなれなかった。

ギゼルお兄様に斬られたあとの、あの日の後悔がまだこの身に残ってる。

（お前が、何で殺されるか知ってるか？　皇家にとってお前はいつだって恥でしかないからだよ！）

ギゼルお兄様に言われた言葉を思い返して苦笑する。——そんなこと言われなくたって、私が、一番分かっていた。

一番上の兄が新しい皇帝になったタイミングで、世間はお祭りのように賑わっていた。

そんな中で、私だけが独房にいた。

多分だけど、罪状はでっちあげられたものだったと思う。

何かそれらしい罪を並べ立てられたけれど、どれも私がした覚えのないことだったから。

それでも、その状況に至るまで、私は色んな人間を敵に回しすぎていた。

（……アリス様、お逃げくださっ……う、ぁっ）

私を解放してくれたことで、ローラまで殺されてしまった。

大切な人が、自分の行いのせいで死んでしまう苦しみ。

あんなのは、もう二度と味わいたくない。

（結局、何もしないのが一番なのかもしれない）

——このまま、何もしなければ未来は変わるだろうか。

それとも、何も変わらずに、結局また、殺されるだろうか。

何もしなくても、私が紅色の髪を持つ忌み子だという事実は変えられない。

どうせ、死ぬならば。……今度は、ひっそりと、誰にも知られることなく死にたい。

ぽつり、と浮かんできた自身の考えに笑う。

ただでさえ『紅色の髪を持つもの』は、迫害によって能力の発現など関係なく、短命だというのに、さすがに、死に方まで選びたいというのは高望みしすぎてしまっている気がする。

魔女の能力が発現したならば、或いは、それも可能かもしれない。

……魔女の能力は、使えば使うほどに、使用者の身体を蝕むと言われている。

だけど、前の時、私は終ぞ、魔女の能力には目覚めることが無いままだった。

だから、何かのきっかけがあったとしても、今回も同様に、魔女の能力に目覚めるとは思えない。

「前世、あれだけ傾倒したのにな……」

くつり、と自嘲する。

前の人生で、あれほど必死になったのに……。

無意味に終わった自身の研究は、当然ながら今、この場所には欠片もない。

十歳の時、あんな事件があってお母様が亡くなってしまったあと、私は皇宮内にある図書館で、魔女に関係する資料について、それこそ片っ端から読みあさっていた。

だから、一般的に世間でも広く知られていることだけではなく、嘘か本当かも分からない眉唾物である、魔女の能力の発現条件が書かれた本などについても読んでいたことで、それなりに知識は持っていて。

自分の能力が何とかして発動しないかと、その内容を試してみたこともある。

（もしも、何かの能力が発現したのなら、それが呪いではなく、誰かの手助けとなるものだったなら、私は……、わたしは……）

『あいしてもらえる？』

『こっちをむいて』

――あまりにも子ども染みた考えだった。

それゆえに、馬鹿らしいと今ならば思える。

呪いが、救いに変わることなどない。

誰かを幸せにする主人公(ヒロイン)がいるのなら、私はその反対の悪女役がお似合いだろう。

テレーゼ様が正であり、母がその対であったように……。

一度過ごしてきたからこそ分かる。

私の人生には決して、真っ当な道へ続くレールは敷かれていない。

そして、今のように時間を引き延ばして引きこもっていても無意味だろう。

先日第二皇子であるギゼルお兄様が様子を見に来たように、私は名ばかりの『皇女』の役目を放棄することを決して許されてはいない。

私に出来ることは、せいぜい、ほんの少しでも彼らと関わる時間を短くすることだけだ。

そして、他者との関わりを短縮してつくる自分の時間を今度は、少しでも大切にしようと思う。

(十六歳で、死ぬ、その日まで)

そう考えると、なんだか、ちっぽけだった自分の人生に大きな意味があるように見えてくるから不思議だ。


「うん、そうだな……そう、決めた」

「……アリス様、失礼します」

ひとつ、今後の方針に納得していたら、いつの間にか扉が開いてローラの声がした。

振り向いて……。

「……ああ、ローラ」と、いつものように名前を言いかけたところで止まる。

そう言えば、もっと、子供らしく出来るようにならないといけないな、と考えてから……。

「ローラ」

結局、どうしていいか分からず、その名前だけを呼んだ私は、意気消沈してしまう。

ローラやロイは私のことを思ってくれているのが分かるからまだいいと思うけど、今後周りから見ても変な子供に映るだろうし、それだけは避けたい。

……いや、既に第二皇子であるギゼルお兄様にやらかしてしまったことを考えると、頭が痛いな。

(もういっそ。開き直ってこのままでいようか)

一度目の人生を思い出してみたけれど。

目に見える全ての人が敵だったから、誰も信用出来なくて、されたことに関して同じように振舞って……。

手当たり次第に文句を言っていた自分を思い出して、なんの参考にもならなかったので、早々に諦めた。

(どうせ、出来ないものは出来ないし……)

ローラやロイみたいに親身になってくれる身近な人間もそうはいない。

あまり深い知り合いではない人間にはとりあえず、お父様やお兄様に話していたように敬語でも喋っておけば、少なくとも傲慢で我が儘な皇女というイメージは避けられるかも。

……半ば、なげやりにそんなことを考えていると。

「お洋服、ご自分で着替えられたのですかっ」

と、ちょっとガッカリした雰囲気を醸し出しているローラと目があった。

「ああ、うん、変……かな？」

「いえっ！　とても、お似合いです。ですが、私もいましたのにっ」

――遠慮なく、呼んでくだされぱっ！

と、声をかけてくるローラに私は思わず苦笑する。

「うん、でも、一人で、何でも出来るようにしたいんだ。なるべく、誰の手も煩わせないように」

（いつまでも、ローラが私の傍についていてくれる訳じゃないから……）

という一言は、決して声には出さなかった。

彼女を信頼していない訳じゃなく、その逆で……。

私が死ぬその瞬間には、ローラも含め、私を慕う数少ないであろう人間は全て、いない方がいいにきまってる。

だから私は時期が来たら、ローラを解雇するつもりでいる。

せめて、身ぎれいにしておけば、私が死ぬだけですむだろう。

今後の目標は、ひとまず、それだ。

その前に、少しでも、『あの日の恩返し』が出来たらいいと思う。

もしも、二度目のこの人生に意味があるのなら、私は今度こそ間違えない。

今度こそ……。

(私は、私の大切な人だけでも、せめて守れるようにしておかねば……)

そのためには、巻き戻し前の人生のように振る舞っていてはダメだ。

――たとえ、同じ場所で、同じ日に、死ぬ事になろうとも……。


私の言葉に一つ。

息を詰まらせたようにひゅっと、声にならない声を出したあと。

「それでも、私がいる時は呼んでほしいです、アリス様」

と、ローラが声をかけてくれる。……本当に、私には勿体ない従者を持ったと思う。

たった一人でもそういうふうに言ってくれる人がいるだけで全然違う。

「わかった。今度からまたお願いするね」

「明日からです」

「……こん、」

「あ・し・たっ!」

「……明日から……」

「はいっ!」

言いながら、すごく嬉しそうに口元を緩め……。

「今日のお洋服には、どの、おりぼんを、合わせましょうか?」

と、声をあげながら……。触れることも嫌がらずに、私の髪を結わえてくれるローラに合わせるようにして、私は小さく笑みを溢した。

「これがいい」

指さした先にあるのは、お母様が唯一私にくれた自分の好みを前面に押し出したものでも、皇帝であるお父様が購入してくれた華美なリボンでもなくて。

——本当は『時間が戻る前』一番といってもいいほどに気に入っていたのに。

(市井の物でお恥ずかしいのですが、アリス様にお似合いだと思って)

と渡されて、皇女という安いプライドのせいで一度も身につけなかった、ローラからのプレゼントだった。

私の一言に、驚いたように目を見開いた彼女は。

「はいっ！　絶対に似合うと思いますっ」

と、そのあと、パッと笑って、弾んだ声を出してくれる。

……それから、どれくらい経っただろう。

他愛ない話の切れ間……。

「そういえば花瓶のお花、しおれちゃっていますね」

と、声をあげたローラは……。

「明日、新しいお花を持ってきますね、ついでに今綺麗にしてしまいましょう」

と私から離れて、部屋に飾ってある花瓶へと向かっていく。

そうして、花瓶を持った、その瞬間。

ずるり、と床から足が滑ってローラの身体が傾くのが見えた。

『危ない！』と咄嗟に、そう思った瞬間。

――ぎゅるり、と体内の、とでも言えばいいのか。

周囲の、とでも言えばいいのか。空間が、よじれて……。

「（そういえば花瓶のお花、しおれちゃってますね）」

――気付けば他愛ない会話をしながら、ローラは私の隣に居た。

そうして、『あっ！』と思う間もなく……。

「（明日、新しいお花を持ってきますね、）」

と、声をあげながら、私から離れていく。

「ローラっ！」

反射的に、声をあげた。

『ついでに……』と声を続けそうになったローラの足がぴたり、と止まり。

「どうか、しましたか？」

と、此方へと振り向いてくる。

「ううん、……なんでもない」

一言だけ、そう言った私の言葉にローラが穏やかに微笑んで、もう一度、花瓶にむかって、手を伸ばす。
今度はその足が滑って転ぶことはなく。
「今、綺麗にしちゃいますね」
と、嬉しそうに彼女が花瓶に手をやりながら再度、此方に振り向いて笑う。
「……っ！　アリス様っ」
その瞬間、笑顔だったローラの顔が次第に曇り……。
そうして引きつった顔になるのを、私はどこか遠い頭の中で認識していた、と思う。
がしゃんっ！　と何かが落ちて、激しい音が辺りに響き渡る。
(あれは、かびんが、落ちた……おと？)
——ごぽ、り。
それと同時に、自分の口から零れ落ちる異物感。
——嗚呼、本当に……。なんの、因果なのだろう？
(前に生きていた時、あれだけ傾倒したというのに……)
今。……目覚めたとでも言うのだろうか。
——魔女の能力に……。

＊　＊　＊　＊

気付いたら、ベッドに逆戻りしていた。

ぱちり、と目を開けて隣を見れば、ローラが私の手を握ったまま、今にも泣きそうな表情で、此方を見ていた。

頭の上には冷たいタオルがそっと置かれている。

「……っ、アリス様っ！　ご無事ですかっ⁉」

私が起きたことを知ると、ホッとしたような安堵の表情を浮かべて……。

そのまま、ローラは私の状態を一度確認すると。

「直ぐにロイを呼んで来ます」

と言って、部屋を出ていってしまった。

私は、その間、身体を動かそうとして、けれど動かないことに気付く。

身体が鉛のように重たくて、貧血の症状というものには、覚えがある。

『能力を使用した魔女に訪れる反動』

魔女が短命だと言われる理由、そのものだ。

一人になった静かな部屋で、私は乾いた笑みを溢した。

あの時、あの瞬間、私は確かに……。

（自分の周囲が、次元を無視して歪む瞬間を、見た）

ローラの危険を察知して巻き戻したのが、私だと言うのなら、私の能力は恐らく……。

『時を戻す力』

……誰かのために能力が使えたら。

——あれほど欲しいと願った時には、能力の発現の欠片もなかったのに。

「なんて、皮肉、だろうか」

今になって、どうして……？　そう、思ったけど、多分。

能力の発現のきっかけになったのは、きっと。

（今、じゃない）

その想いは確信だった。

一度目の人生……いや、巻き戻す前の軸と、言った方がいいだろうか。

その時の、研究が今になって生きる。

『ローラを助けるために、戻した時間は数分』

一度の能力の使用で、あんなふうに血が出るとは考えにくい。

だとすれば、私の能力の発現は、もっと前だともう分かっていた。

——第二皇子（ギゼルお兄様）に剣を突き立てられた十六歳の時。

「死の、間際……」

嗚呼……。こんなことがあっていいのだろうか。

本当に、どうしようもない。

恐らくだけど、私は『私自身の能力』で、生きたくもない自分の人生をもう一度やり直すハメになったのだから。

そうして、もしも、そうならば……。『私は、次は、何歳まで生きられるのだろう』と。

自分の考えに思わず苦笑する。

生きたくもないと思いながら、次の瞬間には自分が何歳まで生きられるかの心配をしている。

(手放したいと思う、そのかたわらで、生に執着して)

……矛盾しているな、と思った。

だけど、そう思えたら前向きになれるような気がした。

何故なら、今度の人生、私は兄に剣で刺される心配などしなくていいのだ。

もしかしたら、そう……。

——もしかしたら、その前に、能力によって死ぬかもしれない。

そうなれば、あの日、ローラが死ぬ運命も変えられるかもしれない。

ましてや、ローラが危なくなった時も、自分の能力を使えば守れることに繋がるかもしれない。

……それは、私にとって一筋の光だった。


「……様っ、アリス様っ!」

呼びかけにハッとした。……どれくらい、自分の考えに没頭していたのだろう。

気付いたら、ローラと、そして、ロイが私のことを心配そうに見つめていた。

「……考え事をしていて、気が付かなかった」

あまりにも切羽詰まったような表情をされて、慌てて大丈夫だと伝えようと、ふわり、と微笑んで見せたけど。

よほど、血の気が引いたようなそんな青白い顔をしていただろうか。

二人の心配そうな顔はますます濃くなっていく。

「皇女様、先ほど、血を吐かれたことは覚えてらっしゃいますか？」

ロイに質問されて、私は小さく頷いた。

「ローラに聞き取りをしましたが、それまでは、とりとめの無い話をしていたとのこと」

——普段と、何も変わらない日常を過ごしていた。

それは、間違いない。

少なくともローラにとっては、そうだろう。

ローラが転びそうになったことも、私だけが覚えているのだから。

こくりと、私はもう一度ロイに向かって頷く。

「他に、何か、その時、変わったことは起きませんでしたか？」

……病気なのか、能力なのか。

ロイの真剣な瞳が、私がどっちで、血を吐いたのかを見定めようとしている。

少しの間、どう言えばいいか、考えあぐねて……。

「ローラが、花瓶を持ちに行った時、滑って、転けそうになって」

……けれど、私は、ローラにも、ロイに対しても嘘はつけなかった。

二人の瞳には、私の事を慮るような感情が映っていて。

だったら、私も二人には誠実であるべきだと思うから。

「危ない、と。……そう、思ったら、時間が少し巻き戻っていて」

私の口から語られる『真実』に驚いたように目を見開いていく二人の姿が映る。

「多分、能力が発現したのだと思う」

『十六の時に兄に殺されて巻き戻した』ということは伏せたまま、事実を伝えた。

ローラが目の前で……わなわなと震えながら。

「私を守るためにっ。……そんなっ、そんなっ……アリス様……」

と、絞り出すような声で、今にも泣きそうな声を溢すのが聞こえてきた。

ロイは、暫く絶句した様子だったけど。……私の手のひらをとって真剣な様子で。

「この事実は、決して公に出してはなりません」

と、そう言った。

……私も、彼の言葉には賛成だし、異論はない。

能力の発現は、出来る限り、あまり他人には知られない方がいいだろう。

私にとって、この二人が、特別なだけだから。

……ただ。

「父親……。皇帝陛下には、言った方がいいと思う」

一番、言わなければならない人間が他でもなく一人いる。

そのことに、ロイにしては、珍しく失念していたのだと思う。

それがどんな事態を巻き起こすのかを今、頭のなかで計算したのか、ロイは私の一言にグッと唇をかみしめた。

（父親でありながら、父の情など一切かけてくれたことがない人だから）

別に、それはどうだっていいんだけど。

能力の発現を言わなかったことによって、二人が事実を知っていたのに隠していたと、思われては困る。

それで二人に何か不利益が生じたら、それこそ本末転倒だ。

「隠すかどうかは、皇帝が決めるべき」

その上で、身内に魔女がいると、知られたくない皇帝が隠すのは別に構わない。

多分、あの人のことだ。……色々なことを天秤にかけて、隠すことを選ぶに違いない。

……そして、私の能力が使えると判断したら、容赦なく使うだろう。

――そういう人だ。

「……皇女様、ですがっ」

何かを言いかけて、口をつぐんだあと。

……暫くして、ロイは、諦めたように重たい口をそっと開いた。

「……承知、しました。……そのように」

＊　＊　＊　＊

あれから、日にちが経って……。

「久しぶりの再会だな、息災か」

と、久しぶりに会った自分の父親……。

皇帝に、心配した様子でも無く淡々と事務的に言葉を発せられて『変わらないな、この人は』と。

私は、小さく苦笑する。

「帝国の太陽にご挨拶を、お時間を取らせてしまい申し訳ありません」

カーテシーで、ドレスの裾をつまみ、挨拶をすませ、書類を片手に忙しそうにペンを走らせる父親である人に声をかける。

事実、仕事で忙しいのだろう。

「医者から、お前の体調が芳しくないと聞いていたが？」

一言だけ、そう言って、ちらり、と此方を見遣った皇帝に、私は首をふる。

「暫く療養をさせていただいたおかげで、今はもうなんともありません」

「そうか……」

「ええ、ですが……。どうやら能力が発現してしまったようなのです」

一言、声に出せば、今まで忙しなく動いていた動作が、パタリ、と止んだ。

……この人でも、こんなふうに動きを止めることがあるのか、と。

あまりにも珍しい光景に思わずこちらがびっくりしてしまう。

（関心など、ひけたことがないのに、手放した瞬間、ひけるのか）

――まぁ、それももう、どうでもいいことだけど。

それから、どれくらい経っただろうか、一向に反応を見せないその姿を不審に思っていると。

暫くしてから、「身体は……？」と、ようやく皇帝から発せられたその一言に、私は……。

「御覧の通り」と、声をあげる。……現に今は、身体は本当になんともない。

使用するごとに、じわじわと身体を蝕むと言われている能力だけど。

使ってすぐ反動として吐血し、身体に『貧血や重くなる』などの症状が出ても、それは一時的だ。

実際、能力を使いすぎて末期症状と言われている、『寝たきり』になってしまうまでは、幾つもの段階があり、本当に能力者の命を削りきってしまってから、と言われている。

そうでなくとも、先ほどなんともないと口に出したからには、なんともないと思ってもらわなければ困る。

「……身内から、魔女を出してしまい、本当に申し訳ありません。ですが、私の血が繋がった身内はもう、お父様のみ。皇帝陛下であるお父様に不幸を振りまくことは余程のことがない限り、あり得ないでしょう」

回る、回る、流暢(りゅうちょう)に、口が。……自分でも、淡々と、事務的になっている自覚はある。

「それでも、私の存在自体が邪魔だと望むならば、何処へでも行きましょう。……全ては、皇帝陛下の御心のままに」

――このまま、いっそ、何処か遠く。

皇帝が所有する別荘にでも、永遠に送り出してくれれば、残りの人生、ゆっくり出来るのに、と。

その願いは、此方の意図を試すようにジッと見つめてくる瞳から叶わないと知る。

「能力、は……」

「時を戻す力です」

間髪を容れずにそう言えば。

(なぜ、私に何も伝わっていない？)

と、ありありと書かれた表情に、意外にも分かりやすく顔に出る人なのだと、今知った。

二度目の私の人生は、発見と驚きの連続に満ちている。

「発現は、三日前。私の侍女が転びそうになったのを、救う形で、偶発的に起こりました。知っているのは私の侍女、一名と、医者のロイのみです。誤認の恐れを防ぐため、お父様には自分から伝えたいと彼らに言って、今日機会を設けていただくまで、勿論、このことは誰にも話してはおりません」

「……っ、時間を、どれほど巻き戻したのだ」

「数分です」

嘘は言っていない。……だけど、本当のことを言うつもりは毛頭ない。

実際、私自身、自分が意図してどれくらい時間を戻せるのか分からないから。

「……私が、どれだけの時間巻き戻せるのか。そして、それを上手く扱う方法があるのかは、未だ不明です。望むのであれば、色々と試す必要があるでしょう」

はっきりと口に出してそう言えば、額に手をあてて……。

「はぁ……」

という、あからさまな、ため息が聞こえてきた。

……なるほど、思ったより使えないことに落胆してしまっているのだろう。

以前の私ならば、その失望したようなため息に、なんとしても、皇帝の意識を此方に振り向かそうと、躍起(やっき)になって。

(お父様が望むのなら、自分で能力をもっと開花出来るように頑張ります)

とでも、言っただろう。

だけど、今は、そうするつもりもない。

今の私の根本にあるものは、たとえ、誰に失望されようと私の大事な人が傷つかなければそれでいいという、思いだけだから……。

「……本当に身体には、負荷はかかっていないのか?」

深いため息と、共に吐き出された言葉に意味が分からなくて、首をひねる。

……そうして、暫くして。その言葉の意図に思い当たった。

能力が、もしも、使えるのだとしたならば、なんとしても使いたいと思っているんじゃないだろうか。

だけど、使用者に負荷がかかるようなら、と。

まがりなりにも娘の体調を心配する親としての体裁を整えているのだ。

「問題ありません」

一言だけ、そう言って私は頷いた。

体裁としての気遣いに対して、わざわざ血を吐いたなど本当のことを教える必要もない。

それで、表向きにでも、気遣っているふうにされて能力の使用を制限されても困る。

私は、自分の能力がどこまで使えるものなのかを、これから試すつもりでいる。

『能力者の身内にも不幸が起きる』それらが、どこの範囲までの話なのか。そのためには、もっと、この力の事を知らなければいけない。

ローラや、ロイを危険な目に遭わせる訳にはいかないから。

「そうか……話は分かった」

「はい」

「偶発的だと言ったが、能力の使用は、可能な限り控えなさい……出来れば、だが」

「勿論です、お父様。……誰かに見つかったら大事ですから。けれど、有事の際に使えるようになっていて越したことはない。……ですよね？」

話の本筋はきっちりと理解しているふうを装って、声をあげる。

「……っ」

小さく驚いたように目を見開く姿からは、何を思っているのかまでは読み取れない。

でも、皇帝からしても、私の能力を有事の際には使えた方がいいに決まっている。

「どれくらいの時間使えるか、自発的に使えるか、試したいことの幾つかは、挑戦してみても構いませんよね？」

私の返答に、ぐっと、言葉に詰まった様子の皇帝は、少しだけ時間をあけてから小さく頷いた。

「……使ってない砦が、一つある」

「古の森の奥の？　……もしかして、私に、下さるのですか？」

「好きに使っていい」

皇帝から言われた言葉に私は、思わずびっくりしてしまった。

『古の森の砦』は、その名の通り、森の奥にある砦のことだ。

元々は、隣国との境目に造られた要所だったのだけど、何十年も前に隣国との戦争で我が国が領地を広げてからは、すっかり必要なくなってしまっていた。

結果、今は砦の中が大分改築されて、すっかり、夏の避暑地として訪れる皇族の別荘のようになっている。

（それでも、元々砦として使用していただけあって、能力を使用する場所に使うには、打って付けに違いない）

だけど、まさか。……能力のためとはいえ、皇帝のその大盤振る舞いには思わず驚いた。

使ってない砦の一つを、私にくれるとは思ってもみなかったから。

お父様の所有物は、全て、何一つ。私や、お母様のものにはならないと、そう思っていた。

幾らお金や、物をくれたとしても……。

直接、皇帝が所有するものは、お兄様に全ていくと思っていた。

現に、『一度目の人生』では、古の森の砦は、一番上のお兄様の物だった。

「だが、必ず、騎士を連れて行け」

はっきり、と、口に出されて思わず、困惑する。

「……どうした？」

顔に出てしまっていたのだろうか。

怪訝な顔をしている皇帝に、私はどうすることも出来ずに立ち尽くしてしまった。


——我が儘三昧の、皇女様。

——皇女ではなく、アレは魔女。

（そんな人間に誰が仕えたいものかっ！）

その言葉を言ったのは、誰だったろう。

少なくとも、私の周囲は荒れに荒れていた。……だから、私も、周囲には当たり散らした。

そうして、最期、私の傍らにずっといてくれて、手元に残ったのは、ローラただ一人。

「お父様、私に騎士はいません」

くつり、と自嘲するような苦い笑いが溢れた。

「……なぜだ？　騎士も侍女も必要なだけ送っていたはずだろう」

そう言われても、私だって困る。

「……お前に仕えていた騎士の、名前は？」

問われて、私は困り顔をするしかない。

——だって、答えられないのだから……。

……記憶に残る、最後に仕えてくれていた人間は、一体、誰だっただろう？

ローラを除いて、入れ代わりの激しい騎士も、侍女も、みんな、嫌々私の傍にいた人達だったから。

必然的に、その名前すら、覚えることがなかった。

「魔女には、気味悪がって誰も仕えたがらないものです。能力の情報が必要なら、私から直接お父様に報告しにいきます」

「それで、構いませんか？」と、声をあげれば、皇帝の顔が僅かに曇った。

今まで興味がなくて、放置していたのだから。

入れ代わり立ち代わりで、人が流れていることに気付かなかったのだろう。

まさか、騎士が一人も私の傍に存在していないとは、夢にも思ってなかった顔だ。

「……古の森は、一人で気軽にいけるような場所ではない」

「……そうですか。では、私には古の森の砦は身に余りますね」

『それじゃあ、どうしようもないな』と、早々に諦めた私に。

けれど、何故か、今まで私に興味も関心もなかったはずの皇帝が、次の瞬間には驚くべき言葉を口にした。

「騎士団に話を通しておく。一人、誰でもいい、お前が決めなさい」

それは、思っても無い申し出だった。

「私が、決めていいのですか？」

「もう、古の森の砦はお前のものだ。何があろうと、私が一度言った言葉は覆らない。だが、騎士を決めるまでは、砦に一人で行って能力を使うことは禁止だ。……分かったな？」

（それは、事実上、一生禁止なのでは？）

私に好んで仕えたいと思う人間なんて、いる訳がないのだから。

そう思ったけど、私が決めていいなら、幾らでもやりようはある。

簡単だ。……後腐れのない人間を選べばいい。

例えば、そう……。『軽薄でお金とかが直ぐに必要な騎士』とか。

皇帝のいう『一人で』という言葉には『十歳の私が』という意味合いが多分に含まれている。

巻き戻す前の人生のときも、古の森自体に危険な要素など、なかったはずだ。

だから、別に本気で護ってもらう必要なんてない。

一緒に古の森についてきてくれさえすればいい。

それで、砦は使用出来るし、真面目に護ってくれるような、そんな私だけの騎士など、いつ死ぬか分からない私にとっては、足枷にしかならない。

『能力者の身内』がどの範囲まで及ぶのか分からない以上。

周りにいる人間は、できるだけ、私にとって大事ではない人達で固めるべき。

「ありがとうございます」

どういう意図で、そんなふうに言ってくれたのかは分からないけど。……これは、またとないチャンスだった。

少しだけ弾んだ声で、お礼を言って、私はその場を辞した。

背後で、父親である皇帝陛下がどんなふうに思っていたのかを、知る由もなく……。

後悔 ――皇帝Ｓｉｄｅ

(皇女様は、体調が未だ優れず、ベッドから出られない状態です)

とは、医者の言葉だった。……別に、直接聞いた訳ではない。

診断書にそう書いてあったから、そのままソレを現状として捉えていただけだ。

そして、別に遣いをやった訳でもない。

心配していたか、と問われたら、特別、心配などしてもいなかった。

――それが、現実だった。

いつもの朝食に、家族が全員揃っていないのも……。

テーブルの上に、人数分用意されている料理の一つが空席なのも、特段珍しくない、いつも通りのことだ。

二番目の息子が、一度だけ様子を見に行ったらしい。

(……身体は元気そうだったけど……)

そこで、ぶつり、と途切れた言葉が違和感として残った。

続きを促されて、ぶっきらぼうに。

(今は、しおれているだけだ。またすぐ戻るだろうな。……いつもの我が儘に)

と、声をあげた。

――身体に異常はないと聞いていた。

だが、心の方に問題がある、と。……そうだろう。

(目の前で、母親が、殺されたのだ)

そうなりもするだろう。

自分でも非情な自覚はあった。

だが、事件があった後も、私は娘の顔を見に行くことも、娘の体調を気遣うことも何一つしていない。

やるべき事後処理が多すぎて、会いに行けなかったといえば少しは聞こえがよくなるかもしれないが。

実際、忙しかったのは本当だし、娘の顔を見て、いつものように我が儘を言われてはうんざりするというのが本音だった。

……娘も、私に来てほしいとは、一度も望んではいなさそうだった。

(何かあれば、またいつものように此方に言ってくるだろう)

二番目の息子がそう思ったように、私もそう思っていた。

だが、いつまで経っても、そうは、ならなかった。

あの事件以降、娘はずっと静かだった。あれから、かなり時間が経ったが……。

いつも、診断書には『まだ、体調が優れない』という事が書いてあるばかり。

それが、どういうことだろう。

三日前、娘から二人きりで会いたいという打診があった。

医者を通して伝えられたそれに、私はとうとう、『やっと、きたか』と思った。

娘が私を呼び出す時は、いつも決まって何かを求める時だ。

その瞳はいつだって、欲に満ちている。

服か、靴か、はたまた、宝石か、今度は、何を買うのだろう。

(今まで、どうして来てくださらなかったのですか？　お父様っ)

とでも、言われるのだろうか。

母親が死んだことで、癇癪が酷くなっているかもしれない。

皇女としての最低限の義務も果たさず、皇族としての対価も出さぬくせに、求めるだけ求めてくるのだ。

(親子揃って、本当によく似ている)

そんなことを考えて、娘が来るのを待った。……忙しい仕事の片手間に、娘がこちらに会いにくる。それ自体は、別にいつものことだった。

……だが。

「久しぶりの再会だな、息災か」

と、声を出した私に……。

「帝国の太陽にご挨拶を、お時間を取らせてしまい申し訳ありません」

娘は何処で習ったのか他人行儀に礼儀正しく、私に声をかけた。

「医者から、お前の体調が芳しくないと聞いていたが？」

そうして、一度、心配する素振りを見せる私に、無機質に……。

「暫く療養をさせていただいたおかげで、今はもうなんともありません」

と、返ってくる。

今まで我が儘三昧だった娘を思うとやけに大人びた口調だった。

それから、娘は、自分の魔女の能力が発現したことを私に告げた。

まるで自分の事を話していないような、他人事のような、そんな、淡々とした口調だった。

『皇女様は恐らく、心が、壊れているのでしょう』

——どの、診断書だっただろうか。

不意に、書かれていた一文を今になって思い出した。

私は、その無機質な文面の一端を此処にきて垣間見る。

犯人は、テレーゼを皇后にしたいという思想を持った庶民だった。

確かに心が壊れてしまうには充分すぎるほど辛い経験であったに違いない。

だが、それだけではないと、私は、気付いてしまった。

心が壊れたなら、私の前で、泣きじゃくったりしても可笑しくは無い。

なのに、娘は私の目の前で泣くこともなく、淡々としたままだ。


……皇女様は、恐らく、心が、壊れているのでしょう。

（壊したのは、誰だ？）

（犯人は、だれだ？）

――お前、だよ。

耳元で、誰かの声が聞こえたような気がした。……鈍器で殴られたような、衝撃だった。

不意に浮かんできた自分の考えに思わず辟易(へきえき)する。

私が、壊したのだ。

否(いな)、私も壊したのだ。

（テレーゼが皇后になることに異論はない。そうでなければ、皇后という大役は務まらない）

他でもない、私が決めたことだ。

――娘の母親(彼女)が死んで、すぐ。

「……身体は？」

気付いたら、口からその身体を心配する声が零れ落ちていた。

「御覧の通り」

と、娘は何でも無いように声をあげた。

実際、その身体は本当に何でもないように見える。

「……身内から、魔女を出してしまい、本当に申し訳ありません。ですが、私と完全に血が繋がった身内はもう、お父様のみ。皇帝陛下のお父様に不幸を振りまくことは余程のことがない限り、あり得ないでしょう」

淡々と、娘から謝罪が降ってくる。

それと同時に、今後心配されるであろう懸念を真っ直ぐに伝えてくる。

——それを伝えるに至るまで、一体、どんなことが起こればこんなふうに無機質に、まるで他人事のように話すことができるのだろうか?

「それでも、私の存在自体が邪魔だと望むのならば、何処へでも行きましょう。……全ては、皇帝陛下の御心のままに」

そうして娘は、私にとって、自分自身が疎ましい存在であると、理解している。

真っ直ぐに伝えられたその言葉に、心臓を握られたようなそんな感覚さえ覚えた。

私が一度だって、娘のことを顧みなかったことを、本人が気付いているのだ。

その上で、こうやって提案してきている。

『何処へでも、行く』と……。

恐らく、私が一言でも是(ぜ)と言えば、本当に何処にでも行くのだろう。

娘の瞳には揺るぎない覚悟があった。

いつもの癇癪も、我が儘も、何一つ言わない娘に。

こういう時くらい言えばいいのに、と頭の片隅で思った私は最低なのかもしれない。

――私が、娘にしてやれることは、もう、そう多くない。

『時間の巻き戻し能力』

そんなものを手にしたって、能力を使用すれば否応なく。

(娘は命を削られてしまう)

「……っ、時間を、どれほど巻き戻したのだ」

「数分です」

と、返ってきた言葉に、ひとまず安堵する。……そこまで、大きな使用ではなさそうだった。

「はぁ……」

と溢れた、ため息にも近い安堵に、内心で、どこまでも勝手な父親だな、と私は自嘲した。

「……本当に身体には、負荷はかかっていないのか?」

そうして、出した言葉に。

「問題ありません」

と、娘が頷いた。……そのことに、どうしようもないほどに安心している自分がいた。

「そうか……。話は分かった」

「はい」

「偶発的だと言ったが、能力の使用は、可能な限り控えなさい。……出来れば、だが」

「勿論です、お父様。……誰かに見つかったら大事ですから。けれど、有事の際に使えるようになっていて越したことはない。……ですよね？」

「……っ」

だが、使用を控えろ、と声に出した私に、娘ははっきりとそう言った。

『能力を使用すること』

それを、今、自分のためではなく、他人のために使用すると娘は言っているのか？

……いや、確かに少し前の私なら、間違い無く娘にそう言っただろう。

何かあった時のために使えるようにしておけ、と。

それが、娘を思う父親の発言では無いのは明白である。

だが、娘自身、そうするのが当たり前であるかのように言っていることに驚きを隠せなかった。

(皇女としての最低限の義務も果たさぬくせに)

私は確かにそう思っていた。

けれど、娘はまだ十歳だ。……十歳なのだ。

皇女としての最低限の義務にしては、これは、あまりにも、出来すぎているのではないか。

いつもの、我が儘はどうした？

いつもの、癇癪はどうした……？

思えば、娘の顔をもうずっと、長いこと見てこなかった自分自身に気付く。

一体、いつから、娘は、こんなふうに、表情を無くして。

……淡々と言葉を喋る無機質な機械みたいに、なったのか。

『あの事件』が発端なはずだ。

だが、それは、あくまでも、発端にすぎない。

「どれくらいの時間使えるか、自発的に使えるか、試したいことの幾つかは、挑戦してみても構いませんよね？」

思ってもみなかった娘の一言にぐっと言葉に詰まった。

直ぐに脳内で娘が能力を使える利点を考える辺り、私はどこまでいってもこの国の王であり、父親では無い。

……だが、娘の能力が暴走して、いつ使用者の命を削るのか分からないよりは、ある程度能力をコントロール出来るようになっていた方が、娘自身のためにもいいと思う。

私は、そう結論付けた。

「……使ってない砦が、一つある」

私の、幾つか所有している砦の一つを娘に与えることに決めた。

……それが、少しでも、今の娘に出来る罪滅ぼしのつもりだった。

「だが、必ず、騎士を連れて行け」

「……どうした？」

だが……。

私がそう言った時、困惑したように娘が固まってしまった。

そうして、暫くしてから……。

「お父様、私に騎士はいません」

くつり、と自嘲するような苦い笑いが、その場に溢れ落ちた。

娘からの思わぬ一言に、思わず面食らってしまう。

「……なぜだ？　騎士も侍女も必要なだけ送っていたはずだろう」

と、声に出しても、目の前で娘は困り果てるばかりだ。

「……お前に仕えていた騎士の、名前は？」

と、声にだしても、答えられないのか……。

それとも、庇っているのか、娘は答えなかった。

「魔女には、気味悪がって誰も仕えたがらないものです。能力の情報が必要なら、私から直接お父様に報告しにいきます」

そうして、次に降ってきた言葉に、思い知る。まるで、一人に絞れないような、そんな口ぶりだった。

一人じゃない、何人も……。

（誰も娘に仕えたがらなかったというのか？）

今まで興味がなくて、放置していた。

だから、入れ代わり立ち代わり人が流れていることに気付きもしなかった。

そうして、娘は誰か一人の名前を口にせず、誰もという単語でお茶を濁した。

まるで、皇族である自分の価値が侍女や騎士よりも、下であるかのように。

いや、事実、娘は自分のことを、下だと思っているのかもしれない。

それも本当に能力を得て『魔女』になった今ではなく、もっとずっと前から、誰かに侮蔑されていたのだとしたら？

——それが、身の回りにいる人間のほとんどだったとしたら。

本来地位の高いところにいる娘が、今まで我が儘三昧だったのは、自分の地位を守るための必死の抵抗だったのだとしたら……？

「……古の森は、一人で気軽にいけるような場所ではない」

「……そうですか、では、私には古の森の砦は身に余りますね」

「騎士団に話を通しておく。一人、誰でもいい、お前が決めなさい」

私は、ふつふつと、湧いてくる怒りに、自分もちょっと前までは同じだったと唇をかみしめた。

私も含めて、誰も彼もが、取り返しの付かないことをしてしまったのではないか。

そうして、今度は、娘が自分で騎士を選べることを提案する。

……それくらいしか、今の自分にはしてやれることがなかった。

「もう、古の森の砦はお前のものだ。何があろうと、私が一度言った言葉は覆らない。だが、騎士を決めるまでは、砦に一人で行って能力を使うことは禁止だ。……分かったな？」

私が一言そう言えば、娘は、アリスは、本当に少しだけ。

「ありがとうございます」と……。

今日、ここに来てから、初めて弾んだような声を出した。

娘はそれだけ言うと、私に背を向ける。

無駄な話をするのが嫌いな、私に配慮してのことだと直ぐに分かった。

娘が去って行くその背中を呼び止めようとして、けれど私は何も言えなかった。

今更、何を言うつもりだったのか……。

『明日から、朝食には来なさい』などと……。

あまりにも、虫がよすぎるのではないか。

――それから、どれくらい経っただろうか。


「ここに」

「はっ、お呼びでしょうか」

執務室の椅子に座ったまま、私の影を呼ぶ。

「話は聞いていたな？」

一言、声に出せば影は小さく頷いた。

「娘の下を去った人間を人数分割り出してくれ」

「……処罰は如何様(いかよう)に？」

「追って決める。……だが、もしも皇族に向かって魔女だと、軽視して侮蔑したような人間がいたならば、絶対に許してはならぬ」

「……承知しました」

ノクスの民と魔女

日傘を片手に許された外へ出る。

外、と言っても、敷地内にある騎士の鍛錬場に行くだけだ。

それだけなのに、ばっちりとローラが私を着飾ってくれて、昼食に食べる用のホットサンドまで、用意してくれていた。

「ようこそ、いらっしゃいました、皇女様っ」

頭を下げて、私に挨拶してくれたのは、壮年の騎士だった。

この人、誰だろうと、一瞬だけそう思ったあと。『……ああ、そうか、騎士団長だ』と、思い出す。

人の顔や、名前を覚えるのが苦手な私でも騎士団長くらいは何度も見たことがあるから分かる。

だけど、記憶にある騎士団長と、今の騎士団長が合致しなかった。

私の印象が薄くなってしまっているのは、彼が未来では故人であり、別の人がその地位についているからに他ならなかった。

(未来の騎士団長は、豪傑というイメージがぴったりな人だったけど、この人は、どちらかというと官僚とかにいそうな、ルールに厳しいタイプの人だった気がする)

記憶の中にある、私の浅い知識をなんとか引っ張り出していると……。

「皇女様、どうぞ、こちらへ。このような場所で申し訳ありません」

と、騎士の訓練が見やすい場所へと案内された。

ローラに日傘を預けて、大きめのハンカチが敷かれた後、石畳の階段に腰をおろす。

どこか、緊張したような面持ちを崩さぬままの騎士団長を不思議に思っていたけれど。

よくよく考えれば、それもそうか、と直ぐに思い直した。

――皇帝の気紛れで、自分の所の騎士が一人、皇女とは名ばかりの我が儘な女に持っていかれるのだから。

誰が選ばれるのか、内心気が気ではないのだろう。

「こちらの我が儘に付き合わせて申し訳ありません、騎士団長。……手早くすませるつもりです」

一言、そう言って、私はジッと周囲を見渡した。

このお堅そうな雰囲気の騎士団長にお薦めを聞いてしまったら、彼はきっと嘘などなく、将来有望な若者を紹介してくれるんじゃないかな……。

――それは、困る。

出来れば、サボっているような腕のない、軽薄な騎士。

……もしくは、まかり間違っても、私に情など欠片も持たないようなそんな騎士。

何度かくまなく、騎士候補を探していたものの、直ぐに私は、困った、と内心で呟いた。

(……私の求める条件にピタリと合致するような人間がいない)

そうして、ようやく私は今の状況に思い至る。

皇族が来るのを分かっていて、騎士団長がこうやって、誰が選ばれるのかやきもきしている状況で、手を抜く騎士がいるだろうか？　ということに。

いたら、その人は多分、役立たずではなく、とんでもない豪傑に違いない。

――私の騎士選びは、思った以上に難航した。

既に、頓挫（とんざ）したと言ってもいいかもしれない。

困惑したような表情の私を見て、誰にしようか決められなくて迷っていると思ったのだろう。

騎士団長がこの世の終わりかと思うくらい重い口を開いて。

「あの騎士は、優秀です。あ、皇女様、あと、あちらにいる騎士も」

と、声を上げていく。

「あと、あそこにいる騎士は、将来有望でっ……とても期待されていて……」

……言いながら、どんどん、くぐもっていく口調に、いっそ、可哀想に思えてきてしまった。

騎士団長から推薦された騎士を候補から外しながら、私は暫くその推薦を、邪魔することなく黙ったまま聞いていた。

騎士団長と私の会話をちらちらと、気にするように何人もの騎士が、鍛錬に励みながらもこちらの様子を窺っている。

（自分のこれからの一生が、私の一言で決まってしまうのだから、そうなりもするだろうな……）

それも、決してその立場は、栄転なんかじゃない。

皇族の護衛だから、給料も上がるし地位もあがるだろうけど、でも、それだけだ。

他の皇族だったら名誉なことでも、私は違う。

だからこそ、誰が選ばれるのかと心配になってしまうのも頷けた。

だけど、私からしてみれば、その態度も含めて、みんな、同じにしか見えず。

……これでは、全く、その人の人となりが分からないも同然だった。

あと、もう一つ。

『可笑しい』と、素直に浮かんできた疑問が、点と点で繋がって、私はため息を吐く。

その様子を窺っていた騎士団長の肩がびくり、と跳ねるのが見えた。

私の我が儘ぶりは、有名だったから、何か気に障ることでも言ったのか、と。

気が気ではないんだろうな……。

「他の騎士は、どこにいるのです？」

問いかけに、騎士団長が驚いたような顔をして此方をみた。

その表情に、私の推測が正しいものであると即座に知る。

……私だって、騎士団のおおよその人数を把握している訳ではない。

だけど、あまりにも、この場で訓練している騎士が少なすぎた。

そうして、多分それは……。

皇族である、私につけても問題ない騎士を事前にある程度、騎士団長の手か、それとも皇帝の圧力か、で『間引いている』ということに他ならない。

いや、まかり間違っても騎士団長は勝手なことは出来ないはずだから、そうなるとこれはやっぱり皇帝の指示のもと行われたことなのだろう。

（なぜ……？）

浮かんできたのは単純な疑問だった。

魔女につける、どうでもいい騎士ではなく、ちゃんとした皇族としての騎士。

何処に出しても恥ずかしくない騎士。……そう言った類い（たぐ）の人間しか、今この場にはいない。

そうして、その胸中はどうであれ、私を見て、誰一人、悪感情（あくかんじょう）を表に出さないことが何よりの証明だった。

（ある意味、徹底している）

そのことが、私にとっては何より不気味に思えた。

（皇帝（あの人）が、私に優秀な騎士をつけるはずなど無い）

もしも、私に選ばれないように、間引くのだとしたら……。

反対に、将来有望な騎士こそ選ばれないようにと、真っ先に間引くのではないだろうか。

将来、活躍を期待されている兄二人と違い、私はいまや、特に役にも立たないお飾りの皇女だ。

しかも、能力の発現によって、皇族の汚点とも呼ぶべき魔女に正式に成り下がったというオマケ付き。

ましてや、私が行くのは古の森の砦だ。

あそこは、皇族の所有する土地ということもあり、基本的には一般の人間の立ち入りは許可されていないし、特に危険があるような場所でも無い。

「騎士団長」

ひとつ、ため息を溢して、はっきりと、私は明確に声に出す。

「皇帝である、お父様からどういうふうに言われているか分かりませんが、私はこのたび、砦のひとつを譲り受けることになったのです」

「はい、承知しています」

「古の森の砦です。……ご存じですよね？　あそこは、余程のことがない限り、危険なことなど起こりません」

——だからこそ、今は使われていない場所なのだから……。

私の一言に、こくりと騎士団長が頷くのが見えた。

「見たところ、ここにいらっしゃるのは、それなりの経験を沢山積んだ歴戦の騎士の方達とお見受けします。私の警護をここまで慎重にする必要はどこにもありません」

「……っ！」

「ですが、アリス様……っ」

はっきりと声に出せば、騎士団長は驚いたように目を見開いていて、後ろでローラが私を咎めるように声を出した。

ウキウキ気分で、お嬢様に相応しい騎士をと、望んでくれていたローラには悪いけど、私はここで自分の意図をはっきりさせておく。

「他の騎士も、見せていただけますか？」

まだ、後ろで何か言いたげなローラを無視して、騎士団長にそう告げる。

何度か狼狽したように、悩みに悩んだ様子の騎士団長は、それでもやっぱり、皇帝からの指示があるからなのだろう。

「しかし……っ」

と反論しかけて、けれど、直ぐに口をつぐんだ。

「此処に私の望む騎士はいません」

と、私が言い切ったから……。

「聞こえませんか？　お父様からは、私が好きに選んでいいと言われています。私の騎士は私が決めます。先ほどは、騎士団に配慮してああいう言い方をしましたが、はっきりと言いますね。……ここには私の望む人材はいないと、言っているんです」

さっきまで、騎士団に配慮したように紡いでいた発言を、根本から覆すような言葉を無遠慮に出せば……。

目の前にいる騎士達の顔に、静かに、だけど、怒りに満ちた表情が灯った。

（此処に私の望む騎士はいない）

と、そう言ったことで、彼らの自尊心を傷つけてしまったのだろう。

そうでなくとも、表情に見せないだけで本来なら、紅色の髪の魔女の警護など、誰も進んでやりたがらないのに。

それでも、皇帝陛下の命令だからと、忠誠心に厚い騎士達が集まっていたのだろうから。

（気に入らないから、全部、総取っ換えしてっ）

と、言っているに等しい『私の言葉』に憤慨するのも当たり前のように思う。

——昔の自分は、そんなことも分からないくらい自分勝手に生きていた。

けれど、今は違う。

今の私には経験がある。

昔の自分のように傍若無人に振る舞えば、どんな反応をされるのかも、手に取るように分かる。

だからこそ、それを逆手に取る。

（……っ）

……可笑しい、な。

巻き戻す前の自分は、過去を振り返りもせずに真っ直ぐに、進んできたというのに。

（まだ、私にも良心みたいなものがあったんだろうか）

いや、多分これは、一回、死んだからこそ……、間違えたと後悔したからこそ分かる。

誰かに傷つけられたからといって、それを同じように返しても何にもならないと。

だからこそ、率先して、人を傷つけるような、自分の発言に、チリっ、と……。

そっと痛んだ、その胸の痛みを、私は振り払うように無かったことにして顔をあげた。

自分から望んで吐いた言葉には、きちんと責任を持たなければならない。

（それが、せめてもの礼儀だと今は思っている）

「……承知しました」

やはり、噂通りの人物なのだな、とでも思われてしまっただろうか。

失望の色をありありと表情に乗せた騎士団長は……。

「どうぞ、こちらへ」

と言って、私を案内してくれる。

用意されたのは、先ほどの訓練場よりも少し小さなもう一つの訓練場だった。


ざわり……。

私達がやってきたことで、突然の皇女の来訪を予期していなかった騎士達に動揺が広がったのが手に取るように理解出来た。

「お前達、皇女様が、訓練を見たいそうだ。……いつも通り鍛錬に励むように」

一言だけ、そう言って。

半ば、投げやりになった騎士団長を余所（よそ）に私は一度、ぐるりと周囲を見渡した。

我が儘を言ったからには、ここで自分の騎士になってくれる人をきちんと見つけなければならない。

——軽薄そうな、騎士……。

さっきと同じように、ジッと、両目でくまなく訓練場を見渡してみたけれど、突然の私の来訪と、騎士団長がやってきたことにより、騎士達はみな一様に、鍛錬に取り組むフリをしていた。

先ほどまで、地面にお尻をくっつけて喋っていた人間が何人もいたと思う。

……だけど、それが誰だったかまでは、私にも把握出来ていない。

（一瞬のことだったから）

唇を、小さく噛んで、もう一度と辺りを見渡せば、軽薄そうな顔をした、身なりの整ってない騎士は何人かいた。

でも……、私の目を引いたのは、別にいた。

（この国では、珍しい黒）

それだけで、人を惹きつけるには充分だったけど。

目の前の騎士は、私が来たことにも気付いていないかのように、一心不乱に剣を振っていて。

（どう見ても、ここにいる他の誰よりも劣っているようには見えない）

……それどころか。

先ほど見た、皇帝が私用にと、間引いていた騎士達にも、彼は引けを取らないだろう。

素人目にも、目の前の騎士が他とは一線を画すると、分かる。

（きれい……）

決められた型でもあるのだろうか、流れるような剣さばきと、その立ち姿に。

――吸い込まれるように、目を引かれた。

「騎士団長、あの黒髪の騎士は……どういう人物なのですか？」

私の問いかけに騎士団長の瞳が、一瞬にして、驚きに満ちた顔になったのを私は見逃さなかった。

騎士団長は少々融通が利かないところがあるけど、真面目だったという。

彼の評判は、巻き戻す前の時間の私でもよく耳にしていたから知っている。

(誰にも分け隔て無く丁寧な人)

誰かが話していた『噂話にも近いその発言』を思い出し、全く、当てにならないものだな、と内心で思った。

驚きと共に、騎士団長の瞳に、一瞬だけ乗った侮蔑にも似たようなそんな表情。

(この人は、そんな表情をすることに、躊躇いのない人なんだ)

この騎士団において、黒髪を持つ者は一人しかいないから、私と騎士団長の認識している人物が食い違っていることはないだろう。

「アイツは……ノクスの出身です」

少しだけ、言いよどんだあと、騎士団長がそっと口を開く。

『ノクス(夜)』を意味する彼らは、一箇所に留まることを嫌う放浪の民としても有名な異邦人だ。

——確か、彼の民族は、身体能力が、ずば抜けて高いんだったかな……。

(初めて見たから、分からなかった)

なるほど、道理でこの国の人間とは違い、どこかエキゾチックな雰囲気が漂っている。

よくよく見れば、確かに目の前の騎士がノクスの民であることが私にも判断出来た。

その黒髪と、赤色の瞳が、彼がノクスの民であることの何よりの証明だった。

『赤』

思わず、小さく自虐するように、私は笑みを溢す。

私の髪ほどではないけれど、身体的な特徴として、どこかに『赤を持つ者』は、それだけでこの世界の人間からは、忌避される存在である。

どうして、放浪の民でもある彼が、この国に留まっているのかは分からない。

だけど、一つだけ、確かなことがあった。

（彼も、また、私と一緒だ）

——何処へ行っても爪弾きの、異端者。

「あの黒髪の騎士にします」

そう思った時にはもう、口から言葉が零れ落ちていた。

私が望んでいた、軽薄な騎士のことなどはもうこの時点で頭から消えていた。

……シーン、と。

まるで、時が止まったかのように、その場に静寂が訪れる。

さっきまで、鍛錬していた騎士の動きも、今は面白いくらいに全員止まっていた。

その中で、当事者である彼だけが、一切の乱れも見せずに剣の稽古に励んでいた。

「はっ？　えっ？　皇女様……、それはっ」

先ほどまで口に出しては言わないけれど、色々なことを呑み込んで、我慢していただろう騎士団長が、ここに来て、初めて慌てふためいたように声をあげた。

私は、その言葉を無視して一歩、地を蹴って踏み出した。

振り返ることもなく真っ直ぐ、二歩、三歩、四歩、と、ぐんぐん前へと進んでいく。

距離はどんどん近くなっていくけれど、此方のことなどまるで眼中にないかのように、目の前の騎士は動きを止めない。

『ブン……！』

という、鈍い音を立てて、空気を裂くような重い音が何度も何度もその場に響く。

私は、彼の目の前で、ピタリ、と停止した。

「アリス様っ！」

耳に届いた、ローラの声が悲鳴じみていて。

……どれくらい、そうしていたろうか。

きっと、体感の時間がいつもよりもずっと、長く感じただけで、時間などあってないに等しい。

――(横薙ぎ一閃)

黒髪の騎士が、剣を構えて、止めるまでの、その一秒にも満たない時間。

「……はっ、……無茶をする」

目の前の騎士の口角が片方、面白いものを見るように吊り上がるのが見えた。

彼の握っていた剣の切っ先が。私の頬、数センチの所でぎりぎり止まっている。

そこで初めて、私は息を吸い込んだ。

「ここまで、しないと。私の騎士になってくれない気がしました」

最悪、斬りつけられたその瞬間……。

ぶっつけ本番で時間を巻き戻すことも、視野に入れていたけれど、そうならなかったことに、内心で安堵した。

「私の騎士になってくれますか？」

はっきりと自分の希望を口に出せば、剣を鞘に納めた、目の前の騎士は、嫌悪感を隠そうともせず。

「拒否する権利でも与えてくれるのか？　随分と、お優しいんだな」

と、声に出す。

ぶっきらぼうに吐き出されたその言葉には棘しかない。

「我が儘三昧だって聞いてたんだが。……皇女様はどうやら、噂と違って、随分と博愛主義らしいな。俺が何者なのか分かってて勧誘してるのか？」

『疑心』

それは、虐げられてきた者にしか分からない感覚だろう。

伸ばされた手を素直に受け取るその前に、まず疑う。

目の前の人物が、どういう意図で言葉を発しているのか、甘い言葉のその裏に、何が見え隠れしているのか。

あとで、酷い目に遭うのは自分なのだ。

(だからこそ、本当に無償で手を差し伸べられていても、その手を取ることに躊躇する)

「それは、私も一緒です」

はっきりと出した私の言葉に、驚いたように彼は目を見開いた。

それ以上説明をしなくても、その言葉の意味は、誰よりも痛いほどに理解出来ると思う。

「魔女の騎士をしてみるつもりはありませんか?」

彼がノクスの民である以上、騎士団での出世は望めないだろう。

今の騎士団長が、人を選んでいるうちは、特に……。

そうなのだとしたら、魔女である私の騎士にしてもいいのではないか。

お飾りの皇女であろうと、魔女であろうと、一応、皇族の護衛騎士を経験していれば、箔がつくし、今よりも何倍も給金が支給される。

何より、一度与えられた『騎士としての地位』を簡単に降格させることは出来ない。

——それは、私が死んだあと彼の人生の確かな基盤となる。

(彼は、私だ)

過去の私、そのもの。……だからこそ、こんなふうに肩入れしていることに私自身が気付いている。

「……それで、あんたに、どんな利があるんだよ?」

「ノクスの民のずば抜けた、身体能力です。私が目の前に来た時に、一瞬で振り下ろしている最中の剣を止めるのは、並大抵のことでは出来ないでしょう?」

そうして、私がそうだったように、懐疑的なその言葉には、『感情論』よりも、真っ直ぐに。

(あなたの持っている能力がほしい)

と、本当のことを伝えた方が何よりも効果的だと思う。

「……っ」

ここにきて、初めて。……それ以上、言葉が出てこなくて言いよどむ、目の前の騎士に私は笑った。

「情など欠片も持たなくていいのです。誰もやりたがらない仕事ですが、打算で就いてみる気はありませんか？」

自信満々にそう伝えれば……。

「はっ、皇女とも思えねぇ、とんだ、誘い文句だな」

と、暫くしてから、その唇が自嘲するように歪み、降参したような表情を一瞬見せたあと、真っ直ぐに私を見つめて。

「セオドア、だ。よろしくな、姫さん」

と、彼は自分の名前を簡潔に私に教えてくれた。

＊　＊　＊　＊

あれから……。

（本当に、コイツで宜しいんですか、皇女様っ）

と、慌てふためく騎士団長にセオドアがいいことを何度も伝えて。

なんとか止めようと、あの手この手で渋る騎士団長を尻目に、無理矢理契約を交わし、その身を引き受けてから、私は自室に戻ってきていた。

恐らく、皇帝に色々と言い含められていた手前、私がノクスの民であるセオドアを連れて帰ったことが知られたら、立つ瀬が無いとかそんなことでも考えているのだろう。

(別に騎士団長に配慮するつもりもないし、正直な話、そんなことは、私が知ったことではない)

初めて入る宮に、キョロキョロしながらも。

私の後をついてきていた彼は……、私が自室に入る頃には、この場所の異様さに気付いていたのだと思う。

どんどん、険しくなっていくその顔に私は思わず苦笑する。

「ローラ、紅茶を三人分持ってきてもらえるかな？　遅くなったけど昼食にしよう」

一言、そう言えば。

ローラが心得たとばかりに一度私に向けて頷いたあと、部屋から出て行った。

その間、私は、所在なさげにしていたセオドアを、自室のテーブルに案内して座るように促した。

「いや、俺は……」

そう言って断ろうとするセオドアに。

「まだ、お昼ご飯、食べていませんよね？」

と、有無を言わせず座らせる。

ローラが紅茶を持ってきてくれる間、何かを言いにくそうにしているセオドアに、私は自分から声をかけた。

「侍女のローラ、医者のロイ、そして、セオドア」

「……っ」

「私の部屋に出入りする人間の全てです」

たまにローラがいないとき、ベルを鳴らせば、仕方なしに来てくれる入れ代わり立ち代わりの侍女は何人か待機しているけど。

彼女達は、私の数には入っていないし、彼女達も、私に仕えているという感覚はないだろう。

「……随分、少数精鋭なんだな」

吐き出された皮肉ともとれるセオドアの発言に、私は嫌な気持ちは欠片も抱かなかった。

これくらい、正直でいてくれた方が、裏表がなくていい。

「お飾りの皇女なので」

苦笑しながら、自分の今の状況をセオドアに伝えれば……。

「そりゃあ、また。……とんでもねぇお人に仕えちまった訳か」

と、セオドアが、本気とも、冗談ともとれるような口調で、そう言ったから……。

「一応、お飾りの皇女とはいえ、給金が滞ったりすることは無いと思います。皇族に仕える騎士としての待遇はきちんとされるでしょう」

と、慌てて私はそう付け加えた。

「……あー、そりゃ、分かってるよ。契約書交わしてるんだし、抜かりなくその辺は確認済みだ。

……つうか、なんの心配してんだよ」

私の言葉を聞いて、どこか呆れたようにそう言ってくるセオドアにホッとする。

これで、仕えたくないとか言われたらどうしようかと無駄にやきもきしてしまった。

「それでも万が一、契約の不履行(ふりこう)が行われるようなら直ぐに伝えてください。私が対処します」

それから告げた一言に、セオドアは、今度は、はぁーと脱力したようにため息を吐いて。

「あんた、皇女だろう？」

と声をかけてくる。

その言葉には『曲がりなりにも、皇族との契約を履行しない奴がいるのかよ？』という彼の率直な疑問が乗っかっていた。

私は真っ直ぐにセオドアを見つめながら、一度、こくりと頷き返す。

『お飾りの皇女』というのは、本当にそのままの意味で……。

私は皇族であって、広く世間一般の人間から、皇族であることを認められていない。

事実として皇族であることと、感情論で皇族を敬うこととは、また別問題だから。

「っ、そうかよ」

納得したのか、納得していないのか、ぶっきらぼうにセオドアがそう言ったところで、部屋から出て行っていたローラがタイミングよく紅茶を持って帰ってきてくれた。

そうして、騎士団に持って行ったバスケットの中のホットサンドをわざわざ温め直してくれたのだろう、お皿に三人分綺麗に並べて机の上に置いてくれる。

カリカリに焼き目の付いたパンの中に、ハムとチーズが挟まって、じゅわり、とお皿に向かってチーズがとろけていく。

ローラが人数分紅茶を淹れて椅子に座ったところで……。

「アリス様、どうぞ、お召し上がりください」

と、彼女が声をかけてくれたあとで、私は遠慮無くそれに手を伸ばした。

「セオドアも、良かったら召し上がってください」

ローラはいつもの事なので、気兼ねなく私と一緒に食事をとってくれるんだけど。

私達二人の様子を窺うようにジッと眺めていて、一向に手をつけようとしないセオドアに、私はひとまず、食事をしてもらえるように促すことにした。

そうして、パンを口にすれば、サク、という食感と伸びる熱々のチーズが美味しくて、思わず表情が綻んでしまう。

巻き戻す前の軸、一度目の時は、こういう手軽に食べられる食事をしたことはなかったから、私にとってはそれ自体が新鮮だ。

暫く、そうやって、もぐもぐと焼かれた食パンを頬張っていると、セオドアからの視線を感じて、私は彼の方へと視線を向ける。

「……セオドア？」

「……まさかとは思ったが、従者と一緒に同じ飯食うんだな」

呆れたように吐き出されたその言葉に、私は苦笑しながら、こくりと頷き返した。

「一人で食べても美味しくないので、一緒に食べてもらってるんです」

「……一人で？　ほかの皇族は？」

「私を抜いて、他は一緒に食べているはずですよ」

巻き戻す前の私はそれなりに、彼らと一緒の食卓につくこともあったんだけど、いつも、あまりいい顔はされなかった。

私だけ、半分しか血が繋がっていないから、それも当然の反応だろう。

わざわざ嫌われているのに顔をつきあわせ、嫌な気持ちになりながら、ご飯を食べることもない。

向こうから何か言ってくれれば、それも別だけど、それは絶対にないだろうし……。

「…………っ」

私からすれば、特段、珍しくも無いその状況だったけど、セオドアは私のその説明が納得のいくものじゃなかったのか、私の言葉に険しい表情になりながら、眉間に皺を寄せる。

「……？　セオドア？　今、何か言いましたか？」

そうして、あまりにも小さい声だったから、セオドアが何か言ったのが、上手く聞き取れなくて質問をすれば……。

むっつりとしたセオドアから「なんでもねぇよ」と、言われてしまった。


……それから、どれくらい経っただろう。

少しは打ち解けてきただろうかと思いながら、ホットサンドも食べ終わり、一息ついたところで。

「……そういや、姫さん、古の森に行くって言ってたよな」

と、セオドアが確認するように私に問いかけてくる。

一瞬、なんで知ってるんだろうと思ったけど、騎士団に話を通しておくと、皇帝が言っていたから、それで知っていたのだろう。……別に隠している訳でもないので、私は正直に頷く。

「はい。あそこにある砦に用があるので、その間、セオドアには私の護衛をお願いしたいんです」

「あそこは、そう危なくない場所らしいから大丈夫だろうが。一つだけ聞くぞ？　もしかして、まさかとは思うが、行くのは、姫さんと俺だけのつもりか？」

「勿論、そのつもりです」

はっきりと出した肯定にセオドアが「マジか……」と、小さく呟いて、隣でローラが驚いたように声をあげた。

「そんな、アリス様っ、危険ですっ！　私も連れて行ってください！」

当たり前のようにそう言われて、私は首を横に傾ける。

使われていない砦だから、ちょっとだけ能力の使用が出来るかどうかとか、色々確認したら、帰ろうと思っていたんだけど、何か問題があっただろうか？

二人の反応に、不思議に思っていると……。

「ああ、そうだよなぁ……姫さん、まだ子供だもんな」

と、呆れたような雰囲気のセオドアから、そう言われてしまった。

「あのなぁ、古の森を通り抜けて砦に行くまでも、かなり歩くと思うぞ。大人ならまだしも、姫さんくらいの歳の歩幅を考えると、森で、野宿しないといけない。それも、一泊じゃなくて何泊も、だ。……往復だけでどんだけ時間がかかると思ってんだ。皇族なら尚更、何日間か、向こうで過ごすことになるから、普通は、身の回りの整理をする人間とかも大勢、引き連れて馬車でいくだろ」

「……っ！」

（……そんなっ！）

十六歳まで生きてきて、物の分別くらいは、なんとか出来ている自信があったのに……。

あまりの自分の常識のなさ加減に、思わずショックを受けてしまう。

前の時も、自由気ままに外に出られる身じゃなかったから、移動時間のことなんて、なんとも思わなかった。

そっか、そういうことも含めて考えなければいけなかったんだっ……。

「知らなかった……」

思わずぽつり、と溢した一言にセオドアが苦笑する。

「護衛一人とだけで行こうとする、その積極的な姿勢は、褒めてやるけど……」

そうして、なんとかフォローしてくれようとしたのだろう。

慌ててそう言われて、私は更に撃沈してしまった。

（中身は、もう、いい大人なのに情けない……っ）

そういえば、皇帝には『護衛騎士と一緒にいけ』って言われたけど、身の回りの世話をする人間も連れていけとは、一言も言われなかった。

あれって、身の回りの世話をする人間を連れて行くのは当然のことだから、特に言及されなかっただけだったりするのだろうか……。

何にせよ、自分一人では本当に何も出来ないなぁと、痛感してしまう……。

「セオドア……。ローラと、セオドアと、私だけだと問題ありますか？　もっと、人がいないといけない、とか……」

「……いや、護衛っていう観点でいうなら問題はねぇよ、侍女のあんたは？」

「問題ありません。アリス様の身の回りのことは全て私にお任せください！　ですが、砦が今どういう状況なのかにもよりますね。確か、もう、随分長いこと使用されてなかったはずですから、手入れのされていない砦にアリス様が滞在されるのが不安です」

「それなら、大丈夫」

……古の森の砦は、仮にも皇族が所有している物件のひとつだ。

調度品や、家具などは手つかずのまま残っているはずだし、少々、埃っぽくても特に気にならない。

なんと言っても私自身、巻き戻し前の軸は、処刑される感じで牢獄の中に入れられていた訳だし
……。

どんな場所も、あそこまでは酷くはならないだろう。

「あと、これだけは絶対に譲れないのですが、ロイも連れていくことを許可してください」

それから、ローラにそう言われて……。

そういえば、能力の使用で体調が悪くなった時のことを全く考えてなかったと、私は思い直した。

「……？　医者を？」

怪訝そうな顔をする、セオドアに。

「お嬢様は身体が弱いのです」

と、ローラが私に代わって説明してくれた。

それから、私を守ってくれる騎士なのだから、セオドアにはちゃんと能力のことも、砦に行く目的も伝えておいた方がいいだろうと、思って……。

「はぁ!? 姫さん、身体が弱いのか？ 大丈夫なのかよっ？」

改めて、一から説明しようとしたら、思った以上に心配そうに此方をみてくるセオドアに思わず、私はこくりと頷きながら「大丈夫です」とはっきりと声に出した。

その言葉に『……何処がですかっ？』と、言わんばかりのローラの心配そうな視線とかち合い、と目が合ったんだけど、思わずその視線に耐えきれなくてそっと目線を逸らせば……。

「っていうか、皇女様が身体が弱いなんて話、聞いたことねぇんだけど。だとしたら、姫さん、何のために、砦に行くんだ？ 療養か？ 違うよな、歩いて行こうとしてたくらいだし」

と、今度はセオドアから質問されて、私は真面目な表情になりながら真実を話すことにした。

「表向きは、皇帝が私に所有している物件をくれたから、それの下見、という名目ですね」

「……表向き？」

「実際は私に、能力の発現があったので。それがどこまでの範囲で使えるか、試すために、お父様が砦を下さったんです」

隠すことでもないから、きっぱりと、セオドアに、自分のことを説明する。

ローラが、能力のことをセオドアに説明してよかったのかと、窺うような視線を向けてきたけれど。

砦にいる間中、ずっと、付いてきてくれる騎士にはどうせ、私の能力を隠し通せはしないだろう。

私がもしも、行き帰りの道中だけしか、任務を遂行しなさそうな騎士を選んでいれば別だったのかもしれないけど。

ちょっとの間しか一緒にいなかったけど、セオドアは、多分、違う。

(決して真面目には見えないけど、でも、契約を不履行にするような人じゃない)

自分に与えられた任務はきちんとこなすタイプなんじゃないかな?

だからこそ、しっかりと伝えておいた方がいい。

「……能力の、発現……?」

それから……。

私の説明を聞いていたセオドアが、ゆっくりと地を這うような声で一言だけ、言葉を溢したことに、思わず反射的にビクッと肩を揺らした。

「……?」

何か、怒らすようなことをしてしまっただろうか?

と、セオドアの方をそっと窺うように見たけれど、その表情はいまいち読み取れず更に困惑する。

「セオ、ド……? ……ひゃっ!」

手首を掴まれて反射的に上を見上げれば、真っ赤なその瞳が、真っ直ぐに、怒ったように私を見ていて、思わずたじろいでしまったのと同時に、混乱してしまった。

「……もしかして、私が本当に魔女だったから。やっぱり、仕える気を無くした、とか……?」

考えられることは一つしかなくて、落ち込みつつ、尻すぼみになりながら声を溢す私に……。

「ちげぇよ……」と、一度、否定して。

「……能力者が能力なんか使ったら、どんなことになるかなんて馬鹿でも分かる……。それを皇帝が、実の父親がっ、娘を物みたいな扱いすんのかよ。それで、姫さん自身にどんな反動が出るかも分かっていながら……っ？」

と、低く、問いかけるように吐き出された言葉に思わずこちらがびっくりしてしまう。

……そんなふうに言われるとは、夢にも思っていなかったから、なんて言えばいいのか、咄嗟に言葉が出てこなくて。

「えっと……っ？」と、一人、しどろもどろになってしまっていると。

セオドアは小さくため息をついて、握っていた私の手首をそっと離してくれた。

「……ノクスの民がなんで放浪の民って呼ばれてるのか、姫さんは知ってるか？」

そうして、ふと思い立ったように、セオドアが声をかけてくる。

突然の話の転換に直ぐにはついていくことが出来なくて驚きつつ、ノクスの民のことは、詳しくは知らない私は、素直に首を横に振った。

「この、赤い眼のせいだ」

「眼……？」

首を傾げて分からない事を伝え……。話の続きを促せば、一度頷いてから、セオドアはまるで自分自身を嘲(あざけ)るように笑みを深くする。

その目はもう、さっきまでの、怒ったような表情から色を変えていて……。

「コイツがあるせいで、俺等は何処へ行っても爪弾きだ。……そもそも、一箇所に留まること自体が危険なんだよ」

「……あぁ」

聞いて、納得する。……考えてみれば分かりそうなことだった。

だから、一箇所に留まること無く放浪しているのか。

(どこへ行っても、何もしなくても、そこにいるだけで嫌がられるから)

……その気持ちは、私にも痛いほど分かるものだった。

「俺等に人権なんてない。その上、身体能力だけ馬鹿高いと来た」

「………」

「もしも、そんな奴が身近にいたら周囲はどうすると思う?」

「……奴隷、ですか?」

私の言葉に、セオドアは、一度頷いてから「ご名答」と自嘲するように声を上げた。

「捕まえたら、そこそこの高値で売れる。何してもいい、奴隷のできあがりだ」

——俺の価値なんて、そんなもんなんだよ。

そうして、セオドアは笑いながら、そう言ったあと、鋭い視線を此方に向けてくる。

「放浪なんてかっこいいこと言ってるが、隠れて逃げ続ける毎日だった。こっちに向かってくる奴には容赦なく攻撃した」

……その視線が。

「それでも、どんなに向こうが先に手を出したとしても、俺らノクスが悪くなる。そんな毎日の中、ある日、シュタインベルクっていう国が、奴隷制度を完全に撤廃してるって聞いて、やってきた」

ただ真っ直ぐに、行き場を無くしたものの悲痛を伝えてくる。

「能力さえあれば、認めてくれるらしいって聞いて。難関って言われてる入団試験に、死に物狂いで合格して入って。……そういう意味で俺は確かに運が良かったのかもしれない。この国にたどり着けもせずに死んでいく同胞も見てきたからな」

運が良かったと、私にそう伝えるセオドアの瞳には。……けれど、否定の色が強く、濃く映っていた。

「けど、結局ここも一緒だった。表向き、綺麗に着飾ってるだけで、耳触りのいい言葉を並べ立ててるだけで、中身が伴っちゃいない。その視線も、その態度も、俺を人間として、同じ存在として見てはくれなかった。まぁ、そりゃそうだよな、それがこの世界のおおよその人間の価値観だ」

ひとつ、そう言って言葉を句切ったあと。

「だけどな……」

と、セオドアは真っ直ぐに私を見つめてくる。

「絵本だって、なんだって。お姫様は、敬われてる。五歳の餓鬼だって、国の王様、王子様、お姫様の存在が偉いんだってことくらい分かってるだろ。それだけ、偉いはずの人間が、なんだって俺と……。俺等と、同じなんだよ。あんたはもっと、敬われるべきだろう？」

……そこで、初めて。

今、セオドアが、私に向けて言ってくれた言葉の意味を知る。

私が魔女であることも、気にしないで。

（私の心配をさっきからずっとしてくれてたんだ）

自分の、多分、言いたくない過去を私に話してまで。

――そうして、私の代わりに憤ってくれている。

嗚呼……。

（彼は、私だ）

さきほど、騎士団で剣を振るセオドアを見てそう思ったことが。

無遠慮に、仲間意識を持ってしまったことが、どうしようもないほどに、今になって恥ずかしくなってきてしまった。

（セオドアは、私とは違う）

だって、どうにかしようと、必死で動いてきたんだ。

自分の人生を勝ち取るために努力して。

我が儘ばかりで癇癪を起こして、最期、手元には何も残らず殺された私とは、そもそもの土台が違う。

――眩しいな。

と、心の底から、そう思った。

（こんなふうに、生きていたら少しは何か変わっただろうか）

大切な人は、もうつくらないと決めたのに……。

巻き戻す前の軸は、いなかった大切をまた……増やしてしまった。

「私の代わりに怒ってくれて、ありがとうございます」

ふわり、と穏やかにセオドアに笑いかければ、毒気を抜かれたように驚いた顔をして、ばつが悪そうにセオドアは私から顔を背けた。

運命の出会い　――セオドアSide

第一印象は、世間で言われているような、我が儘で癇癪持ちの、手がつけられない皇女様っていうよりは……。

――変わり者、だった。

「私の騎士になってくれますか？」

真っ直ぐ、揺るぎない瞳でそう問いかけてくる、この国の皇女様に、最初は何の冗談か、それとも気紛れかと思った。

だが、初対面で、剣を振るう俺の目の前に来た度胸。

それだけで、少なくとも話を聞く気にはなった。

「拒否する権利でも与えてくれるのか？　随分と、お優しいんだな」

けれど、話を聞く気になっただけだ。『ノクスの民』である俺等はいつだって、何処にいたって、虐げられてきた。

そもそも、俺を含めて、ここにいる騎士達は、皇女様の騎士選びの候補にすら挙がってなかった。

選抜された奴らは皇女様が来るからといって、他で訓練をしていたはずで、それなのにわざわざ、選抜されてない人間の方を見に来た挙げ句……。

(このお姫様は、俺を選んだ)

これだけの騎士がいる中で、たった一人、俺に目を向ける理由がどこにある？

チャンスというよりも、まず疑った。……どういう意図で、何を目的として、俺を選んだのか。

それが、分からない以上、その手を取ることは出来ない。

だが……。

「魔女の騎士をしてみるつもりはありませんか？」

姫さんが、俺にそう言った時。

『嗚呼、コイツも俺と同じなんだ』と、直感的にそう思った。

……真っ赤に染まる、紅の。

その髪の色はこの場において、誰よりも目立ってる。

身体の何処かに『赤』を持つ。

それが、この世界の人間にとって、どういう意味をもたらすのか、俺は身を以て知っている。

(世間様から、色々言われて、育ってきたんだろう)

——悪意も、敵意も。

たとえ、こんなに身分が偉い御方でも、それら全てを全部、遮断するのは難しい。

だから、俺に目を向けたのか。

(自分と、一緒だと思って……？)

いや、俺ほど嫌な思いはしてないだろう。

泥をすすって、喰ったような経験がある訳でもない。

手を伸ばせば、いつだって、このお嬢様は、欲しいものが手に入る地位にいる。

それでも、自分を『魔女』だと率先して自嘲する、目の前にいる少女に興味を持ったのは事実。

「……それで、あんたに、どんな利があるんだよ？」

「ノクスの民のずば抜けた、身体能力です。私が目の前に来た時に一瞬で振り下ろしている最中の剣を止めるのは、並大抵のことでは出来ないでしょう？」

しかも、どうやら皇女様は、俺の能力を認めてくれているらしい。

……聞けば聞くほどに、どう考えたってこの話は、俺にとってかなり条件が良すぎる契約だ。

こういうことでも無い限り、この国の騎士団での出世は望めないだろう。

しかも、目の前のお姫様が『打算』で任務についてくれていいと言っているのだ。

(主に忠誠を誓って死ね)

と、言われている訳じゃ無い。

——こんな、上手い話。

いつもだったら、絶対に乗らなかっただろう。

……どこかに、絶対罠があると思うから。

『騎士になってくれますか？』

という言葉は決して強制じゃなく、そこに俺が断れるだけの余白がある。

だが、その感情が、姫さんと俺の、赤を持つ者という共通点によって、ほんの少し交じる『虐げられる者』への同情であるのならば、その誘いに乗ってみるのも悪くないと思えた。

(言ってみれば、ただの気紛れだ)


「本当に、コイツで宜しいんですか、皇女様っ」

それからは、あっという間だった。

渋る騎士団長を尻目に、皇帝が用意したという契約書に目を通して、サインをした俺は。

姫さんに連れられて、騎士になって初めて宮に足を踏み入れた。

異常だと気付いたのは、それから暫くも経たないうちだった。

最初のうちは『やけに静かになったな』っていうそれだけの感覚だったのに。

姫さんの部屋に着く頃には、静かを通り越して、姫さんと、侍女と、俺の三人以外、誰ひとりとして人の影が無い。

(……っ)

部屋に入ったら何か変わるかと思いきや、姫さんの部屋は思った以上にシンプルで、かなりすっきりとした印象だった。

（上手く言えねぇけど。皇族なら、こう、もっと。……キラキラとした部屋に住んでるんじゃねぇのかよ）

確かに、目に見える範囲で高そうな物は置いてあった。

この部屋にある家具や、調度品も含めてどれをとっても一級品なのだろう。

だが、枕元に大事そうに置かれたくまのぬいぐるみは、市井でも買える既製品だったはずだし。

（あそこにある、ちょっとくたびれた絵本も、そうだな）

……部屋の中にちょこちょこと交じってる、俺等でも手が届くような物の方が大事にされていそうなのは、何なんだ？

不躾に辺りを見渡してたら、姫さんが俺を昼食に誘った。

ありえない現象は、ここでも起きた。

「まだ、お昼ごはん食べていませんよね」

と、事も無げにそう言われて、座るように促されたのは部屋の中にあった椅子だ。

もしかして、まさかとは思うが……。

（此処で、従者と一緒に飯食うのかよ？）

あり得ない。……あり得なかった、何もかもが。

そうして、大人しく椅子に座った俺に。

「侍女のローラ、医者のロイ、そして、セオドア。私の部屋に出入りする人間の全てです」

と、姫さんは、俺がここに来てから感じた違和感をあっさりと説明した。

簡潔に何でも無いことのように言ってるが、それが当たり前でいいはずが無い。

俺の目の前にいるのは、この国でもトップクラスに偉いはずの人間なのだ。

「……随分、少数精鋭なんだな」

一言、出した自分の言葉は、姫さんの今の状況を皮肉るような物言いになった。

「お飾りの皇女なので」

それを怒ることもなく、当然のように受け流す少女は、確かまだ十歳だったはずだ。

噂とは当てにならないものだと、ここにきて感じていた。

(皇女様は我が儘で、手がつけられないんじゃなかったのかよ)

十歳にしては、その言動があまりにも大人びすぎている。

挙げ句の果てに姫さんは、俺の給金や待遇の心配をし出す始末だ。

「あんた、皇女だろう?」

思わず、本音が口をついて出た。

契約書はきっちり交わしている。

それなのに、その契約書を。皇帝の名も記されている最上級の契約書を、不履行にする奴がいるのか、と。

……驚く俺に、小さなお姫様は、何でも無いかのように頷く。

それは、今までもそういうことがあったと言わんばかりの反応だ。

そうして、それは、誰よりも『お飾りの皇女……』その言葉の意味を、まだ幼いはずのこの少女が、理解してるってことに他ならない。

騎士団にいりゃ、否応なしにこの国の情勢は耳に入ってくる。

（確か、ちょっと前に誘拐されて、母親を殺されたんだよな）

――犯人は、魔女狩り信仰の過激派、だったか。

いずれにせよ、十歳の子供が経験するには、あまりにも重い内容だ。

その上、喪が明けるその前に、第二妃が、皇后に正式に繰り上げられた。

なんてことは、特に情報規制もされてない、この国にいる人間なら誰もが知ってることだ。

（しかも、国民の大半は、不謹慎にも、その報道に喜んだという）

『その事実』を、こんなにも幼いお姫様が全部受け止めて、その上でこんなふうに毅然としているっていうのかよ。

信じられないものを見る目で、目の前の少女を見つめていると、姫さんの侍女がタイミングよく紅茶を持って帰ってきた。

そうして、軽食であるホットサンドが皿に三人分綺麗に並べられて、まるで何でもないことのように机に置かれていく。

侍女のものも、俺のものも、姫さんのものも、見た目からはそこに特別な違いなど見当たらない。

「アリス様、どうぞ、お召し上がりください」

……それを、侍女も目の前のお姫様も、当たり前のように手を伸ばして一緒に食事をとっている。

（どう考えても、やっぱり中身も一緒だ）

姫さんと侍女が食べているのはハムとチーズが挟まった、庶民にもよく食べられているようなホットサンドだった。

食事を一緒にとるにしても、その食事内容が従者と姫さんで全く一緒なことも、俺には違和感でしかない。

「……まさかとは思ったが、従者と一緒に同じ飯食うんだな」

当たり前のようにそうしてるってことは、普段からそうだということの、何よりの証明に他ならない。

俺の問いかけに、姫さんがこくりと頷いて。

「一人で食べても美味しくないので、一緒に食べてもらっているんです」

と、説明してくれる。

「……一人で？　ほかの皇族は？」

「私を抜いて、他は一緒に食べているはずです」

そうして何でも無いように吐き出された言葉に思わず息を呑んで、眉間に皺を寄せた。

（こんなにも幼いのに、誰も味方じゃねぇのか……？）

実の母じゃない、今の皇后と。……半分しか血のつながりのない二人の兄。

そして、実の父であるはずの皇帝。……誰も、彼もが……。

（まだ、幼い、このお姫様のことを放置してるっていうのかよ）

「……ありえねぇ」

思わず自分の口から零れ落ちた、言葉が聞き取れなかったのか。

「……？　セオドア？　今、何か言いましたか？」

と、姫さんが首を傾げて、俺に問いかけてくる。

「なんでもねぇよ」

と、その場では御茶を濁したが、心の中に生まれたもやもやとした澱みは晴れずにいて、話を変えようとしたのが失敗だった。

最初のうちはよかったのだ。

そもそも、この小さな皇女様が何故騎士をつけるのか。

皇女様が来る前に騎士団長から全員に通達があって、その目的は聞いてたから、古の森の砦に行くということを思い出して、俺はそれを聞いただけ。

なんていうか、こう、従者と一緒に食事することも躊躇わない少女なのだから、もしかしてと……。

『俺と二人で行くつもりか』と、冗談交じりに聞いてみただけだった。

そしたら、本当にそのつもりだったらしく、ここにきて初めてあどけなさの残る、その困惑したような表情に一般常識を説明してやると、分かりやすく姫さんは落ち込んでしまった。

「知らなかった……」

思わずぽつり、と溢したその一言が、どこまでも幼く見えて。

周囲の勝手で振り回されて……。

年齢以上に背伸びしているだけで、姫さんにも、年相応に可愛いところがあるのだと微笑ましく思っていた。

(ずっと、そういう顔をしていられりゃ、いいんだろうけど)

「あと、これだけは絶対に譲れないのですが、ロイも連れていくことを許可してください」

だが、侍女が口に出した言葉に、その状況が一変した。

『ロイ』っていうのは、姫さんがさっき口にしてた医者のことか?

どういうつもりで、医者を連れて行くんだ……と、そう思っていたら。

「お嬢様は身体が弱いのです」

と、侍女が説明してくれた。

「はぁ⁉ 姫さん、身体が弱いのかっ! 大丈夫なのかよ⁉」

自分でも、想像した以上に心配する声が出た。

「っていうか、皇女様が身体弱いなんて話、聞いたことねぇんだけど。だとしたら、姫さん、何のために、砦に行くんだ? ……療養か? 違うよな、歩いて行こうとしてたくらいだし」

思わず、矢継ぎ早に俺の口から質問が飛び出たのを、侍女はあまりいい顔はしなかったが。

「表向きは、皇帝が私に所有している物件をくれたから、それの下見。という名目ですね」

と、当の本人である姫さんは、どこまでもあっけらかんとしていた。

「……表向き?」

そうして、表向きというまたちょっと不穏な単語に俺が反応すれば……。

「実際は、私に能力の発現があったので。それが、どこまでの範囲で使えるか、試すために、お父様が砦を下さったのです」

と、姫さんはまた、重要なことを話してるとは全く思えない口ぶりで、俺にそう告げた。

あまりにも、軽い口調で言われたから『ノウリョクのハツゲン』ってのは、何だったか……と。

一瞬、その意味を分かっていながら、頭の中で思い出そうとした。

今、姫さん、能力の発現、つったよな？

（……その上、それがどこまでの範囲で使えるか、試すために砦をくれただと？）

――誰が？

お父様っていうことは、そんなのに該当する人間は、どう考えても、この世界で一人しかいない。

（……実の娘をっ、一体、何だと思っていやがるっ！）

「……能力の、発現……？」

理解した瞬間、自分でも思った以上に低い声が、出た。

自分のことでもないのに、瞬間的に湧き上がってきた強い怒りで、目の前が沸騰しそうだった。

姫さんの、その細っこい手首を反射的に掴むくらいには、周りの状況を冷静には見れていなかった。

だが、掴んだ瞬間に、ハッとした。

今にも折れてしまいそうなくらい、か弱いその腕は、全く以て頼りない。

こんなにも、非力な少女じゃねぇか……。

「……もしかして、私が本当に魔女だったから。やっぱり、仕える気を無くした、とか……？」

姫さんがおろおろと、絞り出すような声で俺にそう言った時。

俺は、この幼い少女が、今の自分を必死で受け入れて、抗える術も持たずにいることに、どうしようもないほどの、痛みを感じた。

（目の前の、少女は俺だ）

――何が、俺よりいい暮らしをしているだよ？

――何が、泥をすすったことなんてない、だよ？

確かに目の前の少女は、良い暮らしをしているのだろう。

泥だって、すすったことなんて、一度もないのだろう。

だけど……。どんなに、綺麗に着飾ったって。

どんなに、身の回りを高価な物で埋めたって。

（こんなもん生殺しの……、中身のねぇ、張りぼてじゃねぇか）

頼りになるのは本当にさっき、姫さんが言ったとおりの人間しかいないのだろう。

・・・

三人だ。

――たった、三人しかいない。

……それも、多分、俺は含まれていないから、二人。

（それが、今の姫さんにとって、心の底から信頼出来る人間の数）

姫さんの、不安そうな声に。

「ちげぇよ」と、一度、否定して。

「……能力者が能力を使ったら、どんなことになるかなんて馬鹿でも分かる……。それを、皇帝が、実の父親がっ、娘を物みたいな扱いすんのかよ。それで、姫さん自身に……どんな反動が出るかも、分かっていながらっ？」

と、声を出さずにはいられなかった。

——実の父親ですら、そうなのか、と。

俺の言葉に、びくり、と、姫さんの身体が一度震えて、強ばるように硬くなる。

「えっと……っ？」

しどろもどろに、なんて答えていいか分からない少女の腕を、俺は、そっと離した。

——姫さんに言ったたって、そりゃ、答えられる訳がねぇよな。

半分は、自分自身が信じたかったものが裏切られたという、強い思いからだった。

(言い換えれば、こんなのただの八つ当たりでしかない)

ノクスの民である俺は、ずっと虐げられてきた。

赤い眼を持って生まれたってだけで、人様には言えないような『人生』だった。

誰かから、隠れて怯えて過ごす毎日。

常に、死の危険か、奴隷になるかの二択と隣り合わせで、逃げて、逃げて、逃げ抜いたその先に。

『シュタインベルク』っていう国が、奴隷制度を完全に撤廃してるっていうから、だから、やってきた。

少しでも、今の自分をよくしたくて。

……それなのに。

（結局、この国も、根元から腐ってやがる）

一番、大事にされなければいけないお姫様が、大切にされてねぇんだから……。

その事実を、ありありと突きつけられたようで。

自分という人間が『無価値』である、とレッテルを貼られたような、そんな、気持ちになる。

俺は、それでもまだ、大人だ。歯を食いしばって、全てを呑み込むことくらい、出来る。

それなのに……。

全てを呑みこんで全部を消化しちまうには、あまりにも幼い十歳の少女は、そんな俺を見て、ふわり、と、穏やかに微笑んで……。

「私の代わりに怒ってくれて、ありがとうございます」

と、本当にそう思っているのだろう、柔らかい笑顔で、俺に礼を述べてくる。

流石に、その発言には、一瞬、時が止まった。

ここに来ても、このお姫様は自分のことなんて欠片も考えていない。

（嗚呼……）

もう、自分でも気付いてた。

どうしようもないほどに、今。……俺が、この小さな皇女様に肩入れしてることを。

（情など欠片も持たなくていいのです。誰もやりたがらない仕事ですが、打算で就いてみる気はありませんか？）

（打算……）

その言葉に、俺は確かにあの時、主に忠誠を誓わなくていいと、そう思った。

でも、このお姫様が、俺を必要としてくれるなら。

――他の誰でも無い、俺の、忠誠も、俺の命も……。

（この、小さな、お姫様のもんだ）

出発、古の森の砦

「はぁ……」

仕方なく自室から出て、宮の中を歩きながら、私は小さくため息を溢した。

憂鬱なのは他でもない。……今日から古の森の砦にいく為に、あれこれローラと一緒に準備をしていたのに、行く前に、父親である皇帝から急遽呼び出しがかかってしまったのだ。

重たい足取りで前に進む私に、セオドアが半歩下がった状態で後ろからついてきてくれる。

私の事情を知ってから、自分と重ね合わせて何か思うようなことがあったのか……。

何故か、ちょっとだけ過保護気味になってしまったセオドアは『俺は、姫さんの騎士だから』と、いつでもどこでもついてきてくれるようになった。

まぁ、私自身、普段は禁止されていることもあって城から殆ど出ない上に、今は半ば引きこもり気味だから、誰とも会わないし、そこまでの危険はないとは思うんだけど。

そうしてくれる分には凄く有り難いので、私はセオドアの厚意を甘んじて受け入れている。

（それに仮に私が死んだあとも、騎士としてちゃんとセオドアがこうやって働いてくれていたことの証明にもなるし……。そうなったら、少しでもセオドアの地位が良くなっていればいいな）

内心でそんなことを思いながら、コンコン、と一つ、ノックをすれば……。

「どうぞ、お入りください」

という、父親、皇帝以外の人の声が聞こえてきた。……この声には、聞き覚えがある。

「失礼します。帝国の太陽にご挨拶を」

向こうから扉を開けてくれるのを待って、即席でカーテシーを作り上げ、いるであろう皇帝に声をかけたけれど、顔を上げた私の目に映ったのは皇帝ではなくて……。

「お待ちしておりました、お嬢様」

硬い口調を崩さずにそう言ったのは、皇帝に忠実に仕えている執事のハーロックだった。

実力主義の皇帝らしく、この執事も、宮での殆どを皇帝から一任されていて、かなり優秀な人間であることは間違いない。……ただ、私はたまにしか会わないこの執事のことも苦手だった。

普段なら、目が合っても失望したような視線を向けてくるだけで、話したりすることもないのだけど、珍しいこともあるものだなぁ、と思う。

それから、きょろり、と一度、室内を見渡してみたけれど、肝心の私を呼び出してきた人が『何処にも見当たらず』私は眉を寄せた。

「お父様に呼ばれて来たのですが」

「ええ、聞き及んでいますよ。ですが、急遽外せない用事が出来てしまいまして」

「そうですか」

「……貴女に会えるのを、楽しみにしていらしたのですが」

「そうなんですね。……急用ではないのなら、また日を改めて出直します」

当たり障りのない言葉で私のご機嫌を取ろうとしなくても、もう私は我が儘も癇癪も、誰にも言うつもりも起こすつもりもない。

(父親である皇帝がいないなら、もうここにいる必要も無いな)

私は、一度お辞儀をして、その場を後にしようと、くるり、とハーロックに背を向けて歩き出す。

瞬間、私の後ろについてきてくれていた、セオドアとかちりと視線が合った。

少しだけ口元を緩めて、穏やかに私に向かって微笑んでくれたセオドアは、開きっぱなしのままの扉の横でじっと私の事を待ってくれていた。

(あれ、セオドアって……こんなに、優しく笑いかけてくれる人だったっけ？)

ぼんやりと頭の中でそんなことを考えていたら……。

「お嬢様、お待ちください」

と、背後から声がかかり、私はもう一度、目の前の執事に視線を向け直す。

「本日、古の森の砦に下見に行くと伺っています。……陛下が、お嬢様に馬車の用意を」

次いで言われた言葉に、私は思わず眉を寄せて険しい表情になるのを抑えきれなかった。

――別に、私が馬車を用意出来ない訳ではない。

お母様の持ち物だった、皇族の馬車を使うつもりだった。

駆者（ぎょしゃ）は、ロイや、ローラが信用している人だと聞いていたから大丈夫だと思っていたのだけど。

「……なぜ、お父様が？」

自分の口から出た率直な疑問に答えるように、目の前で、ハーロックが私に向かって頭を下げてくる。

「陛下からのご厚意です。……決して、お嬢様のお心が乱れることのないように、と」

言われた言葉に、はいそうですか、と素直に頷くよりもまず、苦笑してしまった。

（お父様が、私に、馬車の準備を……）

「……分かりました。絶対に死ぬ事のないように努力します」

誘拐事件の時のような間違いが起こってはならない、という皮肉も込めた言い回しなのだろう。

馬車ごと狙われたあの事件のことを、暗にほのめかしてきているのだ。

そうでなくとも、能力が発現して、魔女になった訳だから……。

『迂闊な真似はするなよ』という、意味合いが多分に込められているのだと思う。

皇帝がわざわざ馬車の用意をしたということは、その馬車が細工など何もされていなくて、安全であるということの何よりの証明となるはずだから。

私の一言に、ハーロックが顔を上げて、一度左右に視線を揺らしたあと……。

「お嬢様……っ、」と、私を呼んで、何かを言いよどむのが見えた。

——その一瞬の空白に。

「……っ、セオドア？」

私は、扉の横でずっと待機していたセオドアにグッと、腕を引かれていた。

というより、セオドアの力が強すぎて、一瞬ふわっと宙に浮いてから、そっと、抱き寄せられるようにして、セオドアの元へと着地する。

「話は、もう、終わりでしょうか？」

強い威圧と共に、セオドアが、ハーロックに向かってそう声をかける。

彼が、セオドアに向かって頷いたのを確認すると、セオドアは、私を背中に隠すようにしたあと……。

「じゃぁ、この場所から離れても、問題ありませんよね？」

と、ハーロックに声をかけて、扉を閉めてくれた。

＊＊＊＊

「……悪い、姫さん、やっちまった」

あれから、ローラやロイと合流して、古の森に行く道中、珍しくセオドアが落ち込んだような声を出すから、私は思わず笑ってしまった。

「大丈夫。ありがとうございます」

私を引き寄せるときも、力は強くても、痛みなどはまるでなかったし、セオドアが本当は優しい人だということは、分かってる。

(魔女である私の境遇を、怒ってくれるような人だから)

多分、心配してくれたのだろう。

そうして、今も、自分のやったことで何か私に不利益なことがなかったか、後悔してくれているのだと思う。

——相手は、執事といっても皇帝の専属だ。

だけど、あれくらいなら、忙しい皇帝にわざわざ、皇女の騎士が無礼を働いたなどとは、ハーロックも、報告はしないはず。

ゴトゴト、と揺れる馬車の中から、ゆっくり移り変わる風景を眺め見る。

(こんなに、まじまじと外の景色を眺めることが出来るなんて、思ってもなかったな)

皇帝が用意した専属の馬車は思ったよりも広く、荷物を載せて全員乗るには充分だった。

何台か、用意されていたけれど、一台で事足りた。

ローラが用意してくれていた馭者も、一人だったし……。

何せ、私を含めて、四人しかいない。

普通は、従者とは別の馬車に乗るらしいのだけど、私達にはその必要もない。

ただ、護衛騎士であるセオドアには、ちゃんとした馬をつけてあげられたら良いのに、とそう思う。

……まぁ、私自身が外に出ることはあまりないと思うから、無用の長物かもしれないけど。

それでも、所有していて、困るものでもないだろう。

騎士団でも、地位の高い人間になればなるほど、自分の馬を持っているものだから。

（皇帝に、お願いしてみようかな）

自分で、騎士をつけろと言ってきたくらいだから、それくらいはしてくれないと割に合わない。

――いや、ほしい物はいつだって。

それが、あまりにも無茶な物じゃ無い限り、あの人は与えてくれていたから、二つ返事で許可は出してくれると思う。

（そうなったら、セオドアに良馬を贈ってほしいとお願いしよう）

能力が上手く使えるようになったと、手土産代わりの報告がもしも出来たなら、機嫌良く大盤振る舞いしてくれるかもしれない。

だけど、もし……。

（お飾りの皇女が、自分の周囲の強化を図っていると取られたらどうしよう）

別に私自身は、皇帝とも二人の皇子とも、テレーゼ様とも敵対する意思はない。

だけど、急に今まで気にかけてこなかった身の回りに目を向けたことで、誰が何を思うかは、分からない。

皇帝に近しい人間が、私にとって良くない進言をすることだって考えておかないと。

もしも万が一、あまり良い返事が返ってこなくても、私は今、かなり資金を持っている。

セオドアに騎士になってもらうちょっと前くらいに、思い切って、ドレスも、宝石も、何もかも、不必要な物は、自分が必要な最低限だけを残してローラに頼んで売ってもらったのだ。

(本当に宜しいのですか?)

と、何度も確認されるようにそう言われたけど、私はそれに頷いて、必要な物だけを手元に置いた。

どれほどの金額で売れたのかは分からないけど、かなり潤沢な資金になったのだと思う。

(その辺、よく分からないから、全部ローラに任せっぱなしだ)

だから、今なら、私の従者達に、必要な物を買い揃えることが出来る。

特にセオドアは、騎士団で使っていたものを今も使用しているから、護衛騎士としてのきちんとした装備を調えた方がいいだろうし。

ローラは、いつも着ている給仕の服が、ちょっとほつれかけているのをこの間目撃したから、どうせならこの機に、私専属の制服を贈ってもいいかもしれない。

ロイは、いつも手土産にとお菓子とかを買ってきてくれるから、そのお礼に何か渡せないかなと思ってる。

——私が気にかけないと、誰も彼らに気付けない。

そのことに、今になって、気が付いた。

主人である私がしっかりしてなかったら、面と向かって私には言えないから、笑われるのは従者達になってしまう。

(まぁ、私の場合は貶(けな)してもいいと思われてるから、面と向かって色々と言ってくる人間もいるにはいるけど……)

それから、外の景色が、郊外を離れて、いよいよ森へと変わっていくのが見えた。

森に入るのは、人生で初めてのことなので、ドキドキする。

砦までは、まだもう少しかかるのだろう。

セオドアが『予定では、夕刻ぐらいに着くだろう』と、地図を見て、事前に予想を立ててくれていた。

そうなったら、完全に今日は向こうに泊まりになる。

外泊する機会なんて滅多にないことだから、なんというか凄く緊張する。

人知れず逸る気持ちを抑えながら、心の中でわくわくして、暫くはずっと代わり映えのない森の風景を楽しんでいた。すると、馬車が急に、キィ、という音を立てて止まってしまった。

「……?」

「姫さん、俺が見る」

どうしたんだろう、と扉を開けようと動いたら、セオドアが私を手で制したあと馬車の扉を開けて、外に確認しに出て行ってくれた。

(何か、あったのかな……?)

手持ち無沙汰になりながら、一人でそわそわしていると。

ローラが私の手をぎゅっと握ってくれて、安心させるように微笑んでくれた。

「……あー、悪い。姫さんも含めてなんだが、俺じゃちょっと判断つかないから、降りてきてくれるか？」

それから、そんなに待たないうちに、セオドアが扉を開けて戻ってきてくれて……。

「……？　分かりました」

言われた言葉に頷いて、全員で一度外へ出ると。森の中は木が多いだけあって、思ったよりも涼しく、心地のいい風が吹いていた。

籠もった室内の中にいたから、余計、空気が美味しく感じられるのかもしれない。

セオドアに促されて、私は馬車の前方を見る。

……崖崩れでもあったのだろうか、土砂と大きな岩が道の真ん中に鎮座していた。

(だけど、崖崩れにしては、その崩れたような崖がどこにも見当たらない)

困ったことに馬車が通るにもやっとな道の、その真ん中にあるせいで……。

まるで、この場所だけ、誰かが意図して通行止めにしたようなそんな痕跡だった。

「えっと、これは……？」

その状況に困惑しながら問いかけるように声を出せば、セオドアが私達の方を見ながら「分からない」と、首を横に振ったのが目に入ってきた。

「地図には、こんなもの書いてなかったからな」

「……そうなってくると、迂回しなければいけないのでしょうか？」

「そうですね、ローラの言う通り迂回するしか方法はないかと。……そうなると、こちらの道しかありませんね」

「おい、医者のアンタ。もし、迂回するなら、今日中に砦に着くかどうか分かんねぇぞ。昼間はよくても、夜の森は危険だ。どんなに安全だと思われていても、先住民が森の中には、うじゃうじゃいるからな」

「森の住民……。この森に棲む野生動物のことですね？」

私の不安を余所に従者の面々が各自、広げた地図の周りに集まって緊急会議を始めてしまう。

――それぞれ、本当に頼りになるなぁ、という気持ちと同時に……。

『私だけ、役立たず……』と思いながら、馭者の人を見れば、彼も話に入っていけずに暇を持て余していたようだったから。

私と彼は視線があったあと、何も言わないけれど、お互いの状況を共有し合う。

（よかった。……あの人も、私と同じ境遇だ）

自然と仲間意識が芽生え、私が頭の中でそんなことを考えている間にも、優秀な従者達の話は、サクサクと進んでいってしまう。

「おい、馭者のアンタ。ここから、一番近い街と宿には、今から発っていつくらいに着く？」

そうして、セオドアがそう言ったことで、いよいよ仲間はずれは私だけになってしまった。

「あぁ、はいっ！　森に入って結構、経っていますので、引き返すにも夕方か、最悪、夜になるかと」

話を振られて、誰かから頼られた事が余程嬉しかったのか、心なしか弾んだ声を出した馭者の人が、真面目に話に加わっていく。

ほんの少しだけ感じた疎外感をそのままに、私は黙ったままセオドア達の話に耳を傾ける。

……今、自分に出来ることと言えばそれくらいしか出来なくて、とりあえずみんなの邪魔にだけはならないように気をつけていると。

「夕方か、夜か……どっちだ？」

「……えっと、流石にそれは、太陽に聞いてみないことには……」

と、セオドアの圧のある言葉に、答えられずに段々と尻すぼみになっていく馭者の人が見えて、ちょっとだけ可哀想になってくる。

（……勘違いされやすいだけで、セオドアは、本当はいい人なんだよ）

と、私は声を大にして言いたかったけど、視線が合ったので、にこりといつもローラがしてくれるように、微笑んでみせた。

私が微笑んだことで、ちょっとだけ安心してくれたのか、馭者の人も、まだ若干引きつった感じではあったものの、私に笑顔を見せてくれる。

暫くそんな感じでのほほんとした和やかな遣り取りを交わしていると……。

「それでも、アリス様のことを考えると引き返した方がいいと思います。本日は、宿を取ってどこかに泊まるのが得策かと」

私の事を思って言ってくれたのだろう、ローラの発言に、セオドアが苦い顔を浮かべたのが見えて気を引き締める。

「……そりゃぁ、街にちゃんと着けばの話だろう？　森にいりゃ、少なくともその辺のもので暖は取れる。一番最悪なのは街にも着かず、森の資源も何も無い、田園地帯で夜を迎えることだ。木もない、見晴らしの良いところで、真っ暗な上に、明らかに高級な馬車がポツン、とあったら、如何にも狙ってくださいって、公言してるようなもんだからな」

「夜盗ですね？」

セオドアの言葉に、補足するようにロイがそう言ったところで、今度は全員の瞳が私の方を向いたのが、私自身にも理解出来た。

年齢としてはこの中で最年少ではあるものの、一応決定権に関しては私の意見が最優先されるものだから、ここでしっかりとした決断を下さなければいけないのは自分が一番分かってる。

頭の中で、改めてみんなの意見を整理すると……。

（今から引き返して宿を取るのなら、最悪、田園地帯で夜を迎えることになり、夜盗に狙われる恐れがある）

――このまま迂回するなら、森の中で一泊になり、野生動物に襲われる恐れがある。

どっちにしても、それなりにリスクはあるし、どちらにせよ『私が決めなければいけない』ということに変わりはない。

みんなが、こうして私の方を向いているということは意見を聞きたいということに他ならないだろうから。

（こうして考えている間にも時間は刻々と過ぎていってしまう）

「このまま迂回して、進めるところまで進んだ方がいいと思います。日が傾いてきたら、たき火の準備をして交代で寝ずに番をすれば……」

そこまで言ったところで、みんなが私のことを驚いたような表情で凝視していることに気付いた。

『何か、変な事を言ってしまっただろうか？』と、そう思っていたら……。

「あー、姫さん……ストップ、ストップっ！」

と、セオドアが『まるで、理解が追いつかない』というように、私を手で制してくる。

その言葉に思わず、きょとんとしながら、セオドアの方を見上げれば……。

「アリス様、一体、どこでそんな知識を覚えられたのですか？」

と、びっくりした様子のローラにそう言われて初めて、私は自分が今、十歳であることを思い出した。

……みんなの反応を見て、自分の言動が不味かったかな、とは思ったんだけど、一度言ってしまった言葉は、どんなに頑張っても取り消すことは出来ない。

「……本、で……」

かなり言い訳っぽくなってしまったけど、決して嘘は言っていない。

巻き戻し前の時の私は、ローラが退屈をしないようにと買ってきてくれていた、市井で流行っていた冒険小説に嵌まっていた。

その時の知識で主人公達が寝ずの番をして、交代交代で森の中で一日過ごすという話を読んだことがあったから。

私の言葉に、「はぁ……っ」と小さく呆れたようなため息をついて、セオドアが笑いかけてくる。

「まぁ、なんにせよ、決まったな、お姫様が御所望だ」

「ええ、動くにしても、早いほうがいいでしょうからね」

「……うぅ、アリス様、本当に馬車の中で過ごされるの平気ですか？　辛くなったら、いつでも私に言ってくださいね！」

セオドアと、ロイと、そうして、私を心配してくれるローラの一言に……。

「一晩くらい、大丈夫」と、私は自信満々に微笑んでみせる。

……なんせ、未来では牢獄に入れられていたのだから。

あの時は、当然何日もお風呂に入れなかったし、これくらいのことは正直に言ってなんともない。

これからの方向性が決まって、もう一度みんなで馬車に乗り込めば、馭者の人が馬を上手く誘導して、方向転換してくれる。

迂回して進めるだけ進んだあと、森の中で馬車が止まったのは、セオドアが周囲の景色を見ながら、

「ちょっと、早いけどここにしよう」

と、言ってからだった。

＊　＊　＊　＊　＊

それから、セオドアが、馬車を止めたのは、森の中でもそこだけぽっかりと開けた空間だった。

「ここは、比較的、周囲が見やすいからな。その上、ほんの少し前に水が綺麗そうな、渓流を見た。……この先、これ以上の場所に出会えるかは運だ」

「……ええ、適切な判断だと思います」

この場所の説明をセオドアが分かりやすく言葉にしてくれて、それに対してロイが感心したような声をあげるのが聞こえてきた。

完全に停止した馬車を降りた後、凝り固まった身体を伸ばすために、一度、グッと伸びをして、私は、ローラの腕をそっと引く。

「ローラ、たき火の燃料になりそうな薪とか拾ってきた方がいいかな？」

「……え？　ええ、そうですね。では、アリス様、私と一緒に薪を拾いましょうか？」

私の問いかけに否定したりすることもせずに、にこり、と笑って一緒にしようと提案してくれるローラに頷くと、その話を聞いていたセオドアが……。

「ああ、じゃぁ、二人は細い薪を拾ってきてくれ。言っておくが、無茶はしなくて良いからな。この近辺で拾える範囲でいい」

と、テキパキと指示を出してくれる。

きっと、セオドアはノクスの民で色々な所を転々としていたから、誰よりも、こういうことには詳しいのだと思う。

こういう時は凄く頼りになるなぁ、と思いながら、私はローラと薪を拾うのに専念することにした。

それから少しのあいだ、私は、ローラと一緒に周辺にある小さめの薪を拾って回っていた。

森の中というだけあって、小さな枝も含め、材料になりそうなものは豊富にあり、資源の回収には全くといっていいほど困らなかった。

ロイや、馭者の人は私達よりも、もっと遠くの方まで行くと言っていた。

私達が今拾っているものよりも、もっと、大きめの薪を拾ってくるらしい。

そのあいだ、セオドアは私達が集めた薪を、手際よく組み立てるように並べていく。

「姫さん、コイツはダメだ、湿ってる。もうちょい断面にヒビが入ってるやつとか、薪同士を叩いて乾いた音がするやつがいい」

そうして、私には全くその違いが分からないけど、セオドアには違いが分かるらしく……。

コン、コンと一度、セオドアが音を鳴らして教えてくれたけど、耳を傾けてみても、その違いは私には、いま一つ理解出来なかった。

コン、コン、と私も同じように、セオドアにならって手に持っていた薪同士をたたき合わせてみる。

「……??」

音を打ち鳴らしてみても、やっぱりどう違うのかが分からず、混乱する私を見て、セオドアが楽しそうに、くっと笑うのが見えた。

(……これは、からかっている時の顔だ)

思わず、ジト目になりながら、セオドアを見つめれば……。

「ふ、はっ！」と、セオドアが噴き出し笑いしながら。

「つっても、上々の成果だから気にすんな。姫さんが嫌がらずに拾ってきてくれるおかげで、助かってる」

と、今度はそう言って、手放しに褒めてくれる。

ローラ以外で、あまり人に褒められ慣れていない私は、それだけで何も言い返せなくなってしまった。

(いつも、出来のいい兄二人と比べられてばかりだった)

――当然、腹違いの兄二人がいつも褒められる側で、私は出来損ない側だ。

だからこんなふうに、私自身の行動を褒めてもらえると、どう反応したらいいのかさえ分からなくて、反応に困ってしまう。

気付けば、そんな私の反応に、ローラが嬉しそうな瞳で私のことを見守ってくれていて、セオドアも、優しそうな表情をしながら私の事を見つめてくれていて……。

「……っ、」

……こういう時、二人のそんな対応に、一体どんな表情をすればいいのか分からず、唐突に恥ずかしくなってきてしまい……。

大人しく薪を拾うことだけに専念していた私は、けれど、突然の出来事に、不意に顔を上げた。

「……今、なにか……?」

「アリス様、どうかしました?」

――目の前を、淡い光が横切ったような、気がした。

顔を上げて、自分の瞳をパチパチと何度か、瞬きさせて見たけれど。

確かに、見えたはずの、淡い光は、もう、どこにも無く……。

「ううん、何でも無い……勘違いだったのかも」

と、私がローラに向かってそう言ったタイミングで、ちょっと遠くまで薪を拾いに行っていたロイと、馭者の人が戻ってくるのが見えた。

「遅くなってすみません。あちらに、ベリーのなってる木を見つけたので採りに行ってました」

「ありがとうございます、ロイ。煮詰めてジャムにすれば、明日の朝ご飯は、乾パンにそれを塗ったもので簡単な朝食になると思います」

……保存食も含めて、何日間分か余裕のある食事を持ってきてくれていたローラは、それを見て直ぐに、どういうふうに食事にするか、決めてくれたらしい。

私の傍に居る人は、本当にみんなそうなんだけど、即断即決で全く行動に迷いが無い。

「じゃ、明日の朝の方針も決まったことだし、飯でも食うとするか」

セオドアの言葉に、椅子なんて、何もないから地べたに座って……。

みんなでセオドアが作ってくれた、たき火を囲いながら保存の利くローラが持ってきてくれていた、パンにかぶりつく。

晩ご飯は、もともと、ローラが持ってきてくれていたパンだと当初から決まっていたから、別にそれ自体は問題がある訳じゃない。

「アリス様、こんなにも簡素な晩ご飯で申し訳ありません。明日になれば、業者が砦まで食材を運んできてくれる予定になっているので、お任せください」

けれど、ローラは、出発前の準備段階の時から……。

(朝食や、昼食ならまだしも、夕食までパンだなんて……)

と、私の事を考えてくれて、ちょっとだけこのことに対して反対気味だった。

夕方には砦に着く予定になっていたけど、慣れない馬車の移動でみんな疲れているだろうから、持ってきたパンでいい、と言ったのは私だった。

「ううん、大丈夫。……それに、地べたに座って、たき火を見ながら食事するなんて初めてで、みんなと一緒で、凄く楽しいな」

こんな経験なんて、これから先もあまり出来ないだろうから、本当にそう思う。

今、私のそばにいる人が皇族の誰かだったなら、私はこの状況に危機感を抱いたかもしれないけど、そうじゃない。

信頼出来る人達に囲まれて、自由に外を歩き回ることも出来なかった私が、巻き戻し前に見た冒険小説の、主人公達のように貴重な経験をしてる。

宝石みたいに、キラキラしてる訳じゃ無い。

形ある物みたいに、ずっと手元に残る訳でもない。

(それなのに、こんなにも愛おしい)

思い出なんて、その形は、全く目に見えないものなのに。

でも、きっと死ぬまで、私の心の中にずっと、今日の日が残り続けるんだろうって、そう思えるから……。

それは、私にとって、何物にも代え難い宝物、だった。

精霊との出会い

それから、夜になって、みんなが寝静まったあと。

本来ならあるはずもない、急な光の点滅を感じながら、ぱちりと目を開けて……。

「……？」

私は、眠たい目をこすりつつ、馬車の中を見回した。

ローラと私は、眠るのに馬車の中を譲ってもらっていて、馭者の人と、ロイと、セオドアは交代で外で仮眠を取りながら、たき火の番をすると言っていた。

——今は、セオドアがたき火の番をしてくれているだろうか
私も、たき火の番をやる気で、張り切って名乗り出たのだけど、みんなから問答無用で却下されてしまった。

馬車の中は暗かったけど、夕方薪を拾う時に見た、ふわり、とした仄かに灯る淡い光が、私を誘うように馬車の扉の外へ出て行く。

その光を追いかけようかどうか迷って、一度、外に出ることを躊躇ったけど……。

(外はセオドアが見張りをしてくれているだろうし、遠くに行かなければ大丈夫かな)

と、思い直した私は、その淡い光に誘われて扉の外に出た。

なるべく、音は立てないようにしていたつもりだったんだけど、扉を開く時のほんの微かな、ギィ、という音はどうしても消せなくて。

「……？　おい、どうした？　まだ、交代の時間には早いだろ、……って、姫さん？」

やっぱり、というか、私の出した音にいち早く気付いてくれたセオドアとパチリ、と視線が合って。

瞬間、私は思わず、自分がいけないことをしたときに見つかってしまったような、そんなばつの悪さを感じて、縮こまってしまった。

「……ごめんなさい」

「いや、別にいいけど。……どうした？　眠れないのか？」

そう言われて、一度否定するように、首を横に振る。

目の前の淡い光がふわふわ、と、確かに其処に浮遊しているのを視線で追いかけながら……。

「あのね、これ……。この淡い光がなんなのかなって、さっきから凄く気になっちゃって……」

と、分かりやすく指で方向を示せば……。

「……は？」

と、首を傾げられた上に、セオドアは更に分からないと言ったように表情を硬くしてしまった。

そこで初めて、もしかしたらこの淡い光は、自分以外には見えていないのかもしれないということに気づいて、あわあわとしてしまう。

「もしかしてセオドアには、この光が見えてない？」

思わぬセオドアの反応に、困惑しながらも何とか分かってもらえるよう、淡い光がある場所を指して「ここだよ」と精一杯言ってみたんだけど……。

「悪い。俺には何のことだかさっぱり分からねぇが、姫さんには、なんか見えてんのか？」

と、セオドアが眉を寄せて難しい顔つきになったのを見て、私自身なんとか上手く伝える方法はないものかと、一生懸命に考える。

淡い光は、その間にもふよふよと漂いながら、森の奥へと続く道を指し示すように、何度も、何度も、柔らかく点滅していて……。

「あの、セオドア……。淡い光があそこにあって、ずっと方向を指し示すかのように点滅していて……。えっと、多分、こっちに来てって言っているような、気がします」

と、曖昧に声を出せば、私の一言に、分かりやすくセオドアが苦い表情を浮かべたのが見えた。

（あ、この反応……。やっぱり、信じてくれていないかもしれない）

内心でそう思いながら、上手く伝わらないことにもどかしい気持ちになりつつ、表情を硬くすればば。……少しだけ訝しんでいた様子のセオドアが急に私を自分の方へと、ぐっと引き寄せてくれた。

「……その、光っつぅのは、今はどこにある？」

「同じところで、ずっと点滅してて」

あまりにも拙い、こんな荒唐無稽な話なのに、信じてくれたのだろう。

眉を寄せて苦い表情になったのは、得体の知れないものに対する警戒だったのかもしれない。

事実、私を守るようにして立ってくれたあと、セオドアは一つ息を吐き出して、問いかけるように私に声をかけてくれた。

「何かされたって訳じゃねぇんだよな」

その心配そうな一言に、私はこくりと頷き返した。

「はい」

「じゃぁ、とりあえずは大丈夫か」

「あ、でも、夕方にも同じような光を見たんです。その時は、勘違いだと思っていたんだけど……」

私の言葉を聞いて、セオドアがもう一度、眉間に皺を寄せるのが見えた。目の前の超常現象に、どう対処すればいいのか、考えてくれているのだろう。

……そこへ。

「……セオドアさん、皇女様に一体、何をやっているんですか？」

たき火の番が回ってきたのだろうか……。

それとも私達二人の会話で目が覚めてしまったのか……。

木の下で休みながら、仮眠を取っていたはずのロイが、私達二人に向かって、声をあげるのが聞こえてきた。

「……あ？」

そうして、ロイの問いかけに眉を寄せたまま、低い声をセオドアが溢したあと。

ふと、今の自分の状況を確認するように、私に向かって視線を下げてきたのが目に入ってくる。

「……その皇女様の腰を抱いている手は何です？　まさか、あなた、皇女様に対して何か……」

「……はぁっ⁉　何勘違いしてんのか知らねぇが、コイツは別に……っ！」

「……別に、……？」

「……っ、待て！　濡れ衣だ」

訝しむようなロイの言葉を聞いて、パッと、慌てたようにセオドアが私の腰から手を離してくれる。

それを、まだ若干疑わしそうにジト目で見つつ、ロイが私に「大丈夫ですか？」と声をかけてくれるのを聞きながら、私はこくりと頷き返す。

「ロイ、勘違いしないいで。セオドアは、私を守ってくれただけだよ」

セオドアの名誉の為にも、勘違いは勘違いだとはっきりと伝えておいた方がいいだろう。

こんな紅色の髪を持つ私のことを、異性として好きになってくれる人間がいる訳がないことくらい自分が一番分かっている。

十六歳だった巻き戻し前だって、誰からもそういうふうに見られたことなんてなかった。

こんなことに自信を持っているのも、どうかとは思うけど……。

「守ってくれ、た？」

「あー、なんつうか、俺等には見えないが、姫さんにはあそこらへんに淡い光が見えるらしい」

ロイの疑惑がほんの少し和らいだところで、セオドアが私達の今の状況を一から説明してくれる。

「淡い光……？」

「さっきから、ずっと、あそこで誘うように光ってて……」

そうして、私の補足するような一言に、ふむ、とロイが口に手を当てて思案するように俯いた。

「皇女様、他に人影などは見えないのですか？　ライトを照らしているような人とか」

「うん」

「淡い光だけが宙に浮いている。それも、私達には見えなくて皇女様にだけ見える」

「……なんか、心当たりでもあるのか？」

「いえ、残念ながら、直ぐに該当する事象は思い当たりませんね……。何にせよ、不気味なことには変わりない。駅者の彼も起こして、三人で警護にあたりましょうか？」

「いや、それは得策じゃない。姫さんにしか見えないんだから、俺等がいくら起きてたって意味がないだろう？」

「なるほど、八方塞がりという訳ですか。……それで、そんな状態だったと」

「まぁ、そういうことだな」

私達の説明に、改めて、ロイが私とセオドアの状態を理解してくれたけど、それで何か状況が変わる訳でもなく。

私はそのまま、ちょっとだけ意を決して、光の方へと近づいてみる。

すると、光はふよふよ、と誘うように……。

その場からほんの少し移動したあと、また森の奥へと漂って、止まってしまった。

「やっぱり、森の奥に何かあるのかも」

「……皇女様、それはどういうことでしょうか？」

「……私が近づくと何度か点滅して、ちょっとだけ動いたあと、漂って点滅するの。こっちに来てって、まるで誘ってるみたいに」

私の一言に驚いたような顔をして、ロイがまた考えるような素振りを見せてくれる。

セオドアもロイも、みんなにはこの光が見えていないはずなのに、私の言葉を疑うことなく信じてくれるだけでも本当に有り難いなぁ、と思う。

「何かあるのだとして、それを、皇女様に教えているのだとして……でも、罠かもしれませんよね？」

「ああ。あからさまに点滅して、姫さんだけに見えるようにするのもおかしいしな」

「もしかして、能力者でしょうか？」

それからパッと今思いついたように声を出したロイのその言葉に、分かりやすく、セオドアが眉間の皺を更に深くするのが見えた。

ロイは今、『もしかしたら、私と同じ魔女がこの森に住んでいるかもしれない』って、言ってるんだよね？

「その可能性は捨て切れねぇな」

「相手の目的が分かりませんが……。もしもそうだとしたら、皇女様がここにずっと留まっている方が危ないということでしょうか？　いや、だからといって、その光を追っていった先に何があるか、いっそ、全員で、移動してみますか？」

「いや、ここの拠点は出来れば残しておきたい。たき火もしてるし、少なくとも人以外、ここには、獣なんかは近づかないはずだ。安全な場所ってのは一カ所、あるなら残しておくに越したことはない。……そもそも、馬車じゃ、小回りがきかないしな。……馬も夜は休みたいだろう？　大勢で、森の中を歩き回って誰か一人でもはぐれたら、それこそ大事だ。本当は、俺一人で、様子を見に行くって言えたらいいんだけど。光が見えねぇ以上……」

「……それなら、私とセオドアで見に行くのはどうかな？」

ロイとセオドアが真剣に議論を交わし合っている中で、口を挟むのもどうなのかなと思ったんだけど……。

現状、私にしか淡い光が見えない以上、対処できるのはきっと私しかいないだろうと思って声をかけた。

私のその一言に、二人の視線が一斉に此方へと向いて……。

危ないから、絶対にダメだと言わんばかりに、思いっきり顔を顰めたロイに……。

「少しでも危ないと思ったら、セオドアにきちんと伝えて二人でここに戻ってくる。……ダメ、かな？」

と、再度お願いするように私は声を上げた。

それに対して、ぐっと、ロイが言葉を詰まらせ口を閉じる。

「絶対に危険な真似はしないし、みんなのためにも、それが一番いい考えだと思う」

そうして、ダメ押しとばかりに声を溢せば、二人の視線が交差して。

一瞬の間が空いたあと……。

「……どちらにせよ、此処にいても何をされるか分かりませんし。現状、それしか方法はないんでしょうね……。ですが、皇女様、どうぞご無事で」

と、諦めたような口調でロイが、心配の色を濃くした言葉を私に伝えてきてくれる。

「夜の森で動き回るのも危険だし、あんま危ないことはしてほしくねぇんだが。……姫さん、危険を感じたら、俺を盾にしてでもいいから、自分のことだけ考えろよ？」

それからセオドアに、念を押されるようにそう言われて、私は絶対に危ないことはしないようにすると心に誓って、こくりと頷き返した。

＊＊＊＊

あれから暫く経って、セオドアの後ろを歩きながら、私は、淡い光がどこにあるのか分かってもらえるように声で知らせつつ、其れを追って暗い森の中を歩いていた。

頼りになるのは、私の目に見えている淡い光と、セオドアが持ってくれている松明の明かりだけだ。

そうして、セオドアが持ってきてくれた荷物の中から、赤色のインクを取りだして一定間隔で、森の中の木に目印として、元の場所に戻るための印をつけていってくれる。

あれから、私達が万が一朝になっても戻らなかったら、そのまま森を出て、近くの街へと知らせてもらえるように、ロイとは約束をしていた。

……事前に、可能な限り予測できる範囲での危険をロイと打ち合わせて、色々な事を対策してくれるセオドアはどこまでも慎重だった。

「セオドア、あっちです」

私が向かう場所へと指で方向を指し示して、セオドアが私よりも一歩速いペースで進んでいってくれる。

淡い光は、一定間隔で揺蕩(たゆた)うように点滅しながら、ふよふよと私達のことを明らかに先導していた。


……それから、どれくらい経っただろうか。

突然、森の奥で開けたようなそんな場所に出た私は、目の前に広がる幻想的な光景に息を呑んでしまった。

「……っ、！　……きれい……」

――まるで、心を揺さぶるようなそんな光景に、思わず、私の口から声が零れ落ちた。

一つ、だけじゃない。

キラキラとした淡い光が、ふよふよとそこら中に漂っていて、静かな泉の水面(みなも)を照らしていた。

「……姫さんが、ずっと見えてたってのは、これか？」

そして、それは私だけじゃなく、今度は確実に、セオドアにも見えていたみたいで……。

私は、セオドアに向かって返事を返すように、こくり、と頷き返した。

それから、ふよふよと漂う淡い光は、緩やかな点滅を繰り返しながら、そっと私達の周囲に集まってくる。

『ジ、ジ……っ、』と。

何度か、布きれが擦れるような音がした、と思った瞬間だった。

「姫さんっ！」

咄嗟にセオドアが、私の腕を引っ張って、自分の方へと引き寄せてくれる。

「……っ⁉」

何が起きたのかすぐに判別することが出来なかったんだけど……。

――淡く漂う光が、急に強く発光したと思ったら……。

『ようこそ、ようこそ』

『いらっしゃい、いらっしゃい』

『久しぶりのお客人だよ、歓迎するよ』

と、耳元で声の主たちは、楽しそうにクスクスと笑い声を溢しながら、私達の傍でまるで踊るようにくるくると飛び回りながら挨拶をしてくる。

それは、淡い光なんかじゃなく……。

「おい、冗談だろ……、夢でも見てんのか？」

戸惑うように声をあげたセオドアに、私も驚きに目を見開きながら内心で同意する。

だって、目に入ってくるのは、どう見ても、お伽噺（とぎばなし）に出てくるような小さな精霊みたいにしか見えない。

――それも、一人じゃなくて、いっぱい、いた。

『あれ……？　あれれっ……？　不思議だなぁ？』

『どうして……？　なんで……？　そんなに、戸惑ってるの？』

『ねぇ！　ねぇ！　それより、見てよ』

『ほんとだ！　やっぱり、凄いね。……そっちのお兄さんは、一部分だけだけど……』

『いつぶりだろう？　いつぶりかなぁ？』

『まさか、こんなにも澄み切った綺麗な人間に出逢えるなんて』

そうして、精霊同士で矢継ぎ早に会話される内容についていけなくて。

あちこちで、ポンポンと繰り広げられる遣り取りに、誰が言葉を発したのかを追うだけで、精一杯になってしまう。

そうこうしているうちに、一際、強い光が泉の方で、光りだし……。

思わず、眩しくてきゅっと目を閉じたあと、光が収まって、瞳をあけたら……。

「おい、お前達。はしゃぎすぎだ。……客人が困っているだろう」

と、男の子……。

茶髪にくるくるとしたくせっ毛の、絵本に出てくる天使の絵をそのまま映し出したような少年が、呆れたように周りの精霊達のおしゃべりを止めながら、羽がある訳でもないのに、泉の上にぷかぷかと浮かんでいた。

「すまないな。この者達は、久しぶりに僕達が見える人間に会えて浮かれているのだ」

目の前の少年に堅苦しい口調で謝罪されたあと、私とセオドアは顔を見合わせる。

……敵意なんてものは、ここに来てからまったく感じなかったから、とっさに握ってくれていた私の腕を離して、先ほどまで警戒していたセオドアも、少しだけ緊張を解いたみたいだった。

「ここは、一体なんなんだ?」

それから、疑問として投げかけたセオドアの言葉に、目の前の少年が答えるよりも先に。

『ここはね、ここはね、古の森の泉だよ!』

『最古の森には、綺麗な力の源がいっぱいあるの』

と、誰かに質問をされたこと自体が嬉しかったのか、弾んだように声を溢してくる精霊達を呆れたように見ながら、一つ、ため息を溢したあと、少年が……。

「ここは、どこまでも神聖な場所だ。色々な土地が手垢にまみれて、僕達も随分住みにくくなってしまった。故に、行き場を失った者達が、こうして行き着く最後の場所とも言えるな」

と、声をあげる。

全く以てよく分からないその説明に。

「……まず、あんた達は、精霊ってことでいいのか?」

と、セオドアが今のこの状況を整理するように少年に問いかけてくれた。

「うむ、人間からは勝手にそういう名前で呼ばれていた時代もあったから。……お前達がそう思うのなら、そうなのだろう」

それに対して、目の前の少年が肯定の言葉を零したことに、セオドアも私もぐっと息を呑んでしまった。

『精霊の存在』だなんて、それこそお伽噺の世界であり、もしも、今の世に精霊がいたなんてことが公になれば、それこそ世紀の大発見と言ってもいいだろう。

（どうしよう……）

どう考えても、そんなの、お飾りの皇女の私には身に余る。

皇帝が所有している土地じゃなかったら……。そしてここが、私の土地にならなかったら、無関係でいられただろう。

だけど、これは流石に、皇帝に報告しない訳にもいかない案件だ。

何より『こんなにも綺麗なこの土地が、政治的に利用されてしまうのは嫌だな』と、一瞬でも思ってしまう、自分がいた。

これから先の事を考えて不安に駆られていると、そんな私を見て、少年が『うむ……』と何か思案するように小さく呟いてから……。

「酷く擦り切れておるな、娘……」

『その力……お前、どれくらい時を巻き戻したのだ？』

と、言葉を発した。

尋ねるようなその言葉の意味を理解して、反射的に、自分の身体がびくりと震えてしまった。

（なん、で……）

そんな私の表情を見て、即座にセオドアが険しい顔をして、目の前の少年に対峙する。

「……姫さんに何をしたっ⁉」

「……別に、何もしてなどいない。僕は、その娘を案じただけだ」

……もしかしてだけど、セオドアには、少年の言葉が聞こえていないのだろうか？

『案ずることはない。その男には僕の本来の声までは届いていない』

私の疑問に答えるように、少年が私に向かって声を出す。

そのことに、ホッと安堵しながらも、けれど私はほんの少しだけ、無意識に警戒の色を強めた。

……どういう意図でその質問をしたのかは、少年の表情からは全く読み取れないけど、少なくともこの少年は今、私が『魔女』だということを完全に認知してしまっている。

「セオドア、大丈夫です。ちょっと、びっくりしただけで」

「姫さん……」

私の一言に、一瞬だけ緊張を強めていたセオドアの表情が多少和らいだのが分かった。

目の前の少年が『精霊』だというのなら、その力で、私の事などまるでお見通しだとでもいうのだろうか。

（……六年、です）

言うか、言わないか迷った末『もしかして』と思い、少年の問いに、はっきりと心の中で声を溢せば、それだけで何も言わなくても通じたのだろう。

目の前の少年は、さもありなん、という表情をして。

『やはりな、身体が歪（いびつ）に擦り切れているのがその証拠だ』

と、私を気遣うような表情を浮かべてくる。

その表情で、少なくとも目の前にいる少年が『魔女』に対して敵意を持った存在では無いことが分かってホッと胸をなで下ろした。

『能力が使えることがどうして分かるのか？　という顔をしているな』

そうして、少年は私を見て、少し面白そうなそんな表情をしたあと……。

『人間達が、精霊だと呼んでいる僕達と、お前達は元来、協力関係にあったのだ。お前達のその能力は、本来は精霊と共にあり、一組のペアであった。だから、お前達とペアになった精霊は、契約で繋がっているが故に、お前達の状態が手に取るように分かるようになる』

――まぁ、僕は特別だから、そんなこと関係なく力を使うものの状態は見るだけで分かるがな。

と、私に向かって説明してくれた。

……色んな情報が一気に入ってきて、全く追いついていかない脳内で、なんとか『協力関係……？』と、聞いた私に、少年が小さく頷く。

『純粋な、魂の輝き。力のあるお前達は、気のような波動を常にその身体に纏(まと)っていて、それが、僕達精霊にとっては、生きていく為の何よりの糧になるのだ。お前達人間は、基本的には能力の使用に対する反動に耐えられぬ身体をしておるだろう？　僕達、精霊がそんなお前達を癒やし、お前達は僕達に糧を与えてくれる。双方にとっても、利のある契約だった』

そうして、そこまで言い切って、少年は『だが……』と、今度は一転、くぐもったような口調で説明を続けた。

『いつからかお前達は、この世界から明らかに数を減らしてしまった。それが、僕達精霊にも甚大な被害を及ぼしてな……。結果、神聖力のあるこのような泉でしか僕達は生活出来なくなってしまったという訳だ』

そうして、吐き出された言葉の数々に思わず、硬直してしまう。

少年の口から、人間と、明確に区別して出されたお前達という言葉は、『能力を持っている魔女』ということだろうか？

だとしたら……。

――昔から、魔女は存在していて、本来は精霊と共にあった？

……そんな話、聞いたことがなかった。

でも、目の前で、少年が私に語っていることは、本当なのだろう、とも思う。

嘘をついているようには全く見えないし、彼が嘘をつかなければいけない理由も何処にもない。

「姫さん……？」

唐突に、セオドアに声をかけられてハッとする。

……私達の会話に、当然ながらついていけてないセオドアが困惑したような表情でこっちを見ていた。

傍から見れば、目の前にいる少年と、ずっと見つめ合ってただけだから、そんな顔もされるだろう。

もしかしたら、表情は変わっていたかもしれないから余計怪しかったかもしれない。

「ああ、置いてけぼりにしてすまなかったな其処の。そこにいる姫さんとやらが気になって、視線を交わし合ってしまった。お前も、僕達にとって大切な客人なのだから、茶でも出してやればよかったな。……気が利かなかったことを詫びよう。泉の水で良いか？」

一人、慌てながらセオドアに弁解しようと声を上げる前に、少年がセオドアに向かって声を出したのが聞こえてきた。

マイペースといえばいいのか……。

少年の口から出る会話のテンポは、あくまでも此方に合わせるというより、自分主体で。

「……どこから突っ込んだらいいのか、分からねぇよ」

どこまでも、自由奔放な様子の少年に、セオドアが呆れたように突っ込みを入れれば。

「これでも、ここの泉は特殊な力を持っているのだぞ。人間は、何て言っていたか、エリクサーだった、か？　ほら、重宝するのではないか？」

と、少年は、まるで何でもないかのようにそう言って「これなら、人間も喜ぶだろう？」と、ウキウキした様子で表情を綻ばせながら、私達に向かって声を上げてくる。

「……オイ。……もしもソレが事実なら、なんつぅヤベぇもん持ってんだよ？　伝説の不老不死の薬とか、表に出たら洒落になんねぇぞ」

「……これは別に、僕の持ち物ではない。この泉には神聖力が宿っているから、長い期間を経て水に溶け込んだせいで、水自体が神聖化しただけだ。あと確かに万病には効くが、不老不死とまではいいすぎであろう？　せいぜい、重篤な病気が次の日には完治しているくらいの効力しかないぞ」

（……わわわっ！　気軽にお茶を出すノリで、万能薬を出してこないで……っ）

あっけらかんと、何でも無いかのように声を出してくる少年に、その説明だけで、『不老不死』じゃなくても、それが、表には絶対に出しちゃいけない薬だということが私にも十分に理解できる。

最悪、薬を巡って戦争が起こったりする可能性だってあるかもしれないんだから……。

「あぁ……。それだけで、ここが滅茶苦茶ヤバい場所だってのは分かった。……それで、あんたが、精霊だっていうことも」

そうして、少年に向かってセオドアがそう言ったあと。

「精霊ではない。お前達が僕達を精霊だというのなら、僕は子供達を束ねている訳だから、僕のことは気軽に精霊王とでも呼んでくれ」

……と、何でも無いように吐き出された少年のその一言に。

当然、一度に全ての情報を処理出来るはずもなく、とうとう、私の許容範囲を超えて、頭の中がパンクしそうになってしまった。

『魔女と精霊の関係』

『神聖力のある泉がもたらす薬』

『精霊王を名乗る少年』

——こんなの、お父様に、皇帝に、なんて説明すれば……っ！

巻き戻し前の軸で、殆ど引きこもりに近かった私が、そんなもの経験している訳もなく。

こんな状況になったのは、当然初めてのことなので、これからのことを考えすぎてくらくらする頭の中で……。

けれど私は、巻き戻す前の軸。そんな話は一度も聞いたことがなかったことを思い出す。

(精霊王がいて、こんな泉があったなら、どうして……？)

古の森の砦は、巻き戻す前の軸、一番上のお兄様のものだった。

それなのに、一度もこういった類いの話は聞かなかったし、皇帝が事実を隠蔽したとしても、ちょっとした騒ぎにもなっていないのはどう考えても可笑しいはず。

「そんな泉が……、どうして、こんな、真っ新な状態で残ってるんだよ」

セオドアも丁度、私と似たようなことを考えてくれていたのだろうか。

まるで計ったように、今、私の知りたかった質問を、精霊王である少年に聞いてくれていた。

「僕達、精霊も馬鹿じゃ無い。欲を持った人間から身を隠す術は身につけている。そもそも、ここに来ることが出来る人間の方が、稀なのだ。森で遊んでいた子供達が……、お前達の、ほら、人間の乗り物が、あるだろう？」

「馬車のことか？」

「うむ、あれを見つけてな。……あまりにも、澄んだ人間を見たのは久しぶりだと騒いで、わざわざ此処へくるように誘導したのだ」

「……もしかして、土砂と、あの岩……アンタらの仕業かよ」

「ああ、あれか。あのまま行ったら僕達の方には絶対にたどり着けなかっただろうからな、ちょっと細工をさせてもらったぞ」

「頭が痛い……」と、思わず、我慢出来なくなって、ぽつり、とその場に溢れ落ちたような、セオドアのその一言に私も内心で同意する。

次から次へともたらされてくる情報は本当にどれも直ぐには、信じがたいようなものばかりで。

それらを全て呑み込んで咀嚼（そしゃく）するには、今はまだ、あまりにも時間が足りなかった。

「……っていうか、諸々、百歩譲って全部本当だとして。澄んだ人間って、なんだ？」

それから、どれくらい経っただろうか？

なんとか、回復した様子のセオドアが、精霊王の少年に向かって疑問を投げかける。

セオドアのその質問に、今度は精霊王の視線が、ちらり、と私の方を向いたことを不思議に思いながら首を横に傾げれば。

「身体の一部に赤が入っている人間を、僕らはそう呼ぶ。……まぁ、これはお前達人間にも、対外的に見た目で分かりやすくそう言っているだけで、僕達は体感的にそれがどういう人間か分かっているが、な」

という言葉が返ってきて、私もセオドアも「……っ！」と、思わず咄嗟に言葉も出てこず、身体が強ばってしまった。

身体の一部に『赤』が入っていることの意味は、誰よりも、私達が一番よく分かっている。

……だからこそ、自然、それに対する反応も人一倍過敏になってしまう。

「本来ならそうじゃない人間は絶対に泉には近づけない。……姫さんとやらのその髪の毛。これほど綺麗な赤毛ならば、当然ここに来られるだけの素質を持っている。子供達も久しぶりに、素晴らしく透明な純度の高い人間が来たと大喜びだったぞ。それに、お前も、だ。瞳に赤が入っているだろう？　だから、ここに来ることが出来た」

「……もしも俺に、赤が、一つも入っていなかったら……？」

「泉の手前でお祓い箱だ。姫さんだけが先に進めて、お前は森を彷徨ったあと、森の出口に戻されていたであろうな」

「……そうか、ならよかった。自分の目に赤が入っていることを生まれて初めて感謝することになるとは思わなかったけど」

何度かの遣り取りが続いたあと、精霊王である少年に向かってそう言ってから、セオドアが安堵したようにため息にも似たような吐息を溢すのが聞こえてきた。

私と、はぐれないでいたことで、良かったと思ってくれているのだと思う。

「うむ、良かれと思ってのことだったのだが、脅かしたのならすまなかったな」

それから、私達の様子を見て、精霊王が申し訳なさそうな表情で謝罪してくれるのが目に入ってきた。

「しかし、僕はまだしも他の子はもう長いこと、この森から出られずにいるのだ。そればかりか、生まれてから一度として、この森から出たことがない者もいる。元々は、人好きのするような子供達ばかりだから、勘弁してやってくれ」

『えっと、……ごめんね？　ごめんねっ』

『僕達、脅かすつもりなんてなかったの』

『本当だよ！』

そうして、彼の謝罪に合わせるようにして今まで黙っていた周囲の精霊達もこぞって謝罪してきてくれる。……ちょっとだけ悪戯っ子な雰囲気はあるけど、根は優しい子達なのだろうな。

物語に出てくるような精霊のイメージに本当にぴったりだなぁ、と私が内心で思っていると、精霊達は、私とセオドアの周りをふわふわと漂って。

『美味しいごはんをタダで食べれて……』

『久しぶりに、泉だけじゃない、力の源にはしゃいじゃった』

と、申し訳なさそうな声を溢してきた。……そうして、精霊の一人が、私にそっと近づきながら。

『ごめんね、お詫びに少しだけ、僕の力を使っておくれ』

と、声をあげ、パッと、私の顔の前で両手をかざしてきた。

……瞬間。

「……っ、ぁっ！」

バチっ、という音がして……。

反発するような、そんなエネルギーが出て、身体に鋭い痛みが走ったあと。

「姫さんっ!!」

こぽり、と……。自分の口から、真っ赤な鮮血が、ぽたぽたとこぼれ落ちるのが分かった。

咄嗟にそれを受けとめることも出来ずに、突然の出来事に驚いていると、セオドアが私の状況を確認したあと、精霊王と、精霊達に向けて。

「何をしたっ!?」

……と、低い声を出しながら、腰にさげていた剣を抜くのが目に入った。

「その娘は能力を使ったことによって、身体が悲鳴をあげていて、体内に黒い澱みが溜まっている。それを、ほんの少し癒やしただけだ」

そうして、ぽつりと諭すように溢された精霊王の一言に、信じられない、という顔をして、未だ緊迫した空気に包まれるセオドアの、その手を私は震える手のひらでそっと握った。

「待って、セオドア」

「姫さん……？」

「私は、大丈夫です……」

……口から血は出ているのに、確かに私の身体はほんの少し、いつもより軽くなっていた。

それは多分、精霊王の言う通り、この小さな精霊さんが私の事を癒やしてくれたからだと思う。

――そして、この現象に、私は一つだけ心当たりがあった。

「能力を使ったら、今のように血が出るのですが……。もしかしてそれも、あなたの言うように体内にある澱みを外に出そうとしている結果なのでしょうか？」

「……っ！」

私の確信めいた問いかけに、セオドアが驚いたような顔をして、此方を真っ直ぐに見つめたあと。

安心させるように頷いた私に、抜刀した剣を鞘におさめるのを見届けてから、精霊王が真剣な表情で、こくりと頷く。

「……うむ、なんとか身体が力についていこうとしているのだ。説明もなしに子供達がすまなかったな」

「いえ。私のことを思ってしてくれたのだと、分かっています。……こちらこそ、突然のことで、私の騎士が申し訳ありません。私の為を思ってしてくれたことなのです。……非があるのなら、責は私が」

「……っ、姫さんっ……」

「いや、大丈夫だ。先に勘違いされるようなことをしたのは此方の方だからな、おあいこというやつだ。……だがそうは言っても、それだけで完全に、お前の身体にある歪みが解消された訳ではないだろう」

そうして、どこまで言ってもいいのか、と。

言葉を選びながら、セオドアを一度ちらりと見たあとで、此方に対して視線を向けてくる精霊王に私はこくり、と頷き返した。

（六年もの月日を巻き戻したことだけは言わないでください）

『承知した』

一瞬だけ、視線でそう交わし合ったあと。

「お前の身体は、過度な能力の使用のせいで歪んでいる。そして、それを癒やしてやれるのは僕達精霊だけだ」

と、精霊王は私に向かって言葉を濁さずに伝えてくれる。

彼のその言葉に、セオドアが私を見て、心配そうな顔をしたあと。

「……早とちりしたさっきの非礼は、謝る。……申し訳なかった。でも、一つだけ、聞いてもいいか？」

と、私達の会話に躊躇いながらも入ってきて、神聖な泉を指したあと、精霊王を真っ直ぐに見つめて声を溢した。

「あのエリクサーは、姫さんを癒やすのに繋がらない、のか？」

純粋に私を思ってそう言ってくれているその言葉に、けれど、難しい顔をしたあと、精霊王がふるり、とその首を横にふる。

「あれは、確かに万病に効く。……だが、能力によって消耗した身体には、何の効果ももたらさないのだ。お前達のその力は決して病ではないからな……」

『どうしようも出来ない』と、はっきりと出された一言に……。

「……そう、か」

と、肩を落としたセオドアが此方を心配そうに見つめてくるのが見えた。

私を思ってくれているセオドアの、その気持ちが伝わってくるだけでも、充分嬉しいことだから、万能薬が効かないと言われても特別がっかりはしなかったんだけど……。

「だが、娘……。僕なら、ほんの少しでもお前の力による消耗を遅らせることが出来るだろう」

「本当かっ!?」

と、突如降ってきた精霊王のその一言に、パッと目の前が開けたかのように顔をあげるセオドアとは反対に、私は思わず戸惑ってしまった。

「うむ、お前ほど綺麗に澄んだ人間なら、僕の力を貸すことが出来る。元来、精霊との契約は対等に力を持った者同士でしか行えない決まりだ。この中で、お前と契約できる精霊は僕以外にはいない。お前達のような人間は好きなのでな、もしも、お前が望むのならば、僕が契約してやろう」

「……っ、」

思ってもみなかった突然のその言葉に、直ぐに、こくり、と頷けなかったのは……。

元々、自分の身体を『癒やす』ことなんて全く考えてこなかったから、突然そんなことを言われても困惑してしまうというのが正直なところだったからだ。

「何を迷うことがあるのだ？」

精霊王にそう言われて、私はなんと言えばいいのか分からずに、言いよどんだあと。

「能力を使用すると、身内に不幸が及ぶと聞いているのですけど。……それは、本当ですか？」

と、ずっと気になっていたことを、精霊王に問いかけてみることにした。

「何だ、ソレは……？　聞いたことがないぞ。そんなものは、誰かが作り出した迷信であろう」

返ってきたその一言に心の底から『……良かった』と、ホッと安堵する。

「……あなたと、もしも契約したら、自分で自由に能力を使うことは出来ますか？　例えば、大切な人を、どうしても守りたい時、とかに」

一度目の人生の時もそうだったけど、私が、この手に持っているものなんて本当にあまりにも少ないから……。

非力で、何の後ろ盾もない私が、大切な人を守るには唯一、能力を自由に使いこなすことしかないことは嫌ってほど理解している。

（巻き戻し前の軸の時に殺されてしまったローラみたいに。……何かあってからでは、遅いから）

だからこそ能力を自由に使えるようになりたい。

——私でも、誰かを守れる術が欲しい。

「うむ、精霊と契約した人間の方が力のコツを覚えやすいから、今よりも格段に使いやすくはなるだろうな」

そんな、私の質問に、彼がもたらしてくれた答えは、希望だった。

「何より、この契約は僕達精霊にとっても決して悪いものではない。お前達の数が減った影響で、僕以外の子供達はこの森からは出られず、自由に外へ歩き回ることも出来ずに暮らしていたのだ。……代わり映えのしない毎日。それが、どんなに窮屈で、退屈なものなのか、お前達にも想像くらいは出来るだろう？」

それから、精霊王はそう言って、精霊達に慈愛に満ちたような穏やかな視線を向ける。

精霊達は、そんな彼の周りをふわふわ、くるくる、楽しそうに、嬉しそうに飛び回っている。

「僕は精霊王だから、僕を通して子供達にも久しぶりに、生きる糧を与えることが出来るし。何より、契約を交わした僕の目を通じて、広い世界を子供達にも見せてやることが出来るから、お前には感謝することになるだろう。精霊は受けた恩は絶対に忘れない。お前がお前の大切な者を守りたいというのなら、この力を惜しみなく貸してやろう」

そうして……。そう言い切ったあと、精霊王は、泉から出てきて私の前に手を差し出した。

「お前にしか出来ぬことだ。僕達も、お前を助ける。……その代わりに僕達のこの、鬱屈とした毎日を救ってくれ」

彼のその一言に、私はこくり、と頷いて、その手を握り返した。

（……大切な人を守ることが出来るのなら、私にとってそれほど重要なことなんて他にないから）

断る理由なんて、それこそ、どこにもなかった。

「……ありがとうございます。私でよければ」

「うむ、決まりだな。お前の名前は？」

「アリスです」

「僕の名は、アルフレッド。契約には、真名（まな）を介す必要があったのでな。……気軽に、アルとでも呼んでくれ、アリス」

彼が私にそう言った瞬間、ふわり、と私の腕に『赤色のブレスレット』が巻き付いてくる。

見れば、精霊王である『アル』の腕にも同じ赤色のブレスレットが巻き付いていた。

「それは、僕との契約の証しだ。これから、宜しく頼んだぞ、アリス。それと……」

「セオドア、だ。……姫さんと、契約してくれて、改めて感謝する。アルフレッド」

＊　＊　＊　＊

「……私が寝ている間に、どうしてそんな事になってるんですかっ」

『アルフレッド様、絶対、絶対、約束だよ』

『定期的に、僕達にいっぱい景色を見せておくれ』

『うむ、約束しよう』

『ああ、ほんとうに、今日はとっても良い一日だったね』

『オネェさん、たまには、僕達の所にも寄っておくれよ』

と……。ころころ、矢継ぎ早に自分達の言いたいことを、目一杯伝えてくる小さな精霊達に見送られ……。

アルとセオドアと一緒に馬車に戻ると、深夜、私がいないことに気付いて飛び起きてくれたらしいローラが、ロイと一緒に私のことを待ってくれていた。

事情を話すと、一定の所まで理解してくれたローラは……。

「それが危険なものだったら、どうするおつもりだったのですかっ！」

と、今にも泣きそうな声色でそう言ってから、ホッと安堵したような表情を見せてくる。

……精霊王、アルのことも、泉のことも、まるで現実味のない話なのに、ロイもローラも私の説明を全く疑うことなく、そのまま、まるごと信じてしまった。

やっぱり、セオドアも証人だったから、二人も証人がいると説得力が違うのかもしれない。

「うむ、人間とはまた不便なものだな。離れているものに連絡も取れぬのか？」

そうして、新しく私達の旅路に加わった、アルがローラの……。

――もう二度と、私に声もかけずに何処かに行ってしまうことはやめてください。

という、心配してくれていた一言に、困惑したような表情を見せる。

「精霊王様、もしも、離れていても連絡が取れる手段があるなら、私にも是非、教えてほしいのですが」

それから、藁にも縋るような、そんな素振りでアルに真面目に問いただすローラに……。

「うん？　そんなもの簡単だろう？　こう、シュビッと、連絡を取りたい相手に、問いかければよいのだ」

と、アルがよく分からない擬音を用いて、大雑把に説明していた。

「それは流石に、人間には無理ですね」

「そうなのか？　こう、シュビッとやればいけるだろう⁉　シュビッとだぞ」

人が増えて、一気に賑やかになったこの場所で。

アルとローラの遣り取りを見ながら、流石に疲れていた私は、ふわっ、と小さく欠伸をこぼす。

此処に来て、急激に襲ってきた眠気に、セオドアが気付いて。

「姫さん、眠いのか？」と、声をかけてくれた。

こくり、と、それになんとか頷いたけど、その時点でもう限界だった。

ふら、っ……と身体が傾く気配がする。

「……っ、姫さん！」

慌てたようなセオドアの……。

そんな声がしたあと、そこで私の意識は、ぶつり、と途切れてしまった。

魔女の力、初めての練習

起きたら、既に砦に着いていた。

——そして、ふかふかのベッドで眠っていた。

(今、何時だろう……?)

きっと、誰かがここまで、運んできてくれたのだろう。

そして、私が寝ているこのベッドが綺麗なことから、ここへ来て早々に、ローラがベッドメーキングをしてくれたことは、容易に想像出来た。

(起こしてくれれば良かったのにな……)

私が多分、疲れて眠ってしまっていたから、みんな私の事を気にかけてそっとしておいてくれたのだと、思う。

カーテンの隙間から差し込む陽の光が、今が朝か、昼か、という事を告げていて。

ベッドから下りて、服を着替えようとして、はたと気付く。

……自分の部屋な訳じゃないから、どこに何が置いてあるのか、全然分からなかった。

(ローラに聞いた方が早いかな)

扉の近くにローラはいるだろうか? そう思いながら、部屋のドアノブをがちゃりと下ろして。

「あ、アリス様……おはようございます！」

「おはよう、よく眠れたか？　姫さん」

扉を開けると、ローラが廊下の窓を綺麗に拭き掃除をしてくれていて、セオドアはいつものように部屋の前で待機してくれていた。

セオドアの問いかけに、こくり、と頷いてから。

「おはようございます」

と、二人に対して朝の挨拶をすれば……。

「アリス、起きたのか？　もうお昼前だぞ。朝早くに出立したが、よほど眠たかったのだろう、昨日は無理をさせてすまなかった」

と、丁度、廊下を歩いてきたアルが、私に向かって声をかけてくれた。

「おはようございます、アル」

けれど、普段通りに出した私の挨拶を聞いて、アルが唐突に顔を顰めるのが見えて……。

何か、変な事を言ってしまっただろうかと、そう思っていたら。

「……昨日から思っていたが、お前、その言葉遣いは何なのだ？」

と、アルに言われて、その意味が分からなくて私は首を傾げた。

……何か、変な言葉遣いをしてしまっていただろうか？

考えてみるけど、自分ではどこが変だったのかさっぱり分からずに、最終的に困って、セオドアと、ローラの方へと助けを求めるように視線を向ければ、セオドアは、アルの一言に『確かに』というように、頷いてから苦笑する。

その困ったような表情に、更に困惑していると……。

「僕とお前は契約している以上、対等な関係だ。……それに、聞いたぞ。セオドアは、お前の騎士で、お前は姫という偉い立場なのだろう？　誰がどう聞いたって、お前の言葉遣いは可笑しい」

と、アルに、はっきりとそう言われて、私は二人が私に向かってそんな表情をしていることの意味にやっと気付くことが出来た。

確かにそう言われてみれば。……誰に対してもお父様やお兄様に接するみたいに敬語を使っておけば、とりあえず『我が儘で、癇癪持ちのある皇女っていうイメージを払拭出来るはず』と思ってしていたことだったけど。

まさか、ここに来て二人からそんなふうに言われるとは思ってもいなかった。

「姫さんが、俺の言葉遣いに怒らねぇのは有り難いけど。俺に、敬語を使われんのは、その、なんつうか、信頼されてねぇみたいで結構、心にくる。侍女さんは、まだしも……。医者にも、あんまり、敬語で喋んねぇのに……」

そうして、アルの一言に追随するように、吐き出された思わぬセオドアの本音に……。

（もしかして、ずっと、気にしてくれていたのかな？）

と、びっくりしてしまった。

セオドアは、あんまりそういうことを気にするようなタイプじゃないと思ってたし。

何より、そんなふうに思われていたなんて……。

（私がセオドアを信頼していないなんてこと、ある訳がない）

でも、言われてみれば、たまに、二人の時に敬語じゃない時もあったような気はするものの……。

（基本的に、セオドアには、ずっと敬語で喋ってたかも……）

内心で、そう思いながら、

「……今度から気をつけるようにし……するね」

と、二人に向かって謝罪すれば、アルは「うむ」と満足そうに頷いて、セオドアは苦笑しながら
……。

「ああ、そうしてくれると助かる」

と、柔らかい笑顔を私に向けながら声をかけてくれた。

「では、アリス様、お洋服を着替えて、お食事にしましょうか？」

そのタイミングで、窓を拭き終えたローラが、私に向かってそう言ってくれて、気が付いた。

（そうだった、まだ、ネグリジェ、着たままだった）

もしも、この場所に二番目の兄がいたら……。

（そんな格好で、外に出て恥ずかしいとも思えないのか？　お前が恥ずかしくなくても、お前が何かする度に、それが、こちらの恥になることを分かっていないようだな）

とでも、嫌みを言われてしまっただろう。

でも、当然ながら……。ここには、私のそんな淑女としてあるまじき行動を咎めるような人はどこにもいない。

思わず、自分の為出かしてしまったことに恥ずかしくなって、慌てて、私は扉を開けて室内に戻った。

「……ローラ、早く来て……」

そうして、顔だけひょっこり、と、扉と部屋の隙間から出してローラを呼べば……。

私が、恥ずかしがっていることに気付いていているだろうに、その頬がゆるゆると、嬉しそうに緩んだあと、何故かローラは近くにいたセオドアに向かって、声を上げる。

「……セオドアさん、見てください！　あの皇女様の愛らしいお姿を」

「……？　……姫さんが可愛いのはいつものことだろう？」

「ふむ、人間のかわいいなどという言葉の意味はよく分からないが、精霊から見てもアリスの純粋で汚れきっていない魂はあまりにも、綺麗だと思うぞ。……案ずることはない、僕が太鼓判を捺してやろう」

ローラの言葉に真顔で『何を言ってるんだ？』って顔をするセオドアも。

よく分からない持論を展開してきて、それ、『美味しそう』って意味からきてるんじゃないよね？と、思わなくも無い言葉をつらつらと並び立てるアルも、一向に私を助けてくれそうな気配はない。

「……皇女様を困らせて、何をやっているんですか、皆さん」

そうして、事態が解決する兆しを見せたのは、そんなみんなの様子に呆れたように声を溢す、ロイが来てからだった。

それから、ローラが用意してくれた昼食をとってから、私達は外へ出る準備をする。

ここに来るまでにも、ローラも、ロイも、セオドアも心配そうな顔をして……。

『本当に、試されるのですか？』と、何度も私に聞いてくれたんだけど、それに対する私の答えは、いつだって『イエス』しかない。

みんなは、皇帝の指示だから、私が能力を使えるようにしなければいけない、と思っているのだろうけど、実際は違う。

（少しでも、みんなのことを守れるようになっておかないと）

――今までにも、嫌な人間なら、本当にいっぱい見てきた。

これから先の未来を考えると、色々と私のことを誑かすようにして近づいてくるような人間もいれば、上手いこと言って私の事を傀儡にしたいと画策する人間もいたし……。

巻き戻す前の軸では誰も信用出来なくて、近づいて来る人に関しては全て、徹底的に突っぱねて拒んできたけれど、今回は、そうもいかない。

私には、今、守りたいと思えるような大切な人がいる。

だからこそ……。

（それら、全てに対応するために、少しでも力をつけておかなきゃ）

――私のことを本当に大切に思ってくれるような人達ばかりだから。

そうして、私達が小城から出ると、元々、砦として使われていたこの場所は、要塞としての役割

をきっちり果たすように高い城壁に囲まれていた。

『動きやすい格好を』と、ローラが用意してくれた、普段は穿き慣れないズボンを穿いていることで、なんだか不思議な感じがする。

私は周囲を見渡して、落ちている小石を何個か集めることにした。

「……？　アリス、小石を使うつもりなのか？」

アルにそう言われて、こくりと頷く。

丁度いい場所に、平時の時に訓練で使っていたのだろう、風化して少しボロボロになってしまっている的当てが幾つか並んで置かれているのが見える。

これは、戦争の前に、騎士達が弓を使って練習していた名残なんだそうで……。

前に、二番目の兄であるギゼルお兄様が、得意げに私にわざわざ話に来た内容を私自身が覚えていたから、今、パッと見ただけでそれが何なのかは直ぐに理解することが出来た。

(初めて、お父様に家族旅行で別荘に連れて行かれたのが嬉しくて、よっぽど浮かれていたんだろうな)

私が、一度も、皇帝にそんなことをしてもらえてこなかったのに対し、自分が愛されているという確固たる、優越感のようなものがあったんだと思う。

「それを、どうするのだ？」

「これを、的に向かって投げた瞬間、時間を巻き戻せるかどうか試してみようと思って」

「……的に？」

「うん。手に石を持っている間、手から石が離れた瞬間、空中に石が浮かんでいる間、的にあたった瞬間、的に当たった石が地面に落ちるまで……。これだけの動作でも、五個も、時間の区分けをすることができるから。……自分で力を上手くコントロールするには、丁度いいかなと思って」

それから、能力の練習をするために、今、自分がしようとしていることについて、私の説明に、アルが納得したように頷いてくれた。

「なるほど、しっかりと、考えていたのだな。だが、力をコントロールする段階にはまだ到達していないことが自分でも分かっているのではないか？　まずは、力を自発的に使えるようになるのが先だ」

「うん、そうだよね。でも……、前に能力が発動した時は偶発的なものだったから、そこからどうやって発動すればいいのか、分からなくて……。こういうのって、念じたら普通に出来るもの、なのかな……？」

ここまで、能力を使うつもりで張り切ってみたはいいものの、段々と自分の考えに自信を無くして尻すぼみになっていく私の説明に、アルが、ううむ、と少し考える素振りを見せてから……。

「力の流れを全く感じぬか？　お前ほど強い力を持つものなら、本来は普通に身体に流れる力を感覚で掴めるものだ。……こう、シュバっとな！」

と、言ってくる。

一生懸命に説明してくれているのだろうけど、アルの説明はかなり大味というか、擬音だらけでもの凄く分かりにくい。

それだけ、アルが意識もせずに『感覚』で、精霊として魔法を使いこなせている証拠なのだろう。

ほんの少しだけ、アルのその姿を羨ましく思っていたら……。

「姫さん、とりあえず、能力が出るのかどうか、念じてみたらどうだ？」

と、私達二人の遣り取りをずっと見ていたセオドアが、私に向かって意見を述べてくれた。

確かに、今あれこれと頭の中で考えていても、実際にやってみなければ、何も始まらないのはその通りだし。

……まずは、行動に移すところから、してみた方がいいというのは本当にその通りだった。

（まきもどれ……）

それから、何度か心の中で、自分の能力が発動するよう、強く、強く、念じてみる。

……だけど。

「……っ、何の反応も、ない……」

『やっぱり、これじゃダメなのかな……』と、内心で落胆していたら。

「うむ、僕がほんの少し力を貸してやろう」

と、アルが、私の腕についているアルとの『契約の証し』であるブレスレットをコツンと重ね合わせてくれた。

瞬間……。

「……っ、ぅっ」

……胸の奥から、熱いものが込み上げてきて。

こぽ、り、と自分の口からまた、鮮血が零れ落ちて、鼓動が急激にどくどく、と速くなっていく。

「姫さん！」「アリス様!!」「皇女様！」

という、心配そうな声が、その場に響いたのが分かったんだけど……。

それに対して、私は今にもこちらに駆け寄ってこようとする三人を、手のひらで制した。

これが『私の中の澱み』……悪いものを体内から出して癒やしていると、事前にアルから聞いて頭では分かっていても、目の前で血を吐かれたら、やっぱり動揺してしまうんだろうな……。

「だいじょう、ぶ、」

未だに心配そうな表情を浮かべて此方を見てくるみんなに対して、一言そう声をかけたあと。

「アリス、お前の中に今、僕がいる。……どうだ？　僕がお前の中に入り込んでいても何も感じぬか？」

と、アルが私に問いかけてくれた。

……その言葉に、意識を集中するように、ゆっくり、と目を瞑る。

どくどくと速くなる鼓動の中で、ふんわり、と温かな何かが私の身体を守るように、じわりと広がっていく、感覚がした。

その、微かな感覚に意識を集中させて、か細い糸を追いかけるように思考を張り巡らせていく。

「……っ、あっ」

「アリス様っ！」

「邪魔をするな！」

ローラの悲鳴染みた声のあと、アルのその場を制するような、威厳のある大きな声が響き渡る。

——全身の血液が、動いていくのを感じた……。

身体の中に波動のようなものが、存在してるのが確かに分かる。

……それが、今、何処を巡って、どの位置にあるのかも……。

これが、アルの言うような、力の流れなのだろうか。

一度、意識して認識すれば、後はもう手に取るようにその流れが、ほとばしるような『エネルギー』が、自分でも感じられた。

(巻き戻れ)

そうして、強く、願うように念じれば、私の周囲がぎゅるり、と時間を歪めていく。

……刹那。

風が。空気の流れが。……舞い散る木の葉が、刻を止める。

「……はっ……、ぁっ！　……ぅっ」

「(うむ、僕がほんの少し力を貸してやろう)」

……気がつけば、私のブレスレットに向かって、アルがコツンと自分のブレスレットを重ね合わせようとしている瞬間だった。

アルは、私にブレスレットを重ねようとして、けれど『さっき』とは違い、私にそれを重ねる寸前で。

「……いや、その必要は、なかったようだな」

と、私に向かって声をかけてくれた。

精霊王であるアルには、私が時間を巻き戻したことが、何もしなくても分かったのだろう。

「よくやったぞ、アリス！　それが自分の力を知るということだ」

そうして、アルの褒めるような言葉に対して、身体の力が、ガクッと抜けるように重くなる。

その場に崩れ落ちそうになった私を受け止めてくれたのは、セオドアだった。

「……ぁっ……、セオドア、ありがと、うっ……」

「……アリス様っ!!」

それから、慌てたように此方に駆けつけてくれるローラとロイに、私は安心してもらえるように、ふわりと、笑顔をむける。

表情は少し、強ばってしまっていたかもしれない。

「……皇女様、もしかして、今っ、能力を使用することが出来たのですか？」

問いかけるようなその言葉に、こくりと頷いて。

ローラとロイ、二人の心配そうな表情に『大丈夫』と声をあげようとしたあと……。

けれど、その言葉は口から零れ落ちることはなく、そのまま私は、目眩と共に急激に意識が遠くなっていくような感覚を覚えた。

赤を持つ者　――セオドアＳｉｄｅ

……姫さんが、自発的に能力を使えるようになった。

一度の使用で負荷が大きいのか、姫さんの身体から力が抜け落ちて、がくりと身体が傾いたのを、咄嗟に受け止めた俺は……。

今、自分に起きていることが分からなさすぎて、混乱する。

姫さんが能力を使用、した時、なのだろう。

……多分、瞬きするほどの、ほんの僅かな時間。

（俺は、確かに周囲の景色が停止するのを、見た）

そこから、ぐにゃりと視界が歪んだと、そう思った時には……。

（うむ、僕がほんの少し力を貸してやろう）

アルフレッドが、姫さんに向かって再び、そう言っているのが見えた。


――時間が、巻き戻っている。

そして、その状況を俺は、今、まさに体感していた。

だからこそ、俺は、姫さんの身体がいち早く倒れる瞬間に駆けつけることが出来た。

「……っ」

『能力者』に関しては、使える人間が本当に少なすぎて、未だその全てが解明されている訳ではなく、謎である部分の方が大きい。

(魔女とは、一体、何なのか……？)

『精霊と能力者が本来、共にあった』ということは、姫さんが眠ってから、早朝、アルフレッドから、馬車の中で聞かされていた。

精霊は、姫さんみたいな能力者の『澄み切った純粋な魂』というものが生きる糧になるらしい。

そして、大きな力を持つ能力者の身体は、力を使えば、使うだけ、その負荷に耐えきれず、反動で体内に黒い澱みが発生し、その身体を蝕んで、能力者自身を傷つけていくという。

そのために、昔は、能力者と共にあった精霊が傷ついたその身体を癒やしていた、と。

(本当は、姫さんには、能力なんて使ってほしくなかった。たとえ、父親である皇帝からの命令でも。……自分の身体を率先して自分自身で傷つけるような、そんな、真似なんてしてほしくない)

でも、幾ら俺が、俺等がそう案じていても、姫さんの意思は固かった。

その姿は……。

――まるで、生き急いでいるみたい、で。

(自分の存在している意義が、そこにしかないみたいに)

能力を使うことが出来れば、少しでも役に立てると思っているのだろう。

姫さんのことを見向きもしない皇帝の、自分の父親のために、必死で役に立とうと努力して……。

十歳の少女が背負うには『あまりにも重たいもの』を、姫さんは平気そうな顔をしていつも、何でも無いことのように振る舞う。

（……何でもない、訳がない）

（……平気でいられる、訳がない）

なのに、俺達に心配をかけないようにと、幼き皇女様は、いつだって凜と背筋を伸ばして気丈に立っている。

（……あなたと、もしも契約したら、自分で自由に能力を使うことは出来ますか？　例えば、大切な人をどうしても守りたい時、とか？）

姫さんが、契約する前にアルフレッドに言っていた言葉が頭を過った。

『大切な人を守るため』

その中には、俺の事も多分、含まれているのだろう。

『打算で仕えてくれていい』と、俺には言うくせに……。

姫さんは、俺の事を、決してただの使い捨ての駒として見てはいない。

――そんなの、狡（ずる）いだろ……。

（セオドアさんが来てから、アリス様が色んな表情を見せてくれるようになったんです！　前までは、本当に、笑顔は見せてくれるのですが、距離を感じてて……。でも、アリス様、今は、年相応のあどけない姿も見せてくれるようになってて凄く、良い感じなんです）

とは、侍女さんの言葉だった。

ほんの少しでも、俺の存在が姫さんにとって特別であると思えて嬉しかった。

それと同時に、こんな時。

一人、孤独に頑張る姫さんの、何の力にもなってやれないことが悔しくてたまらなかった。

だが、俺は今……。確かに、姫さんが能力を使った瞬間に立ち会っていた。

あれは、一体、なんだったのか……。

もしも、俺の大事な主人を、もっと守れる方法があるのなら……。

——一人で、ふらふらになりながら、能力を使って。

一人で傷ついて、人知れず悲しむ主人を、せめて、支えることが出来るなら、俺は……。

俺の腕の中で、姫さんが気を失ったあと、ベッドに姫さんを寝かせてから……。

医者と侍女さんが、姫さんを心配して、その頭に冷たいタオルやらを置いて処置している間に、『精霊王（アルフレッド）』

（……この現象が、分かりそうな奴は、一人しかいない）

俺は、アルフレッドに近づいた。

「ちょっと、いいか？」

その顔を見てから、扉の方へ向けて目線をやり、付いてきてほしいことを視線だけで告げれば、アルフレッドは、姫さんの様子を一度そっと見遣ったあと、俺に向けて頷いた。

＊　＊　＊　＊

「……お前の聞きたいことに答えよう」

パタン、と扉を閉めて長い廊下へと出たあと、手頃な場所で立ち止まると、アルフレッドが俺に対して、先に声をかけてきた。

その表情は、俺の言いたいことが何なのか、分かっているみたいだった。

「姫さんが、時間を巻き戻す瞬間、俺は確かに時間が止まるのを見た」

「そうであろうな」

やはりというか、何というか……。

俺の言葉にアルフレッドが、まるでそれが当たり前のことであるかのように頷く。

「あれは、一体、何だったんだ？　俺にも姫さんが時間を巻き戻す瞬間が分かるのか？」

俺の問いかけに、アルフレッドは両の目で此方をジッと見つめてきたあとで。

「赤……。お前達人間の世界では、紅と表現した方が良かったか？　そういう人間は元々、力を持つ者であり、お前も例外ではない」

と、そう言ってきた。

「……俺が……？」

力を持つ者ってのは、姫さんみたいにちゃんとした能力を持つ者のことだよな？

『じゃあ、もしかして、俺にも何か使える力が奥底に眠っているのか……？』

と、信じられない物を見る目でアルフレッドに視線をやれば……。

「うむ、身に覚えはないか？　アリスほどきっちりとした、特殊な能力を使えないにしても、自分の力が強かったり、例えば……身体能力が高かったりな」

と、ピンポイントで、ピタリと俺の状況を言い当てるアルフレッドに思わず息を呑む。

そうして、アルフレッドは、そんな俺を凝視したあと、何かを思い出すように何秒間か、考え込んで……。

「……ふむ、そう言えば……。

瞳の色が赤い奴らは、視力がずば抜けて高く、反射神経にも優れている、鷹のような一族だった覚えがあるぞ……。お前、その末裔だろう？」

と、俺に向かって無邪気に声を出した。

……そんな、事まで、分かるのかよ、コイツっ！

「……っ、ノクス」

いや、分かるんじゃない、その口ぶりは最初から……。

「ああ、そうであった、ノクスだ。僕の記憶もまだまだ捨てたものじゃないな」

……俺等の存在を、ノクスの民のことを知っている者の口ぶり、だ。

「力を持った者同士、共鳴し合うことはある。お前もまた、アリスと共鳴し、アリスが能力を使用した瞬間が分かるようになったのだろう。アリスの能力が、時を戻すものであるが故に。……大分、不思議な感覚がしただろうが、それは正常なものだ」

頭の中で、疑問に思っていたことが氷解して満足したのか、アルフレッドの瞳は無邪気さを帯びながら、次いで、俺の問いに対しての答えをはっきりと口にする。

「……お前、アリスのことを大切に思っているだろう?」

アルフレッドにそう言われて、俺は直ぐに「当たり前だ」と、声をあげた。

「俺が本当に心から仕える主人は、これから先も一生、姫さん以外にいない」

「うむ。それ故に、共鳴したのだろう。精霊との契約だけでなく、力を持つ者同士がお互いを思いやっていると、互いの力が何処に働いているのか、感覚で掴めるようになる。ソレは、お前がアリスのことを大事に思っているからこそ、分かる感覚、だ」

アルフレッドの言葉は、俺にとって納得のいくものだった。

それと同時に、一つの疑問が湧いてくる。

「一体、赤を持つものってのは、なんなんだ……?」

精霊と共に歩めるくらい『力』を持つもの。

そうじゃなくても、身体能力が高いもの。

……何のために、この世に生まれて、そしてどうして迫害されなければいけなかったのか。

(そういうものだ、と一言で言われてしまえば、確かにそれまでなのかもしれない)

でも、俺は、自分のルーツを知りたいと、強く思う。

それが少しでも姫さんのためになるものなら、どんなものであれ、手を伸ばして掴み取ることに、躊躇などしない。

そして、今この場所で、それに答えられるのは、アルフレッドしかいないだろう。

少年のような姿をしているが、目の前のコイツは俺等には想像も出来ないくらい途方もない歳月を過ごしてきたのだろうと思えるから。

そして、何より、コイツが生きてきたその長い時間の中で、『精霊とノクスの民』が交わった期間があるというのなら……。

それがどういう物だったのか、俺は知りたい。

だけど……そんな、俺の視線に対して……。

「誇るがよい、お前達は神聖な力を持つ者だ」

と、アルフレッドから思ってもみなかった言葉が返ってきたことに、俺は、直ぐには納得出来なかった……。……頭の中が、混乱していた。

（俺達が、神聖な力を持つ者？）

——そんな訳がない！

元来、精霊と共にあったという姫さんみたいに特殊な力を持つ者や、俺等ノクスみたいに、身体に赤を持つやつが、神聖な力を持っていたのなら、どうして、今の世では、虐げられ、迫害されているのか。

「お前が、どういう意図で俺等が神聖な者って言ってんのかは分からねぇが。それは、あり得ねぇよ。だって、昔から、俺達は迫害されてきたんだぞっ⁉」

俺の言葉にアルフレッドは、ほんの少し驚いたような表情を見せたあと、けれどどこか、納得したように「うむ」と小さく声を溢した。

「なるほど……。アリスが、僕達に使わなくてもよい敬語を用いて、どこか自分自身のことを卑下しているように感じたのは、それが原因だったのだな」

「……っ、あぁ……！　姫さんも、例外なくずっと傷ついて……」

俺の口から出た言葉に、アルフレッドは分かりやすく眉間に眉を寄せて。

「お前の言う昔が、一体どれくらい前のことを指しているのかは分からぬが。僕達が生まれた頃、本来それは、今とは真逆の意味合いを持っていた。……お前達は、特殊な力を持つ神の子として、崇(あが)められていたのだ」

と、声を出す。

（かみの、こ……？）

――俺達、が？

「……っ⁉」

アルフレッドから教えてもらった事実をすぐには頭の中で呑み込めず、驚愕する。

そんな俺を見ながらアルフレッドは「だが……」と声をあげ。

「時代の移り変わりと共に変わっていったのだろう。特別な力を持つ者は、時として邪魔になる。……何の力も持たぬ者にとっては、それだけで脅威だからな。人間は、お前達と手を取り合い、社会を発展させるよりも、追い出し、殺し、自分達とは違う者として、徹底的に潰したのだろう。力で敵わぬなら、圧倒的に差のある、数の暴力を行使して。……そして、そうであるならば、ある時から、お前達が急に数を減らしたのも理解出来る」

と、強い憎しみが含まれた口調で声を溢した。

「……お前は、その状況を知らなかったのか？」

「ああ……。僕は特別だが、契約者である者が死ねば、基本的にペアになってる精霊もまた命を落とす宿命だ。僕は新しく生まれた子供達の面倒を見なければいけなかったから、古の森からは基本出ないようにしていてな。……ある日、突然、力のある者の傍にいたはずの精霊達と連絡が途絶えるようになって、可笑しいと思ってはいたが、お前達が数を減らしたので、戦争でも起こって人間の数自体が減ったのだと思っていたのだ……」

　そうして、アルフレッドは、悲痛な表情を浮かべながら、

「だが、実際は迫害によって、お前達だけが殺されていたのだな」

　と、声を上げた。

「愚かな真似をするものだ」と言いながら、不快感を隠そうともしないアルフレッドからは、本当に怒っているのだろうという事が強く感じられた。

「……それが、今に繋がっている、と？」

「推測だがな。あながち間違いって訳でもないだろう。もともと、僕達精霊で生涯の契約主と出会うことが出来るのは、ほんの一握りだけだ。精霊は長生き出来る種族だが、生涯の契約主と出会えたなら、別だ。生きられる寿命は、契約主によって左右されるが、それでも、その一生を、自分だけの唯一と一緒に幸せに過ごすことが出来るから、精霊はこぞって、お前達と契約することを選ぶのだ」

「……っ」

「アリスは本来、そこにいるだけで、僕達にとって幸せを運ぶ尊い存在だ。あんなにも、傷ついて……、能力を必死にコントロールして酷使する必要がどこにあるのかと、思っていたが。……許せぬな。人間というものは、本当に愚かで醜い生き物だ」

言って、ぎり、っと小さく唇を噛むアルフレッドに、俺も同じ気持ちだった。

「姫さんには、あまり能力を使ってほしくない」

そうして、今思っていることを率直にアルフレッドに伝えれば……。

「うむ、それは僕も同感だ」

と、返ってくる。

「もし、姫さんが能力を使ったとして、その身体はあとどれくらい持つものなんだ？」

そう問いかける俺に、アルフレッドは一度悩む素振りを見せてから……。

「……僕はアリスの身体の状態は分かるが、いつまで持つか、などは詳しく分からない。アリスが、今後、無茶な使い方をしないとも限らないしな。僕が契約したことで、アリスの身体の歪みを少しずつ体内から癒やしてはいるが。……なにせ、使った力が大きすぎたのだろうな」

——どんなに頑張っても、完全に修復するのは無理だろう。

……そう言って、アルフレッドは、悔しさが滲むような表情を見せる。

助けたいという気持ちは強いが、それ以上、どうしていいのか分からないのだろう。

それでも、アルフレッドは、俺とは違って、姫さんのことを癒やせるだけの力がある。

誰よりも、その近くで……、姫さんのために。

(分かってる。こんなのはただ妬んでいるだけだ)

今は、そんなことを考えている場合じゃない。

自分の中に浮かんできた黒いもやを取り払い、俺は、アルフレッドの言葉に浮かんできた疑問を問いかけるように声を出した。

「……姫さんの身体ってのは、一度の使用でそんなに歪むものなのか?」

(姫さんから聞いた話だと、能力の発現があったのはごく最近のことで、一回だったはずだ)

一度の使用で、アルフレッドも治せないほどに身体に歪みが出るのなら、ますます姫さんが能力を使うことを、なんとしても止めないといけないだろう。

(それで、姫さんに嫌われることになろうとも)

不安の色を隠せない俺に、アルフレッドは、はたと何かを思いだしたのか、一瞬だけ、その口を閉じたあと。

「……ああっ、いや。……そうではない。アリスの場合、時間になるが、少しの使用ならばそこまで大きく身体に歪みが出ることは無い。……だが、ほらっ、アリスは自分の能力をコントロール出来ない状態で発動したのだろう? 故に、一回の使用での放出量が大きかったのだ」

と、どこか慌てたように、奥歯に物が挟まったような言い方をするアルフレッドに、何か隠してることでもあるのか? と、疑惑の目を向けたが……。

「力の放出量が大きいというのは嘘では無いぞ。……現に、アリスは、今日も力を使ったあと倒れたであろう?」

「……っ」

「あれは、数分巻き戻すだけでいい力の放出量をコントロール出来ず、無駄に多く使っているが故に、身体が負荷に耐えきれなかった何よりの証拠だ。まぁ、アリスの場合。時間を戻すという能力自体が世の中の法則を無視してるデタラメなものなのでな、本人は理解していないが、かなり強い力をもっているのだ。故に、それだけで能力を使用したときに、起こる反動も強くなる」

――ある程度、アリスが力を自分でコントロール出来る状態になれば、今日のように直ぐ倒れることは、減っていくだろうがな。

と、俺のそんな疑念を躱すように、そう言われて頷いた。

嘘は言ってなさそうだし、何よりアルフレッドの言うことは、一理あった。

なにか、まだ……、姫さんのことで、俺に言わずに隠しているような気もしなくはないが。

でも、アルフレッドの言うように、一度に使う能力の放出量を姫さんが意図して抑えられるなら、それに越したことはないだろう。

突然、コントロール出来ないまま能力が発動してしまい、姫さんの身体が軋んで、歪んでしまうのが大きくなるよりは断然いい。

それに、俺にも姫さんが能力を使った瞬間が、共鳴して、分かるというのなら……。

(姫さんが、時間を巻き戻したなら、その時は、俺が一番に駆けつけてその身体を支えてやれればいい)

それが分かっただけでも、アルフレッドとの会話は俺にとって有意義なものだった。

みんなの心配と、古の森からの帰還

「また、倒れてしまって、みんなにも、迷惑をかけてしまって、そのっ」

――ごめんなさい。

起きたら、やっぱりベッドの上で、あまりの自分の情けなさに落ち込んで、かかっていたシーツをぎゅっと握りしめる。

みんなを守りたいのに、私ばっかりがいつもみんなに守られてる気がする。

しどろもどろになりながら、みんなに謝罪したら、ローラが私の手を握って……。

「そんなことは、気にされなくていいのですっ！」

と、声をかけてくれた。

「丸一日、目が覚められなかったのですよっ……！」

ローラにそう言われて、驚いた。

そんなに、目が覚めなかったとは思いもしなかったから、どうりで、みんなに心配そうな顔をさせてしまっている訳だ。

その表情に申し訳なく思っていると、ロイが……。

「ここまでして、能力を使わなければならないのでしょうか？　陛下には、皇女様が自力で能力をコントロールすることは出来ないと伝えれば、それですむのではありませんか？　この秘密を私達だけで、共有すれば……それでっ」

と、声をかけてくれる。

その言葉に、私は「ううん……」と声を出して、首を横に振った。

自分で能力を使えるようになっておきたいという思いは勿論あるけど、それだけじゃない。

(もしも万が一、皇帝を欺いていたと何かの拍子で公になればそれだけで、みんなが罪を被ることになる)

――そんなことは、絶対にさせられない。

私のその反応に、落胆したように、ローラと、ロイが俯くのが見えた。

「アリス、ちょっといいか」

そこで、何かを思いついたんだろうか、アルが私に向かって声をかけてきた。

視線を向けると、セオドアとアルが、目配せしたあとで二人で頷きあっていて……。

「アルフレッドと相談したんだが、姫さんの今の状態は、使う力に見合うだけの放出量じゃなく、もっと、多く力を放出しているらしい」

「うむ、それがアリスの身体の負担になっているのだ」

と、阿吽の呼吸で、二人が、私の今の状態を説明してくれる。

「だから、使わないに越したことはないというのが、前提にはあるが、アリスが能力を使うこと自体に、僕は反対しない。……少しでも力をコントロール出来れば、それがアリスの身体の負担を抑えることに繋がるからな」

「ただし、能力に慣れさせるためと、身体への負担にさせないために、姫さんが能力を使用する日は、アルフレッドが決める。姫さんの身体が今、どういう状況なのかを見極められるのはアルフレッドだけだ」

「そこで、だ。一度、アリスが住んでいるという城に帰り、また此方に定期的に来るというふうには出来ぬか？　お前はずっとこの場所にいる訳にはいかないのであろう？　であるならば、許可を取って、定期的に此方へ来て徐々に能力に身体を慣れさせる必要があると思うのだが、どうだ？」

……一体、いつからこんなに、二人とも仲良くなったのだろう？

と、思うほどにぴったりと、息が合ったように声をかけてくる二人に思わず驚きながらも、その提案はどこまでも、私の負担にならないようにと、考えてくれているもので……。

（出来ないことは、ないと思う）

と、私は、その提案に思考を巡らせながらも、頷いた。

「能力のために砦をくれたような人だから、お父様からの許可は、下りると思う」

そうして、溢した一言に、急に、みんな静まり返ってしまった。

まるで誰かによくないことが起きてしまったかのように、一気に淀んで暗くなってしまった室内に、慌てて……。

「でも、アルも、セオドアも、ありがとう。私のこと、こんなに、いっぱい、考えてくれて……。自分じゃ、そんなこと思いつきもしなかったから、本当に嬉しい……」

と、二人に感謝しながら穏やかに声をあげると、ローラが私の手を更に強くぎゅっと握ってくれた。

「アリス様……」

それから、もの凄く悲しそうな顔をされて、私はわたわたと焦りながらも、ローラを安心させるために声を出した。

「ローラ……。時を戻すなんて使えそうな能力を、皇帝であるお父様も無下にはしないはず。流石に能力を使用する頻度や、使い道を考えて慎重になるはずだし、余程のことは言ってこないと思う。……だから、そんな顔しないで」

――私は大丈夫だよ。

と、精一杯この場の空気を何とかしようと声をあげたけど、みんなの表情はそれを聞いて更に硬くなる。

心配してくれているのが分かるから、みんなのその思いやりに、申し訳ないと思うのと同時に、心の中が今、じんわりと温かくなっていくのを感じてしまった。

……巻き戻す前の軸、私をこうやって心配してくれていたのはローラだけで。

その、ローラの表情や思いやりに気づけたのだって、本当に最期、死ぬ間際に『間違えた』と理解した瞬間だった。

それまでは、誰かのことも、自分のことも、顧みすらしなかったから……。

だから、今こうやって大切な人が出来て、誰かから想ってもらえているこの状況は私にとって、本当に心の底から特別なものだった。

それでも、いつまでも、そんなふうな顔をみんなにさせる訳にはいかないだろうな、と感じて……。

「アル、この砦にいる間、もうちょっと、能力を自分で使用してみるのはダメかな？」

と、声を出せば。

「うむ、止めておいた方がいいだろう。アリス、お前は一度使った力で、かなり消耗しているのだ。……お前が眠っている間にも、僕の癒やしの力は働くが、どうしても、ゆっくりと時間をかけて治していくことになるからな、今回はもう力を使うのはダメだ」

と、アルが苦い顔をしながら、私の質問に答えてくれる。

私はそれに頷いて、みんなに安心してもらえるように、明るくにこりと笑顔を向けた。

「分かった、もう、此処にいる間は、絶対に能力を使ったりしない。それより起きたばっかりで、お腹が空いちゃったな……。みんなも、もし、食べていないなら一緒にご飯にしない？」

問いかけるようにそう言えば、ローラが「承知しました」と言って、目尻に浮かんだ涙をぬぐって、私に微笑みかけてくれたあと、ご飯の準備をしに行ってくれた。

＊＊＊＊

「……今、なんと言ったのだ？」

あれから、一度城に戻り、セオドアとアルを引き連れて、執務室で皇帝に謁見する。

帰ってきてすぐ、次の日に面会を申し出たけれど、すんなりとそれが通ったことに、自分自身驚いていた。

——巻き戻す前の軸ならば、面会をするのにも、いつも、二、三日要したのに。

（きっと、能力が使えるようになったから）

少しでも皇族のために、役に立つ人間になったという認識なのだろう。

皇帝にとって、能力が使用出来る人間というのは『手頃な駒』として、扱うのに丁度良いのだと思う。

私は、自分の能力の状態とそれを使用するにあたって、何度か呰と此方を往復しなければいけない旨を伝え、……予想に反して少し渋る皇帝になんとか許可を得たあと、アルのことを紹介した。

勿論隠し通せる話ではないため、精霊のことも泉のことも含めて全て。

流石にそんなことになっているとは夢にも思っていなかったのだろう、目の前で深く考え込み、狼狽した様子の皇帝に苦笑する。

「お父様、聞こえませんでしたか？　古の森の中には精霊が住んでいるのです」

「……それで？　その泉が万能薬で、その少年が精霊達を束ねる精霊王だと？　そんな与太話を私に信じろと言うのか？」

その反応は想定内だったから、別に驚きもしない。

私だって人づてに聞いただけだったなら、疑っていたかもしれないような話だ。

……今直ぐに信じてほしいという方が、無茶だと思う。

「……信じられないならそれで構いません。アルを。……アルフレッドを私の傍に置くのを許可していただければ、それで」

はっきりと自分の希望を口に出せば、目の前で皇帝がむっつりと黙り込んでしまった。

「……分かった。調べるのに、騎士団を派遣し……」

そうして暫くしてから、苦肉の策といった感じで吐き出された皇帝の一言に……。

（そんなことをされたら、森が、精霊達の住処が、荒らされてしまうかもしれない）

と思い、『それだけはしないでほしい』と私が、意見を言うその前に。

「おい、にんげん。……思い上がるなよ？」

と、威厳のある怒気の含まれた低い声で、アルが皇帝に向かって口を開いたのが聞こえてきた。

「……っ」

「何を勘違いしているかしらないが、お前と僕は対等じゃない。僕は、アリスだから傍にいるのだ。……僕の子供達をっ、住処を荒らし回るような真似をしてみろ！　その瞬間に貴様をなぶり殺してくれるぞ」

そうして続けてアルがそう言ったあと……。

流石に皇帝は、アルのその姿に黙り込んでしまった。

『ただの少年』が出すにはあまりにも迫力のあるその声に、私の話が真実味を帯びていると皇帝も気付いてくれたのだろう。

愛情など欠片もくれたことのない人だけど、このいっそ清々しいほどに合理的な姿は一国の王としては正しい在り方なのかもしれない。

「……っ、何を、望むというのだ？」

アルの言葉に、その身を硬くして何度か思案したあと、そう言ってきた皇帝に、私はここぞとばかりに声を出した。

「あの土地は、お父様が私に下さったはずです。……確か、一度言った言葉は覆らないとお父様自らが仰いましたよね？」

以前、皇帝が私に言った言葉を引用して、あそこの土地はもう、『私のものになりましたよね？』ということを再びここで強調しておく。

「……っ」

「精霊達は、静かに暮らすことを望んでいて、あの地が荒らされることは望んでいません。もう既に、一般の人間の立ち入りは禁止されていますが、私があの土地を所有している間、今まで以上に強固に誰もあの地には近づけないように手配していただけると有り難いです。それと、泉の万能薬も人間の手には余ります。……あれはこの世に出してはいけないものでしょう」

（あそこは政治的に利用するには、得るものも確かに多いかもしれないけれど、それ以上にあまりにもハイリスクだと思いますよ）

ということを強調して伝えれば。

私の言葉に皇帝は、難しい顔をしながらも、けれどそれ以上の策も見つからなかったのだろう、こくりと頷いてくれた。

「……賢明な判断だ。お前の言葉が全て本当であるならばそうするしかないだろうな」

そうして、皇帝は『話は分かった』と、私に向かって言ったあと。

「……それで精霊王様は、娘のどこを気に入り傍にいると？」

と、アルに対して訝しげな視線を向けて問いかけてくる。

突然のその発言は、『私なんか』が精霊王であるアルと契約するには、あまりにも分不相応で勿体ないとでも思っているような口ぶりだった。

「僕はアリスの傍にいて心地良いから、一緒にいるのだ。精霊はお前達人間とは違い、見た目ではなく純粋な魂を見るからな」

アルの率直なその発言に、皇帝が一瞬だけ虚を衝かれたように驚いたような表情を見せたあと、苦い笑みを溢すのが私の目に入ってくる。

（……？）

……その表情からは何を考えているのかまでは読み取れず。

「……お父様。それともう一つお願いがあるのですが」

「この際、だ……。全部、言いなさい」

諦めたようにそう言われて、私は一度頷いたあとセオドアの方へと視線を向けた。

「私の騎士のことなのですが、皇族の護衛という地位に就いたのに、馬、一頭すら所有していないのです。今後、砦と此方を往復する機会も増えますし、自由に能力を使えるとはまだ言い難いですが……私が、能力を使えるようになった褒美に私の騎士に馬を与えてくれませんか？」

と声に出す。……私の一言に、突然話を振られたセオドアが目を見開いて此方を見つめてくる。

その姿に、口元を緩めて穏やかに微笑めば、セオドアが慌てて「姫さん、俺には……」と、辞退しようと声を出したから、私はそれを視線だけで止めて首を横に振った。

そもそも貰える権利があるのに、私の騎士だからって貰えない方がおかしいのだから、これについては、断固戦う構えを辞さないつもりだったんだけど……。

予想外にも、皇帝は、私のそんな姿を見てグッと一度息を呑んだあと……。

「……分かった、手配しよう」

と、すんなりと私の発言を認めるようにそう言ってくれた。

思いのほか、あっさりと通ったその要求に、私自身驚いてしまう。

泉のこと、砦のこと、アルのこと、セオドアのこと……、など色々とお願いした中で。

そのどれかは『要求をしすぎだ』と突っぱねられるかと思っていた。

特に砦のことは希少な土地であるが故に、精霊達の住処は荒らさないと約束はしてくれても、『皇帝への返還』が求められてもおかしくないと覚悟していただけに。

あまりにも、スムーズに許可されてしまったから、思わず拍子抜けしてしまった。

「……他には、何かあるか？」

問いただすようにそう言われて私は首を横に振る。

「いいえ。これで全部です。お時間を取って話を聞いてくださり、ありがとうございました」

私のその答えに、皇帝が、ジッと私を見つめたあと……。

「お前のことはいいのか？」

と、言われて……。

『私のこと……？』と、一瞬、何のことを言われているのか全く分からず首をひねったんだけど、直ぐにそれが何を指しているのか、思い当たった。

もしかして、『私自身の願い』も叶えてくれるつもりなのだろうか？

いや……。いつも我が儘を言って、あれが欲しい、これが欲しいと言っていたから、自分のことはいいのか？　と、単純に聞いてきているだけかもしれない。

『特にないです』と言いかけて。……けれど、はたと、これはチャンスかもしれないと私は思い止まった。

「一度で構いませんので、砦に行く以外で、外へ出歩く許可を頂ければと思います」

はっきりと口に出せば、予想外の答えだったのだろう。

驚いたようなその姿に苦笑する。

「……何処へ、行くつもりなのだ？」

「買い物をしに城下へ行きたいのです」

問われて、私が正直に声をあげれば、目の前で皇帝が難色を示すように眉を顰めるのが見えた。

「何を買うつもりだ？」

『何かを買うのなら、行商人を城へ呼べば良いだろう……？』

と言わんばかりのその態度に私は首を横に振る。

はっきり言ってそう思われることは分かっていた。

だって、巻き戻し前の軸も私が、自由に外に出られることなんてなかったから。

お母様も、そうだったけど……。

――紅色の髪を持つ私が、皇族の汚点そのものだから。

外に出ること自体、基本的に禁止されていたのも頷ける。

でも、私だってここで諦める訳にはいかない。

誘拐されたばかりだから、城下へ行って厄介ごとをまた持ち込むつもりなのか、と思われているのかもしれないし。

あとは何を買うかによって、自分のお金が私にどれくらい使われるかの懸念もあるのだろう。

「お父様、安心してください。……この赤い髪の毛が少しでもばれないようフードを被って外に出るつもりですし、お父様のお金はもう二度と使用するつもりはありません。私の身の回りの物を売ってつくったお金で、細々とした生活用品を少し揃えたいだけなのです」

それら、想像し得ることに対して予め予測して、声を上げれば……。

「……っ！　身の回りの物を、売ったのか？」

と、驚いたように、逆に問いかけられてしまった。

「……？　はい。他に欲しいものがありましたので。皇族のお金を無駄に使うようなことはもう、しないつもりです」

そうして、その質問にはっきりと答えて、もう二度と湯水のようにお金を使わないことを視線で訴える。

別に今更、皇帝の私に対する覚えをよくしようとか、そういう意図は全くないんだけど、巻き戻す前の軸みたいに率先してこれ以上、底辺に落ちた自分の評判を更に落とすような真似をするつもりもない。

皇帝は「そうか」とだけ、声を上げて。……それから暫くして、分かった、と頷いてくれた。

問題なく許可が出たことが、嬉しくて、少しだけ自分の口元が微笑むように緩んでしまう。

……そうして、ホッと安堵しながら「ありがとうございます」と声を上げれば、皇帝はコホン、と一つ咳払いをしたあと。

「……何かあればいつでも来なさい。それからもし可能なら、たまには用事だけではなく私に顔を見せに来なさい」

と言ってくる。その言葉の意味が直ぐには思い浮かばなかったけど。

……もしかしたら、能力が使えるようになったことや、精霊王であるアルと契約したことで、『過分な力』を私が持ったと思って、近くで監視しておきたいのかもしれない。

そう考えたら、その言葉の意味も全てがしっくりと来た。

「分かりました。そうさせていただきます」

かけられた言葉に頷いたあと、これ以上ここにいて、無駄を嫌う皇帝の機嫌を万が一にも損ねないようにと、早々に私は、みんなと一緒にその場を後にすることにした。

そうして……。皇帝の執務室から出たあと。

「姫さん、っ、さっきのあれはっ」

と、宮の廊下を歩きながら、セオドアが私に向かって慌てたようにそう声をかけてくれたのに対し、私は口を尖らせる。

「元々貰う権利があるのに、私に付いているばっかりに貰えないなんて不公平だよ」

きちんとした権利があることだから何も気にすることはないという意味合いを含ませて声を上げれば、何度か何か言おうと口を開きかけたあと、セオドアが……。

「……だからって、姫さんが力を使えるようになった褒美を俺にする必要なんてどこにも……っ」

と、声をかけてくれた。

「ううん。私は私のご褒美をお父様からちゃんと貰ったし、……何より私がセオドアに貰ってほしかったの。だから遠慮せずに受け取ってほしい」

「……っ、」

そう言うと、セオドアはそれ以上反論の言葉を重ねることはなく何度か迷う素振りを見せたあと、それでも最後には「分かった」と、了承したように頷いてくれた。

その姿に安堵していると……。

前方から二番目の兄である、ギゼルお兄様が此方に向かって歩いてくるのが見えた。

(何か、皇帝に用でもあるのだろうか？)

だとしたら、私の方が先に皇帝に用件を聞いてもらえたということになる。

——それは、おかしい。

もしかして、朝はギゼルお兄様に予定が入っていたのだろうか？

……だからこうして、私より後に皇帝の所へ？

そう思いながら、目の前にいる兄は当然私のことを嫌っているはずだからと、必要以上に目を合わせないようにして、言葉を交わすことなくその横を通り過ぎようとしたんだけど。

その瞬間……。

「……っ！」

パッといきなり手首を掴まれて、驚きに目を見開いていると……。

後ろで、カチャリ、とセオドアが剣の柄の部分を掴む音がした。

……私は、お兄様に視線を向けるより先に、セオドアの方を振り返って視線を交わす。

（だいじょうぶ……）

安心してもらえるように、そう目線で告げれば、セオドアの手がゆっくりと剣から離れていく。

それを見届けてから、もう一度、ギゼルお兄様に視線を向け直すと、幸いお兄様はセオドアの咄嗟の対応には気付いていなかったらしく、一先ずはその様子にホッと安堵したものの。

「……父上にどうやって取り入ったんだっ？」

……代わりにどこまでも低い声と、鋭い目つきでガンを飛ばすかのようにそう言われて、私は内心で疑問符を浮かべながらも努めて冷静に声を溢した。

「……どういう意味でしょうか？」

思い当たるような節もなく、本気で何を言っているのか分からなくて、混乱する私に。

「とぼけるなよっ！　……古の森の砦は、ウィリアム兄さんのものだったのにっ、お前が我が儘を言って横取りしたんだろうっ⁉︎」

　と、吠えるように吐き出された言葉に、今度は私の横にいたアルが眉間の皺を深くして険しい表情になってしまった。

（……古の森は、貴様等人間のものではないぞ）

　そうして、アルの瞳にありありと浮かんだ巫山戯るなという怒りの表情に、私はどうしようか考えあぐねて小さくため息を溢した。

　その……、私のため息が、お気に召さなかったのだろう……。

「……っ！　なんなんだよ、その態度はっ」

　と、更に火に油を注いでしまって、ギゼルお兄様を怒らせてしまったことに、『厄介な事になっちゃったなぁ……』と、私は唇をきゅっと噛みしめる。

（……貴様が、な……っ！）

　……険しい表情を浮かべながら、視線だけで隣でそう訴えかけるのを出来るだけやめてほしい。

　なんとか、憤慨するアルに視線を向けて少しだけ我慢してほしい旨を伝えれば、アルの怒りは私を見てから、その矛を収めるように萎んでくれた。

「お兄様……。何を勘違いしているのか知りませんが、お父様の方から私に砦を下さったのです。お父様が、お兄様に仰ったんですか？　あの砦はウィリアムお兄様のものだと？　それは、公式の発言なのですか？」

　まるで諭すように、なるべく穏便にすることを心がけつつそう声を上げれば、先ほどまで怒りで燃えていたその表情がクッと悔しそうに歪んでいく。

「強制力のある発言ではなかったっ……。だが、前に一度、俺達家族で夏の休暇に砦に行った時、この砦は、ウィリアムに与えてやってもいいなと、溢されていたんだ。お前は、それを……っ」

「ごめんなさい、知りませんでした」

「……っ！」

お兄様の言葉に、謝罪して、頭を下げる。

いつも此方に突っかかってくる兄の態度には、同じような態度を向けて反抗していたから、思ってもみない反応が私から返ってきたことに驚いたのだろう。

私のその態度に何かを言いかけて、けれどそれ以上の言葉が見つからなかったのか兄は……。

「……お前っ！」

と、更に、私に突っかかるように声を出してくる。

……その、どこまでも子供じみた対応に『相手は私よりも精神的に子供』だと、なるべく穏やかに語りかけるように声を出した。

「知らなかったことに対してはお詫びします。けれど、お父様のお気持ちがどこにあったのかは私には分かりませんが。……この件は既に、私とお父様の間で話が付いています」

「なに、をっ……！」

「お父様が砦を私に下さると言った瞬間に、それはウィリアムお兄様のものではなく、正式に私のものになったのです。そして、その事実を私にはどうすることも出来ません。……これ以上の反論は私では無く、お父様に直接話された方がいいと思います」

はっきりと出したその言葉に今度こそ、ぐっと声を詰まらせて、何も言えなくなった様子の兄に、思わず苦笑する。

そうして、最終的に私に言い負かされて、何も言葉を返せなかったことの腹いせだったのか……。

「……っ！　大体、お前、これ見よがしに赤い眼をした騎士を連れて、その腕に赤いブレスレットをつけてっ、恥ずかしいとも思わないのかっ⁉」

と、苦し紛れにそう言われたことは分かったんだけど。

その言葉に、ぷつり、と自分の頭の中にある、糸が切れるのを感じて……。

「……してください」

「な、にっ、？」

瞬間……。

掴まれていたその手を払いのけて、目の前の兄であった人の、その腕をぎゅっと、私は握り返した。

「……っ⁉」

「撤回、してください」

「……な、何をっ……っ」

「私のことは、なんと言われようと、どういうふうに扱われようと全く構わないのですが。私の信頼する者を侮辱するような真似は許せません。……今すぐ、撤回してください」

「……っ」

しっかりとその瞳を真っ直ぐに見つめ、静かに怒りの感情を露わにすれば、目の前で兄が、私のその反応にたじろぐのが見えた。

……その様子に、ふぅー、と、小さくため息を溢して、私は掴んでいたその腕を離す。

「二度と、私の従者を馬鹿にするような発言をしないでください」

今までで一番冷たいかもしれない声色で、一言だけ兄にそう告げれば……。

それ以上返ってくる言葉もなかったため、私は自室に戻るために再び足を動かして、そのまま固まって動けないままの、兄の横を通りすぎた。

激しい怒り　――？？？Ｓｉｄｅ

「……何だとっ！　あり得ぬっ！」

ガシャンという、陶器の割れた音が辺りに響き渡る。

わなわなと、怒りに打ち震えながら、テーブルの上にあった飲みかけの紅茶をティーカップごと、下に落とした。

それに、私に対して話を持ってきた侍女が、驚いたような視線を向け、おろおろとした表情を見せる。

「……それは、本当なのかっ！　陛下が、あの小娘に古の森の砦を与えただけでも許せなかったというのにっ」

　怒りで、荒げるような口調になるのは仕方が無い。

　何年か前に、家族であそこの砦に夏の休暇を使って行った時、陛下は、確かに言ったのだ。

『この砦は、ウィリアムに与えてやってもいいな』と……。

　私の可愛い可愛い一番目の、息子。

　あの人の跡を継ぐことが、殆ど、決まっている我が子。

　その言葉は、確かに強制力のあるものではなかった。

　それでも、陛下の頭の中には、我が子に砦をプレゼントするというビジョンが確かにあったはずなのだ。

　……それを、何故、あの小娘にっ。

　それだけではない。……侍女の持ってきた話が本当ならば。

「陛下が、あの小娘のために、あの砦はアリスの物だから、と。……何人たりとも、絶対に近づくことはないよう、わざわざ発言された、と？　しかも、今まで欠片も気にかけていなかったのに、ここに来て小娘に、年頃の近い少年を紹介して、傍にいることを許した、と？」

「その子どもの、素性は？」と、問いただす私に、誰一人反応をしない。

　……これだけいて、誰も答えられぬ、少年の素性。

（将来有望な、どこぞの秘蔵っ子だとでもいうのか？）

「それならば何故、我が子では無くあの小娘にっ！」

怒りに打ち震えながら、溢された一言に。

「で、ですが……テレーゼ様、そんなに心配されなくても大丈夫なのではっ？」

と、新米の侍女から、何の安心も出来ぬ慰めの一言が返ってきて怒りが倍増する。

新米である私の侍女ですら、その発言を知っているということは、わざわざその発言を隠すことも無く、それどころか知らしめるように、陛下が公の場でしたということだ。

――その発言の強制力、並びに影響力は計り知れない。

その事実が示すことは、ただ一つ。

もう私達ですら、あの砦に近づくことはかなわなくなったということ。

……そればかりか。陛下が所有する物の一つである砦をあの小娘にやり、気にかけているということがこれを機に瞬く間に世間に広がっていくだろう。

そして、もう一つ。……謎の少年の素性を気にかけて、あれこれ噂が立つであろうことも、最早、時間の問題だ。

だれも気にかけてなどおらぬが。

前皇后の、唯一の娘である、あの娘にも当然『王』になる資格がある。

――王になる、資格を持っているのだ……。

我が国の長い歴史の中で、女王が存在したことは未だかつてない。……だが、なれぬというルールなどどこにも存在しない。

忌々しい紅をその身に宿す呪い子ではあるが、その血筋は誰よりも高い。

血統だけで言うのなら、憎いことに、我が子よりもあの小娘の方が上だ。

そして、その『事実』は、どんなに頑張っても消してしまえるものではない。

（……どうせ、この事は、陛下の気紛れだ。気紛れにすぎぬ）

だが、あの小娘の発言力が強まることは、なんとしても避けねばならぬだろう。

これで、調子に乗って、私達と敵対するなど、ゆめゆめ思わぬように。……出る杭にも満たぬが、それでも、なんとしても、封じておかねば。

そう、第一皇子（ウィリアム）の障害になるものは、たとえ路傍（ろぼう）に落ちている小石であろうとも、母である私が、取り除いてあげねば、ならぬ。

「……あぁ、そうだ。ここ最近は大人しくなっていると聞いていたが。母親が亡くなり、傷ついて寂しくしておるのであろう？」

怒りに打ち震えている状況から、一変、口角を上げ穏やかに顔を上げて、にこりと笑顔を漏らす私に、周りに侍っていた新米の侍女が、意味が分からないというように、「は、……え？」と、混乱したような言葉を溢す。

（この役に立たぬ侍女を、あの小娘につけて近況を探るのも悪くはないが……）

――そうだな、面白い余興を思いついた。

パッと、持っていた扇子を開き、誰にも見えぬその下で、唇を歪めて、笑みを深くすれば。

この場にいる誰よりもピシッと背筋を伸ばしている私の、一番古参の侍女が……。

「お優しいテレーゼ様、きっとその通りだと思います」

と、声をかけてくる。

「けれど、私がどんなに心配していても、私の施しだと思うと、アレは、素直には受けとるまい？　私からと言わず、寂しくしておる子供に贈り物を届けたら喜んでくれるだろうか？」

——のう、どう思う？

と、声を上げれば……。

心得たとばかりに顔色一つ変えずに、私の一番の腹心は頷く。

「……どなたからの贈り物にしましょうか？」

「私が懇意にしている貴族の一人に、そういうのが上手い者がいる。……そうなれば、母がいないことに寂しくなって、後追いするかもしれぬな？　その心が乱れることのないように、しっかりとケアしておくれ」

「かしこまりました、直ぐに手配いたしましょう」

私の一言に、侍女がこくり、と頷いた。……扇の下の口元が歪む。

「……それより、そなた」

「……は、はいっ！　私でしょうか？」

「うむ、お前は、私の侍女は向いていないと思うのだが、だれがこんな野草のような人間を私の侍女にしたのだ？」

私の発言に、あちこちで新米以外の侍女達からクスクスと笑みが溢れていく。

馬鹿にしたその発言に、目の前の新米の顔が一気に朱に染まるのが見えた。

だが、皇后である私の侍女を諦めるという選択肢はこの侍女にはないだろう。

「申し訳ありません……もっと、お役に立てるように頑張ります」

そうして、慌てたようにがばりと頭を下げて声を溢す侍女にくつりと、表情を歪め……。

（確か、この娘は、家に莫大な借金があったはずだ。……クビになって宮を追い出されれば、それこそ、もうどこにも雇ってもらえぬだろうな？）

と、即座に目の前の侍女のプロフィールを思い出し、座っていた椅子から立ち上がり、持っていた扇を閉じて、それを首元に突きつけながら……。

「私は優しいから、一度の失敗くらいではクビにしたりしない。……お前にも、チャンスを与えてやろう」

——のう？

と、囁きかけるようにその耳元で声を溢せば、目の前の侍女は、私の言葉にびくりと反応し、一気にその身を硬くした。

魔法剣と、騎士の誓い

「わー、見てっ。セオドア、アル……！　きらきらした石が売ってるよっ！」

この間皇帝からの許可をもぎ取ったことで、珍しく王都の街に繰り出して、路上に幾つも立ち並ぶ露店に目移りしながら、あちこちと視線をやれば……。

私の横でアルが……。

「魔法石でもない普通の色をつけた石にこんなにも喜ぶとは、人間とは変な物が好きなのだな？アリス、このくらいのものならば、泉にある魔石を僕がいくつかプレゼントしてやるのに」

と、呆れたように声を溢した。

アルから放たれた『魔法石』という不穏な単語に。

（詳しく聞いたら、やぶ蛇になりそうな気がするっ……）

と、聞かない、知らないフリを貫き通した私は……。

誰にも忖度しないアルの発言を聞いて、ほんの少しムッとした表情を見せるお店の主人に慌ててぺこり、と頭を下げてその場から立ち去ることにした。

「おい、アルフレッド……。お前もっと嘘でもいいから褒めるような言葉とか出せねぇのかよ？折角姫さんが見てたのに、色々と台無しすぎるだろ……っ！」

「……うん？　一体どうして僕がわざわざ嘘をつかねばならないのだ？」

「あぁ……、あー、分かった！　分かったからもう、忖度しろとは言わねぇよ。だけど、姫さんが店をゆっくり見てる間だけはせめて、ちょっと黙って突っ立っててくれ、な？」

「ありがとう、セオドア。でも、大丈夫だよ……。アルは正直なところがいいところだから……」

「……姫さん、甘やかしは良くないぜ？」

「うむ、よく分からぬが。僕も、セオドアに対して甘やかしは良くないと思うぞ、アリス」

「……お前のことだよっ！」

賑やかなアルの発言に、突っ込みを入れるセオドアを見ながら。

この二人……。

全く血は繋がっていないはずなのに、こうしていると『まるで兄弟みたいだなぁ……』と暢気なことを考えつつ私は露店をゆっくりと見てまわる。

こうしてじっくりと色々なお店を何の気兼ねもせずに見てまわれるのは、アルが精霊の魔法を使って、私の髪色をこの世界でよくある茶色に変えてくれているからだった。

……フードで髪を隠すと言っても、前髪とかはどうしても隠せなくて出てしまう部分はある訳で。自分の髪色がいつもの赤じゃないだけで、こんなふうに誰からも注目を浴びることなく過ごせるのはそれだけで有り難いことだった。

「……なぁ、見ろよ。アレ、ノクスの民じゃないか？」

「うわっ、本当だ。何でこんな所にノクスの民がいるんだよ」

「あの、貴族っぽいお嬢さんの奴隷じゃね？」

「おいおい、公にゃ、この国での奴隷制度は禁止だろ？」

……ふと、賑やかな買い物客に紛れて、飛び交うように心ない言葉が聞こえてきた。

そのなんでもないように吐き出された無意識の、刃のような言葉の羅列に、私は一度唇を噛みしめたあと、聞こえているだろうに反応さえ返すこともなく、何でも無いように立っているセオドアのその腕をひく。

「このお店はもういいや……。他のところも見てまわりたいな」

「……姫さんっ？」

髪色は変えられても、瞳の色までは無理だったらしく。

城を出る前にセオドアは『俺は慣れてるから、これでいい』と言っていたけど。

（でも……。やっぱりセオドアには、こんな悪意しか無い言葉の中に、いつまでもいてほしくない）

私だってきっと髪の色を隠さなければ、この心ない言葉に当てられていただろう。

セオドアの腕を引っ張って、私はさっきの人達からそっと離れるように舗装された煉瓦の上を歩いて行く。

……必要な物はほとんど買い揃えていたから、もうあまり露店自体に用がないのも本当だった。

ロイに人気だと書いてあった日持ちのするお菓子を。

ローラには、お城に行商人をよんで専属の給仕服をプレゼントする予定になっているので、それに先駆けて給仕服につけられそうなリボンを。

ちなみに、アルに『ほしい物はある？』と聞いたら、アルは屋台で売られていた串付きのお肉を望んでいたので、それをプレゼントした。

精霊は基本的に人間が食べる食事は味覚として感じるだけで嗜好品みたいなものらしく、お腹に入ってもきちんとした栄養にも、ご飯にもならないらしいんだけど。

「腹の足しには全くならぬが、これは美味いな！」

と、すっかり気に入った様子で、何本か平らげてご満悦だったので、よかったと思う。

ついでに、手芸用品が販売されていた露店で、色とりどりの毛糸を見て目を輝かせてたから『精霊の子達にも……』と何個も購入したら、『うむ、子供達も物珍しい紐に、遊んだり、身体に巻いたりして大喜びであろう』と、凄く喜んでくれた。

……目的の大半は果たせたから、あとはセオドアだけだ。

ぎゅっと、その手を引いたまま歩き始めて暫く経つと、露店が立ち並ぶお店から、今度はちゃんとした店舗型のお店が立ち並ぶエリアに移動する。

そこで、きょろきょろと周囲を見渡せば……。

武器屋っぽい、剣と盾の絵が書かれている看板を見つけて、私はセオドアを引き連れてそこへ入ることにした。

「いらっしゃい。……っ、こりゃまた、随分と可愛らしいお嬢さんが、ここに何のご用で？」

扉を開ければ、来客を知らせるベルが、カランコロン、と鳴って……。

店主がカウンター越しに此方に視線を向けて声を上げたあと、私の姿を見て物珍しい買い物客に、冷やかしだとでも思ったのか少しだけ眉を顰めるのが見えた。

「私の騎士に剣(つるぎ)を……」

あまり歓迎されているとは言い難い店主の対応に、けれど臆することなく声をあげれば、隣でセオドアが驚きながら……。

「……おい、まさかと思うが、姫さん……。俺のためにそんな高いもん買うつもりじゃねぇだろうな？　俺は今あるもので全然っ！」

と、慌てたように声をあげるのが聞こえてきて、私はセオドアに向かって笑顔をむける。

「いつもお世話になっているから。今日は、みんなに喜んでもらうための買い物なの」

「……ああ……っ。どうりでさっきから全然、自分の物買ってねぇと思った。けど、姫さん、流石にそれはやりすぎだろ？　俺はこの前も馬を……」

「あれは、お父様からセオドアに対してでしょう？　そうじゃなくて。私が、私のお金を使ってみんなにプレゼントしたいの」

未だ、納得出来ていなさそうなセオドアをなんとか説得したくて声をあげれば、それでもセオドアは私の説明に、渋るように「けど……」と言ってくる……。

けれど、そんな私達二人の遣り取りを見て……。

「……おい、兄ちゃん。こんなにも可愛い主人が贈り物をしたいって言ってんだ。受け取ってやらなきゃ、男が廃るぜ。あんたら、どこぞのお貴族様か？　姫さんってことは、その小さな女の子と、主従関係なんだろう？」

と、突然、思わぬ所から援護射撃が降ってきた。

急に声をかけられてびっくりしながらも、声のした方へ視線を向ければ、店主のおじさんが先ほどまでの態度とは一転、からかうような表情をしながら、私達の会話に横やりを入れてきてくれた。

「はい、そうなんです」

おじさんがつくってくれた、せっかくのこの機会に便乗して、私がここぞとばかりにこくりと頷いてその問いかけを肯定すれば。

「そりゃあ、また……。ノクスの民を従者にしている人間なんて珍しいな」

と、楽しげな表情を見せながら店主のおじさんは私に向かって声を出した。

……その声色はノクスの民であるセオドアのことを嫌って避けるような悪いものではなく、単純に目で見た事実をありのまま伝えるような言葉で。

(何となくだけど、この人は信頼出来そうな気がする)

そう思った私は、意を決しておじさんに向かって……。

「セオドアに合いそうな武器をいくつか紹介してほしいんです」

と、声をあげる。

武器のことに関しては本当にその善し悪しも分からず、さっぱりな私は、出来ればセオドアが気に入ったものを購入したいと思ってる。

……だけど、私に遠慮してセオドアが『これでいい』と、安そうな物とかを敢えて私に伝えてくる前に、この人にはこちらの望む物をはっきりと先手を打って話しておくことにした。

「……オーケイ、分かったぜ、嬢ちゃん。ちょっと待ってな」

そんな私の意図を正確にくみ取ってくれたのか、にこにこしながら……。

「剣だったら、幾つか良いのがあるぜっ！」

と、おじさんは、裏の倉庫に入っていく。

『表に出てるものじゃないのかな？』と思ったんだけど、裏から何本かおじさんが持ってきた剣は、どれも洗練されたデザインで、それだけで武器に詳しくない私でもかっこいいと思えるものだった。

「兄ちゃん、見たところ、随分身体絞って鍛えてやがるだろ？　筋肉の付き方のバランスがいいのがその証拠だ。コイツらは、見た目よりもちいと重くて普通の人間なら扱いにくいが、ノクスの民の身体能力があったら、軽々と振り回せるだろうな」

——どういう要素で使うかにもよるが、この三本の剣はどれもお薦めだぜ。

恐らくデザインだけではなく、機能性も抜群なのだろう。

おじさんが説明しながら意気揚々と出してきた剣に、『買わなくていい』と言い張れずに、とうとう根負けしてくれたセオドアは、おじさんの勧めに従いその剣を確認するように一本ずつ手に取ってくれた。

「どれか、手に馴染むものはあるかい？」

「……ああ。どれも握りやすいし、いい剣だな……」

「……そうだろう？　俺の店にある中でも最高級の三本だからな」

自信満々にセオドアにそう言ったおじさんが、セオドアとの会話の合間を縫って此方に視線を向けて片目でウィンクしてくれる。

その茶目っけたっぷりな対応に「ありがとうございます」とぺこり、と頭を下げてお礼を伝えれば……。

「久しぶりに、武器の方から喜んで使われてくれそうな奴が来たんだ、俺も張り切るってものよ」

と、凄く嬉しそうな表情をしながらおじさんがそう、私達に伝えてきてくれた。

——この人は、武器屋を営んでいるだけあって本当に武器が好きなんだろうな。

そう思えるような対応にほっこりしていると……。

ふと……。ここに来てからずっと黙っていたアルが、お店の隅に置いてある何の意匠も施されていないシンプルというにはあまりにも武骨そうな『鉄の塊』といった感じの剣に視線を向けながら声を溢したのが聞こえてきた。

「店主、そこにある剣は売り物じゃないのか？」

「……あ？　あぁ、あれか。あれはな、……ただの鈍だ」

そうして、アルの言葉を聞いて視線を落とし、顔を伏せながら、おじさんが、まるで厄介物だと吐き捨てるように声を出したのを聞いて。

「……なまくら？」

と、おじさんの口から放たれたその言葉を復唱して、聞き返せば。

「あ、あぁ……」

さっきまでのにこにこした態度から一転、急に口ごもったあとで……。

少し、よそよそしい雰囲気を醸し出したおじさんが、駆け足気味にセオドアに声をかけてくる。

「いや、あれは、まぁなっ……。あぁ、ほら、そんなことよりどうするよ？　兄ちゃん、どれか一つに絞れたか？」

その姿はまるで、私達の視線を、あの剣自体から逸らしたいと思っているみたいに不自然だった。

(何かあるのかな？)

とは、思ったけれど、言いたくないことなのだとしたら無理に聞くのも失礼になるかもしれない。

そう思っていたら……。

「……うむ、今は確かに何の輝きも無い鈍だな。だがアレは全盛期、それは相当に輝いていた一品だろう」

と、アルが率直におじさんに向かって声を上げた。

止める間もなく吐き出されたアルの真っ直ぐな一言に、もしかしてさっきの石を売っていたお店の人みたいに怒らせてしまうのではないかと、はらはらとしながらお店のおじさんを見たら。

「……っ！」

私の予想に反しておじさんは、目を見開いて驚いたような表情をアルに見せたあとで……。

「分かるのか……、坊主っ……？」

と、問うような言葉をアルに向ける。

それに対して、アルがいつものように「うむ」と声を上げ、満足そうな表情をしながら頷き返したのが見えた。

「あれは魔法剣であろう？　……珍しいが、それ故によく出来た代物だと一目で分かったぞ」

そうして、おじさんの反応を見ながら、楽しげに声をかけるアルに。

「……ああ」と、声を溢し。

驚きの表情と、『価値の分かる人間に出逢えた』というような嬉しそうな表情を向けて。

「……アイツはな、俺が使っていた剣なんだ」

と、どこか遠くの方を見て、何かを懐かしむように苦笑しながらおじさんが声を上げるのが聞こえてくる。

『魔法剣』

というものに、全く耳馴染みが無くて訳が分からないという顔をする私に、おじさんが苦笑しながら……。

「嬢ちゃんが分からなくて当然だ。こういう類いの剣が出回ること自体、極稀だし。コイツは俺等みたいに武器屋を営んでる者でも知らねぇ奴の方が多い代物よ。……この、剣の柄の部分に透明な石が埋まってるだろう？　魔法剣ってのはこの石の部分に魔法……祈りが埋め込まれて初めて、使用者にあった剣に形を変えるっていう一品だ」

と、教えてくれる。

『祈り』だとか『魔法』という単語が出てきたことに驚いていると。

私達を見ながらおじさんが、困ったような表情を隠しもせずに……。

「すまないが……。コイツをうちの店に置いているっていうことは内緒にしておいてくれ」

と、言ってくる。

その言葉の意図が分からなくて、不思議に思いながら首を傾げる私に……。

「魔女。……いや、能力者絡みか？」

……と、眉を寄せたセオドアがおじさんの反応を見るかのように声を上げた。

「……っ」

セオドアのその問いかけに、虚を衝かれたような顔をしたおじさんが、口を何度か開きかけて言いよどんだあと……。

けれど、言わないでおくという選択肢もとれなかったのか、暫くして、観念したようにそっと頷き返してくれる。

「……俺の妻が、能力者でな。コイツは鍛冶職人だった妻の親父さんが作ってくれた剣なんだが、妻が御守り代わりにってんで、祈りを石にこめてくれて俺が使ってた大切な剣なんだ」

それからまるで懐かしむように、どこか愛おしそうに、何かを思い出すようにしながらおじさんは、私達に自分の過去を話してくれる。

「……妻は、髪色が赤くて、能力を持ってる以外は、極普通の人間だった。明るくて、気さくで。髪色を染めて暮らすことで村にも馴染んでて。……たまに俺が狩りに出りゃ、それを周囲にも振舞って、平凡に暮らしてたつもりだ」

そこまで、言ってから……。

少しだけ言いよどみ、ギリっと唇を噛みしめたあと「だが」と声を溢したおじさんに嫌な予感が直ぐに頭の中を駆け巡った。

「ある日、妻が周囲に能力者だって事がバレちまってな。……っ、そこから後は、口にするにも悲惨な末路よ。昨日までは、笑顔で普通に接してた村人のっ……その顔色が変わった瞬間を、俺は二度と忘れねぇっ！　……そうして、そのまま、妻は……っ」

そうして、苦しげに吐き出された一言に。

決して続かないその言葉の裏にある真相を知り、私は思わず息を呑んでしまった。

「俺は、何もしてやれなかった。いつも苦労ばっかりかけて……。妻は俺と一緒にいた短いあいだ、幸せを感じられていたのかもっ……分からねぇ……っ！」

後悔するように、吐き出された言葉のあと。

それっきり何かを思い出すようにして黙ってしまったおじさんに……。

何て声をかけたら良いのか少しだけ迷ってから、けれど、私は意を決して話しかけた。

「……そう、だったんですね。ごめんなさい。言いたくないことを言わせてしまって」

「ああ、いや、嬢ちゃんのせいじゃねぇよ。……それより、ありがとよ。こんな湿っぽい話、聞かせた上に、魔女絡みの話なんざ、そもそも毛嫌いされるっつぅのに。普通に聞いてくれるだけで俺にとっちゃぁ、有り難い話だ」

きっと、本当にそう思ってるのだろう、その口から零れ落ちる感謝の言葉に。

そんなことくらいしか出来ないことを歯がゆく感じながら私は、「気にしないでください」と声をあげ、ふるふると、首を横に振った。

おじさんから過去の辛い話を聞いても、今の私にしてあげられることなんて、あまり多くはない。

(でも、私だからこそ出来ることもある)

「アル……」

アルに向かってお願いするように声をあげれば、私の視線を受けて直ぐに心得たと言わんばかりに一つ頷いてから、アルが私の髪色を元に戻してくれた。

「……っ！　嬢ちゃん、！　その髪色っ……、まさかっ……？」

目の前で、私の髪色が変わったことに驚くおじさんに向かって、「はい」と正直に真っ直ぐその瞳を見ながら頷けば、彼は更にその瞳を大きく見開いて。「どうし、て……」と声を上げる。

そのまま、混乱した表情を見せるおじさんの、その手をそっとぎゅっと握り……。

「……私も、奥様の気持ちがよく分かります。でも、私が奥様側だからこそ、生きづらくて、大変な思いをされてきた中で。あなたのように自分の事を偏見の目で見ることなく大切にしてくれる存在は、確かな希望だったと思います。……私が、今、そうであるように」

と、しっかりとおじさんの瞳を見つめながらそう伝えたあと、ずっと傍についてくれているセオドアとアルに視線を向ける私に、驚いたような表情を見せていたおじさんは、それだけで、私が何を言いたいのかを理解してくれたのだろう。

——みるみるうちに、その目尻が下がり、

「……そう、かっ……、そう、かっ。誰かに、その姿を見せるだけで勇気がいるだろうにっ……。俺の為に、ありがとよ、嬢ちゃん。当事者である嬢ちゃんが、そんなふうに言ってくれるだけでっ、それだけで、浮かばれたような気持ちになるっ！」

と、ふわり、と泣きそうな声色で、嬉しそうに唇を緩ませてくれた。

それから……。

「……嬢ちゃん、その能力は……自由に？」

「……まだまだ、ですが、自力で使えるところまでは」

「そうかい……」

と、どこまで聞いていいのか窺うように私に問いかけてくるおじさんに、嘘偽り無く正直に自分のことを伝えると、おじさんは、何度か思案したような表情を見せたあと……。

「……よし、決めた。悪いな、兄ちゃん。……兄ちゃんに売れる剣はうちには、一つもねぇ」

と、先ほどまで出してくれていた三本の剣をしまいこんでしまった。

「……どういう意味だ？」

その意図が分からなくて眉を寄せながら質問をするセオドアを見ながら、一転、おじさんが穏やかに笑いかけてくる。

「代わりといっちゃぁ、何だが……。どうか、この剣を貰ってやってくんねぇか？」

そうして差し出されたのは、おじさんの奥さんとの思い出、形見とも呼べる魔法剣だった。

「……コイツは本来二人で一つの剣なんだ。能力者で剣の扱いに長けた女剣士も、そりゃぁ、中にはいるだろうが……。本来は護りたい者を持つ男のために、その対象である妻や恋人が使い手の無事を祈る願いをこめて初めて剣として成り立つもんだ。うちにある剣の中で、これほどあんたらに相応しい剣はないだろう」

「……でも、それは……おくさまの、っ」

突然の申し出に驚いて、慌てて出した私の一言に、おじさんがふるり、と力強くその首を横に振るのが目に入ってくる。

「いいんだ、嬢ちゃん。ここにあっても見たとおり、何の輝きも持たねぇ……ただのなまくらよっ。コイツだって本当はずっと、自分のことを使ってくれる主人を欲しがってたんだ。俺の妻のためにも、こんなところで、この剣の一生を終わらせないでやってくれねぇか？」

そうして、言われた一言に私とセオドアは顔を見合わせた。

「……その剣は、能力者の身体に負荷がかかるものなのか？」

それから、問うように吐き出されたセオドアの言葉に……。

おじさんもそれだけでセオドアが何を懸念しているのか分かったのだろう。

セオドアの問いかけに首をふるりと横に振って否定する。

「いや、大丈夫だ。コイツは、能力を使用するんじゃなくて、祈りがこの剣に力を与えるからな。……そこには明確な違いがある。ただ、祈る時に、能力者が、自発的に能力を使える状態じゃないと、この石に力が宿らないだけだ」

「……祈りってのは？」

「……能力者である嬢ちゃんが使い手であるお前さんの無事を、平穏を願うだけでいい。どんなことだって構わない。能力者が心から使い手のことを大切に思ってるその気持ちに反応する」

はっきりと出されたおじさんからの説明に、セオドアが「そうか」と、頷く。

そして、思案するように少し考えたあと、困ったように私の方を見てくるセオドアに、私はこくりと頷き返した。

（……それならば、どこにも断る理由はないと思う）

なによりおじさんと奥さんの思いが詰まったこの大切にされてきた剣を、セオドアに使ってほしいと私自身が思っている。

おじさんからは『貰ってくれ』と言われたけれど、この人にとってこれは、奥さんの形見でもあり、何よりもかけがえのない大切なものに違いない。

そんな大事なものを、無償で譲り受ける訳にはいかなくて……。

「……正規の値段で買わせてください」

と、声に出した私の一言におじさんが驚いたような表情を見せた。

「いや、でも、嬢ちゃん、それは……。コイツは、奥様のためにも、新品じゃやねぇしな……」

「この剣にはそれだけの価値があります。……奥様のためにも、お願い出来ませんか？」

そうして、私がそう声をあげれば、おじさんは頭を掻いたあと……。

やがて、観念したように「分かった」と頷いてくれた。

相場がどれくらいか分からないから私にはなんとも言えないけど、それでもお金を払うときにセオドアが少し驚いたような表情をしていたから、私の意図は酌んでくれながらも、それでもかなり安く譲ってくれたのだと思う。

「ありがとうございます」とお礼を言ってから、渡された剣に視線を向ける。

私には手に余るほどのずっしりとしたその重たい剣を、落ちてしまわないように両手でぎゅっと抱えながら。

おじさんに促されてこくりと頷いたあと、身体の中にある力を解放するみたいに祈る。

（……この先、私にたとえ何があろうともセオドアが無事でありますように）

——セオドアが、ずっと、幸せでありますように。

その瞬間……。

ぴかっと目も開けられないほどに一瞬強く発光した剣は、私が瞬きする間には、その形を変えていた。

思わず、重すぎてよろけた私の身体をセオドアが後ろから支えてくれる。

「……あかいろ」

そうして目の前の形を変えた剣を見て、無意識のうちに溢れた私の呟きを聞いて剣に視線を向けたおじさんが驚いたような表情を見せる。

「……っ、嬢ちゃん、一体どういう能力持ってやがるっ？　いや、祈りの力がそれだけ大きいのか？　これほどまでに、鮮やかな意匠が施された剣、初めて見たぞ……っ」

興奮したような、おじさんの言葉に、まじまじと自分が持つ剣に視線を向ければ。

……随所に金と赤の装飾がちりばめられたその剣の迫力に、思わず圧倒されそうになった。

（私の祈りが込められた、この剣をセオドアが使ってくれる）

――私の込めた祈りが大きくて、セオドアのために、こんなふうに形を変えてくれたというのなら。

（少しでも、誰かのっ……セオドアの役に立てただろうか？）

そう思うと胸の奥から熱いものが込み上げてくるのを感じた。

「セオドア……」

そうしてセオドアに視線を向ければ、私を後ろから支えてくれていたセオドアが剣を私から受け取ったあと……。

そのまま私の前に出て、そっと、跪いて献上するように魔法剣を私に差し出してきた。

「……っ！　セオドアっ、？」

その姿は、巻き戻し前の軸でも何回か目にして『形式的には知っている』ものだったからそれ自体に驚いた訳じゃ無い。

……でも私のためにいま、セオドアが『騎士の誓い』の儀式をしようとしていることに驚きを隠せなくて、どうしたらいいか分からずおろおろしてしまう。

慌てて、私なんかのために「そんなことはしなくてもいい」と、声を出したけれど。

ふわりと穏やかに私を真っ直ぐに見つめるセオドアの瞳に映るその意思はどこまでも固く。

「姫さんが俺に剣を与えてくれたんだろう？　……じゃぁ、当然、主人としての責任は取ってくれるよな？」

と、言われて私は、反論できずに口を閉じた。

こういう時ばっかり口がうまくて太刀打ちできず。

結局、言いくるめられてしまって肩を落とす私を見ながら……。

「……あんたら、マジで似たもの同士の主従だな」

と、おじさんが苦笑しながら呆れたように私達に向かってそう言ってくる。

その視線も、その言い草も、私達の関係を生暖かい目で見るようなもので、嫌な雰囲気は全くない。

私はセオドアから剣を受け取り、少しだけよろけながらも……。

両手でしっかりとその柄を持って、地面に両足をつけて真っ直ぐ立つと、セオドアに向かって剣の切っ先を向ける。

対してセオドアは私の瞳を真っ直ぐに見つめながら……。

まるで、壊れ物か、宝物でも扱うように……。

——その刃の先端に、そっと唇を落とす。

「生涯、姫さんだけの剣であることを誓う。だから、姫さんも俺のために誓ってほしい。……生きることを決して諦めないと」

「……え？」

そうして、セオドアに言われた一言が想像もしていなかったことだったので、驚いて聞き返せば。

セオドアは真面目な表情を崩すこともなく。

「姫さんの生きる理由が必要なら、俺を理由にすればいい。従者である俺よりも先に絶対に死なないでくれ。……そのために、俺がいる。これから先も一生……。ちゃんと俺に姫さんのことを護らせてほしい」

と、私に向かって真剣に声を出してきた。

その言葉に咄嗟に声が出せなかった私は、戸惑いながらもこくりとセオドアに向かって頷き返す。

……そんなふうに言われるなんて思ってもなかった。

でも、私がみんなを守りたいと思うように。

セオドアも私の事をそんなふうに思ってくれているんだということは、その姿から痛いほどに分かったから……。

（……まるで、諦めないでいいんだよって、言われているみたい）

――私の人生を、やり直しのこの人生を……。

セオドアと、一緒に……。

……みんなと一緒に歩いても許されるんだろうか。

普通の人生なんて手に入らないと思ってたのに、当たり前のように誰かが傍にいてくれる人生を私も手放さないで……。

諦めないでいてもいいんだろうか。

「うん、約束する……。だから、セオドアも私とずっと一緒に生きてくれる？」

問いかけるようにセオドアにそう聞けば……。

「姫さんが、望むなら幾らでも」

と、ふわりと笑いながら、セオドアから答えが返ってきた……。

あれから……。

「……一点ものだから、暫く鞘がねぇのは我慢してくれ。だが、俺の知り合いに、必ずその剣に見合うような鞘を頼んで作ってもらうようにするからよ」

セオドアとの騎士の誓いが終わったあと、おもむろに「剣のサイズを測らせてくれ」と言ってきたおじさんが、困惑する私達に「剣って言ったら、鞘が必要だろう？」と言いながら、納得したように頷く私達に全てを測り終えて、そう言ってくれた。

「ああ、助かる」

それに対して、セオドアが返事を返したあと、おじさんが……。

「鞘の納品はどこにすればいい？」

と聞いてきて……。私とセオドアは、咄嗟に何も答えられずに顔を見合わせてしまった。

「うむ、皇宮の皇女宛てで宜しく頼む」

そうして、私達が何と言えばいいか迷っている間に、私達の代わりに、はっきりとアルが返事を返してしまったのを見て。

一瞬だけ、悩んだあとで……。

（まぁ、でも別にそれでも困らないかな）

と、私は思い直す。

「ははは っ、コイツは面白い冗談だ！　坊主、変なことを言うなぁっ？　皇女様宛だなんて、そんな……」

そうして、おじさんはアルの真っ当な一言を、冗談だと笑い飛ばそうとして……。

私達が無言なことに気付いたあと、アルを見て、セオドアを見て、そうして次いで、私と私の髪色に視線を向けたあと……。

「待てよ、姫さん……？　ひめ、さんっ……？」と、俯いてブツブツと一人で何かを呟いたと思ったら、次いで真っ青な顔になって……。

「お、おいっ！　姫さんって、マジモンの姫さんかっ⁉　嘘だろっ、冗談だよな？　……なぁっ⁉　お、俺は……っ、皇女様になんつう口の利き方を……っ！」

と、ハッとしたような表情になってから、あまりにも今更だと思うんだけど、咄嗟に自分の口を慌てたように両手で押さえてしまった。

「あの、大丈夫です、気にしないでください」

「いや、嬢ちゃんっ！　っていうか、皇女様……これは、気にしないでいいレベルの話じゃねぇ……っ、ですよ」

そうして、なぜか変な敬語を喋りながら急にあたふたしたあとで、表情を強ばらせて一気にぎくしゃくし出すおじさんが可哀想になって、苦笑しつつ。

「ごめんなさい。急に言われてびっくりしちゃいましたよね？　でも、本当に、さっきまでの気軽な言葉遣いで大丈夫です。気兼ねなく話をしていただいた方が私も嬉しいですし」

と、声をあげれば、おじさんは「お、おう……っ」と声を溢しながら。

一度、前髪を後ろに向かってぐしゃりと掻きむしったあとで『嗚呼っ、もうっ、どうにでもなりやがれ！』と、半ば諦めたようにため息を溢した。

「……こんな一般人の店に、皇女様がくるだなんて予想もしていなかったから、悪いな。しかも、元々、俺が使ってたお古の剣を皇女様の専属の騎士に使ってもらえるなんざ思いもしなかったからよ」

と、言いながら……。

ふと、何かに気づいたように、再び、はっ、とした表情をしたおじさんは、私に向かって慌てたように声をあげる。

「……皇女様が能力者だっつぅ話は、聞いたことなかったが、嬢ちゃんっ……」

『まさかっ！』とでも言わんばかりのその対応に、いよいよ申し訳なく思いながらも……。

「あ……、ごめんなさい。出来ればそれは内緒にしておいてもらえると嬉しいです」

と、困り顔をしながらそう伝えれば、今度こそおじさんは一瞬時が停止したように固まったあと。

「だよなぁ。……はぁ。なんつぅか一気にとんでもないもん、背負い込まされた気分だぜ」

と、がっくりとその肩を落としながら疲れたように声を出してくる。

その姿に、もう一度「ごめんなさい」と、精一杯の謝罪を伝えたあとで……。

「でも、私達はおかげで貴重な買い物が出来ました」

と心の底からそう思って口元を緩めながら、穏やかに声をかければ「お役に立てたんなら、そりゃ、よかった」と言いつつ、おじさんも私達に向かって笑いかけてくれた。

「それと、ごめんなさい。……さっきの鞘の件なのですが、皇女宛ではなく可能なら皇宮に仕える侍女のローラ宛に、変更していただけますか？」

「あ？　……あ、ああ、そりゃあ、別に大丈夫だが……。一体どうしてそんなまどろっこしい事を？」

「その……、私宛になっていると、きちんと届かない場合があるんです」

おじさんの疑問に満ちたような問いかけに、苦笑しながらそう声を溢せば、おじさんは私の一言でそれがどういう意味を持っているのかを即座に理解してくれたのだと思う。

「……まさか、その髪色のせいで？」

「はい。……残念ながら、私は広く一般の人から皇女だとは認められていないので。取り寄せた荷物がちゃんと届かなかったり、変な物が入ってる荷物が紛れていたりすることも、よく起こるんです」

そうして溢した私の一言に、おじさんだけじゃなくセオドアやアルまでもがその場で息を呑む音がした。

「でも、仕える者へ宛てたものだったら、その辺りはきちんとされているので大丈夫ですよっ」

そんな様子に慌てて「私以外に宛てていただければ、ちゃんと届くので心配しないでください」と声に出せば。

おじさんは「そうか……」と小さく呟いたあと……。

「嬢ちゃん、いや、皇女様。これからもしも何か大変なことがあったりしたら、いつでもうちに訪ねて来な。……話くらいしか、おじさん聞いてやれねぇけどよ。俺はいつだって皇女様の、あんたらの味方だ。……だから、でも一人でも国民の中に皇女様を皇女様としてちゃんと認めている奴がいるって、頭の片隅にでもいい、覚えていてくれ」

と、おじさんは私に向かって優しい笑顔を向けてくる。

その言葉が、凄く温かくて、頼もしくて……。

「ありがとうございます」

と、ぱぁぁっと明るい笑顔を溢せばおじさんは、私に向かって安心させるように頷いてくれた。

毒の入った贈り物と、新米の侍女

「アリス様、贈り物が届きましたよ」

「セオドアの鞘……？」

あれから皇宮に帰ってきて、暫く経ってから、いつも通りの日常に、みんなと一緒に自室でまったりと過ごしていると、自室の扉を開けて入ってきてくれたローラから声がかかって私も声をあげた。

「ええ、そちらもなのですが、私の給仕服もです。……早速、今日から着てみたのですがどうでしょうか？」

そうして、ローラはまるでお披露目するかのように、私に新しく届いた給仕服姿を見せてくれる。

デザインは、これから先『流行る』であろうものをいち早く取り入れたものになっていて。

このことをデザイナーに伝えた時に、まるで天啓を得たとでも言わんばかりに驚かれて……。

（皇女様、どこでそのような知識を得られたのですかっ？　これは絶対に流行りますっ！）

と、大袈裟に褒められたんだけど。

なんていうことはない。……これは、ただの『ずる』なのだ。

この先、どういう物が流行するのかを、私がいち早く知っているだけなのだから……。

……侍女という立場上、あまり派手なものには当然出来ないんだけど。

ローラにだってお洒落を楽しんでもらいたいし、格式高いクラシカルなデザインの中でスカートの裾に刺繍を施していたり、レースをあしらったエプロンも含めて、私の巻き戻し前の軸の時の記憶をフル活用して、とにかく可愛く出来たと思う。

やってきてくれたデザイナーさん曰く、『遊び心がふんだんに取り入れられている』らしい。

その評価はちゃんとした私に対する評価ではなく、巻き戻し前の軸で流行をつくったどこかのデザイナーの良いところ取りをしているにすぎないので、さておくとしても……。

私のあげたリボンもその首に巻かれていて、色味も含めて想像通りの物が出来上がっていることに、思わず自分のことのように嬉しくて表情を綻(ほころ)ばせる。

「喜んでもらえてよかった」

と、弾んだ声をあげれば、ローラも……。

「私のために本当にありがとうございました」

と、本当に嬉しそうな表情で声をかけてくれる。

そして、出来上がったというセオドアの鞘を、セオドアがローラから受け取るのが見えた。

こちらはこちらで、『赤と金の細工』が施されたその剣に合うような、シンプルだけど凄いかっこいい鞘で。

武器屋のおじさんが頑張ってデザインの案を鍛冶職人さんに伝えてくれたのであろうことが一目で見ても分かるような物に仕上がっていた。

隊服に付けられた革製のソードベルトに、元々持っていた騎士団で使われていた剣と合わせて、今回おじさんから届けられた鞘に剣を納め、セオドアが、それを携帯するのをぼんやりと眺めていたら……。

「……それと、これは私では無くアリス様宛に」

と、ローラが重たそうな箱を両手いっぱいに持って、私の部屋にいくつも運び込んでくれた。

その様子を見て……。

(ああ、とうとう来たか……)

と、私は苦笑しながら、ローラから運ばれてきた自室を圧迫するほどの沢山の箱に視線を向ける。

前の軸もお母様があんなことになってしまった後は、幾つもプレゼントと称して色々な物が届けられていたから。

今回こうして私の元に贈り物が届けられることは前の軸の出来事をただ、なぞっているだけなんだけど。

(私が自分で取り寄せるものに関しては、たまにどこかの過程で、盗まれてしまうこともあったけど……。流石に、貴族から贈られるプレゼントは、ピンはねとかもされることなく全部届いているみたい……)

……後々、何かの拍子でそれがバレたら困るからだろう。

勿論、それら全てに送り主が書かれてあるのは当然のことだけど。

そもそも、巻き戻し前の軸では覚える必要性がなかったものだったから、それがどこの誰でどういうことをしている人間なのかまでは、今こうしてプレゼントに書かれた送り主の名前を見ても全く覚えていない。

――でも、確実に一つ言えることがある。

それら全てが、決して私のためを思って贈られた物では無いということ、を。

その大半は、どれも似たり寄ったりで、母を亡くしたばかりの私を気遣う体を保ちつつ、何とかして私でもいいから、皇族と繋がりを持ち、関わりたいという人間。

テレーゼ様のことを悪く言いつつ、私を持ち上げて。『一度でもいいから、皇女様にお会いして是非お話の機会をっ』と、熱烈な文章を書いてきて、私のことを傀儡にしたいような人間。

『これから先、皇女様がテレーゼ様のような淑女になられることを期待しています』というような、一言でも、何か私に言ってやらねば気が済まないと思っている善意に突き動かされた人間。

そのどれもが、私の意思を尊重しようとする意味合いを持たず、自分の欲望の押しつけであることを私は知っている。

大体、三つくらいに分けられるこの人達の手紙を流し読みしながら、贈られたプレゼントの、その一つ一つのリボンを解いて中を開けていく。

それら全て……。

包装を開けて贈られたものを見ていく中で、不意に箱の中に、この時期に、貴族の間で流行っているであろう王都のカフェのクッキーが入っている缶を見つけた。

「……これは、だれ、から？」

問いかけるような私の一言に、ローラがそのプレゼントと一緒に入っていたカードに目を落とし、書かれた文字を読み上げてくれる。

「ミュラトール伯爵からですね」

「ローラ。……これは、捨てておいてくれる？」

「なんだ、アリス。……勿体ないな、食べずに捨てるのか？」

私の一言に、驚いたように問いかけてきてくれたのはアルだった。

私は、アルに向かってこくりと頷いてから、眉をへの字形にして困り顔になりながら、苦笑する。

「……うん。多分だけど、毒が入っていると思う」

……これだけは『巻き戻す前の軸』のことを、私でも明確に覚えていた。

この中には、致死量とはほど遠いけれど、それでもれっきとした毒が混入されているはずだ。

暫くそれで体調を崩してしまい、一週間ほどベッドから起き上がれなくて苦労した記憶がある。

——そういえば、これの所為で。

そのあとプレゼントと称して、渡された食べ物には手をつけなくなったんだっけ……。

「……？」

不意に、一気に静かになってしまった室内に気付いて。

『どうしたんだろう？』と、私は顔を上げる。

特になんとも思わず、巻き戻し前の軸の時のことを覚えていたから、事実をただ口に出しただけだったんだけど。

……私の一言のせいで、それまで普段通りの表情を浮かべていたアルの顔つきが一気に緊張感を増して強ばるのが見えた。

しかも、ローラとセオドアの表情もいつの間にか、険しいものに変わってしまっている。

「……アリス、それを僕に貸せ」

そうしてアルが、私から缶ごとそれを受け取って中を開けたあと、クッキーを一つ手に取り、鼻先に持っていき、その匂いをかぐのが見えた。

「……っ、微量だが……。確かにアリスの言う通り、有毒な葉の香りがする。全部食べても、死ぬまでにはいかぬだろうが……っ。もしも、食べていたら大変なことになっていただろうっ」

アルの棘のあるようなその一言に、セオドアが……。

「……分かるのか?」

と、声をあげれば、アルはこくりと頷いて
「森に生えている植物はみな、僕達にとっては赤子のようなものだからな」

と、説明してくれた。

「しかも、巧妙なことにこの葉による毒は遅効性だ……」

そうして、クッキーに入っている成分をしっかりと判別してくれたあとで、ぎりっ、と唇を噛みしめるアルに……。

「遅効性、ですか……?」

と、ローラが、困惑しながら問いただすようにして質問したのが目に入ってくる。

「……っ。つぅことは、姫さんに毒の症状が出たとしても、直ぐにはそれが何の原因でそうなったのか分からなくさせる、ってことだな？」

「うむ……。仮に別の食べ物を食べたあとに症状が出たのならば真っ先にそちらが疑われるであろうな」

それから、アルの説明で、直ぐに状況の判断をしてくれたセオドアの一言に、どこまでも苦い顔をして肯定するアルと、驚愕の表情を浮かべて『そんなっ……』と声をあげるローラに……。

私は一人、ここまで大事にするつもりじゃなかったのにと思いながら、あわあわと動揺してしまった。

「……オマケにコイツは誰もが知っている人気店のクッキーだ。まさか、そんなもんに、毒が入ってるとは思わないだろう。……まず、疑われるのは、コイツ以外の別の食べ物になる……って訳か」

――あり得ないくらい、よく出来たシステムだな。

一体、どこから声を出しているんだろうっていうくらい、地を這うような低い声でセオドアがそう言って。

普段穏やかな分だけ、みんなのそのやるせないような、憤った表情に、私は発言する機会を完全に逃してしまって、人形のように固まる機械に成り果ててしまう。

――巻き戻し前の軸。

私がこの毒で体調を崩した時も、このクッキーしか食べていなかったのにも拘わらず、症状が出るのが遅かったのと……。

……あの時、私を診てくれた医者は苦しむ私を診ながらも『ただの、体調不良でしょう』という一言で片付けてしまった。

（これは絶対、だめな物を口にした）

と、私本人が主張したにも拘わらず……。

……あの時は、あまりのしんどさに、もう何も言う気になれなくて、ずっとベッドに伏せってて。

腹痛と頭痛に苛まれながら、手足の力が抜けて青白くなったあと酷い吐き気を催して、体調が回復するのをじっと待つ事しか出来なかったけど。

よくよく考えれば……。あの時、私の事を診てくれた医者は『ロイ』ではなかったから。

――もしかして、それは偶然じゃなかったんだろうか……？

（いや、流石に……考えすぎかな）

そもそも送り主は『伯爵』だから。

皇宮から離れているところに暮らしている伯爵が、城に勤務している者の休みの日を偶然知っている訳もないし。

単なる嫌がらせにしては手が込みすぎているけれど、それでも、『致死量』を盛られていないだけ、明確な殺意があるよりはいい方なのかもしれない。

（……人の悪意には際限がない）

それは、気づかないうちに膨らみ、肥大化し、気付いた時にはもう遅く……。

ちょっとの衝撃でも、簡単にパチンと割れてしまう。

――まるで、風船みたいに。

巻き戻し前の軸、あれだけ兄に敵意や憎悪を向けられ、剣を突き立てられたあとでは、私はそれがどんなものなのか嫌ってくらいに身に沁みて解っている。

……そうでなくとも、何もしなくても嫌われていたというのに。

巻き戻し前の軸では、お母様が死んだあと荒れに荒れていて。

皇帝に手当たり次第、物をねだったり、どうにか此方を気にかけてもらえないかと、あの手この手で間違った関心の引き方をしていた。

当然、それは周知の事実で、あの時は色々な人に疎まれていたことを記憶しているから。

だから、毒も盛られたのかと思ったけど……。

……それにしては、相手の名前までは今も昔もろくに覚えられてなかったけど、『伯爵』から贈られて、同じ手口というその共通点の多さから、恐らくだけど……。

――巻き戻し前の軸でも、今回の軸でも、同じ人間から、毒を盛られた。

ということは、間違いないだろう。……そうして、皇帝のこととは別に関係なく。

単に、『なんとか伯爵』に、私自身が嫌われてしまっていた結果こうなっているのは間違いない。

(……特に、話したこともないような人なのに)

……こういうことがある度に。

今、傍にいてくれる人が、みんな私のことを思ってくれる人達ばかりだから、ついつい忘れがちになってしまっているけれど、本来私に向けられるその視線のほとんどが『こういうもの』であることを改めて、認識させられる……。

――だけど、それも仕方が無いことなのだ。

私という存在が、生まれた時から『無価値』であり、疎まれ、軽蔑され、その殆どから、必要なとされていないということは、変えられない事実なのだから。

「それにしても、食べられる前によく気付かれましたね」

ホッと安堵したように、ローラが私に向かってそう言ってくる。

私は、それに対して、曖昧に頷くことしか出来なくて……。

そんな私の様子を見て、ローラが。

「もしかして、私が把握していないだけで、以前にもそのような事がっ⁉」

と聞いてきたから、私は深く考えもせずにこくりと頷いて。

……確かに巻き戻し前の軸のことを『以前』とカウントしてくれるならそうだけど。

どう考えても、それは以前には、含まれないだろう。

頷いてしまったあとで、ハッと気付く。

つまり、『今の軸』の私はまだ、毒が混入されている物を食べたことなんて、一度もないことになる。

……気付いた瞬間、サァっと血の気が引くような感覚がした。

「……あ、えっと、待ってっ！　ちがうっ！　そんなこと起きてないよっ！」

そうして、直ぐに、慌てて首を横に振って否定したけど、私に向けられるローラの疑いの目があまりにも強く……。

その視線に堪えかねて、そっと目線を横に逸らせば、ローラの表情が更に強ばるのが見えた。

（……あ、どうしよう？　これ絶対に悪い方に勘違いさせてしまってるっ……）

そう思いながらも、なんとかしようと……。

と、しどろもどろになりながらも、私が声をあげれば、

「えっと、なんとか伯爵が……っ。その、怪しい、な、って思って」

「ミュラトール伯爵の名前すら、覚えられていないじゃないですかっ！」

と、ド正論で返されて私はもう、何も言い返せなくなってしまった。

（うぅっ……。人の名前をなかなか覚えられない弊害がこんなところで仇になるとはっ……）

……だいたい、何なの？　ミュラトール伯爵ってっ。

なんで、そんなにも覚えにくい名前で贈ってくるのっ？

――もっと、他に覚えやすい名前が、絶対にあったはずっ！

と、やっと覚えたミュラトール伯爵に、八つ当たりに近い気持ちを向けながら、ローラの言葉に反論も出来ずに肩を落とすと、みんなからは気遣うような、労るような、心配の表情を向けられてしまった。

一応、みんなには「嫌な予感がして……」と、取って付けたように毒に気づいた理由について説明したことで、それに関しては信じてもらえたとは思うんだけど、前にもそんなことがあったんじ

ゃないか、という疑惑については、変な方向に勘違いされてしまったままの気がする。

三人からの、善意しかないその視線に更にばつの悪さを感じてしまい、一人でなんとなく居心地の悪さを覚えていると……。

――不意に、コンコン、と私の部屋の扉をノックする音が聞こえてきた。

突然のそのノックに条件反射のようにびくっ、と、身体が震えた私は、慌てて顔を上げて、扉の方に視線を向けた。

……普段、私の部屋の扉がノックされる状況があるとするならば、この部屋に既にいる三人が私の部屋に来る時だけだ。

もしくは、お医者さんであるロイが私の様子を見に来てくれる時。

いずれにせよ、そのノックが通常のものでは無いことに、一気に私以外のこの場にいる全員の表情が硬くなるのが見えた。

通常時だったら多分、そんなこともないと思うんだけど、如何せん、今は……。

――毒入りのプレゼントが贈られてきたばかりだから。

みんなが顔を強ばらせたまま、一気に張り詰めたような緊張を走らせるのも、理解出来る。

ローラが咄嗟に、さっきのクッキーの缶の蓋をしめてくれたあと……。

『姫さん、開けても大丈夫か？』と、同意を求めてきたセオドアの視線にお願いするよう、こくりと頷き返せば。

セオドアが警戒の色を強めながら、いつでも、剣を抜けるように柄の部分に手を添えてその扉を開けてくれるのが見えた。

　がちゃり、という重たい扉が開く音がした後で……。

「あ、あのっ、初めまして、アリス様……。今日から、侍女を務めさせてもらう予定になっている
エリスと申します」

　と、私達の前に現れたのは……。

　頭を下げて、こちらに挨拶してくる全く知らない侍女の姿だった。

　……年齢は一体どれくらいなのだろう?

　まだ、十六歳くらいの成人したてといった感じで、凄く若そうな雰囲気の突然の侍女の来訪に、
一斉にその場にいるみんなの視線が私の方を向いた。

　けれどよく分かっていないのは、私もみんなと同じで……。

　状況が呑み込めず、困惑する私を見て、誰もが目の前の侍女に警戒の色を強めたままだったけど。

　このまま、ずっと。……こうしてお互いに見つめ合っている訳にもいかないだろう。

「……えっと、侍女は既に事足りていると思うんだけど、配属先を間違ってないかな?」

　できるだけ、優しい口調になるように心がけて、声をかけたつもりだったんだけど。

　私のその言葉に、目の前の侍女は「いいえ」と一度否定してから、首を数回横に振ったあと……。

　顔を上げてどこか危機迫るような、決心したような、芯の強いそんな表情を私に見せてくる。

　その姿は『我が儘放題の皇女』というレッテルを貼られてしまっている私に意を決して仕えるこ
とを決めたようなそんな素振りで。

この侍女が嘘を言っているようにはどうにも、見えなかった。

「……皇帝陛下から直々のご命令で、こちらに来させていただきました」

そうして、目の前の侍女から吐き出された言葉の意味を考えて、私は思考を巡らした。

「お父様が……？」

けれど、どれだけ考えても『今更なぜ……？』という考えにしか行き着かなくて。

「はい。今朝、朝食の席で皇族の皆様がお話をされているときに……。そのっ……。アリス様に仕えている侍女があまりにも少ないことを陛下が懸念されていらっしゃって。……そこで、まだ新米という立場ではありますが、テレーゼ様に付いていた私にこうして、アリス様に付くという、大変、光栄なお話が来たのです」

そうして、侍女から説明された一言に、わざわざ皇帝が、『家族』がいる場でそんな発言をしたと知って、私は思わず頭が痛くなってきてしまった。

(……私の事はいつだって、どうでもいいと放置していたはずなのに)

知らない間に一体全体、どうしてそんなことになっているのだろうか？

ただでさえ二番目の兄であるギゼルお兄様には、将来殺したいほどの憎しみをもたれてしまうというのに、皇帝がわざわざ、朝食の席で私の話を出したということで、要らない火種がまたつくられたようなそんな、気さえしてくる。

「……そのっ、申し訳ありません。突然決まった人事の異動でしたので。今朝、皇族の皆様方と一緒に朝食を摂られていなかったアリス様にはまだ伝わっていらっしゃらなかったのですね」

それから、目の前の侍女に申し訳なさそうに困り顔をされて、私は小さくため息にも似た吐息を溢した。

それに対してビクッと怯えたような表情を見せて、一気に身体を強ばらせる目の前の侍女に、自分の今の言動で彼女を不安がらせてしまったことに気づいた私は……。

『あなたには全然、文句なんて欠片もないんだよ』

という意味も込めて……。

「突然そう言われて困ったのはあなたの方でしょう？　わざわざ、伝えにきてくれて本当にありがとう」

と、労うように言葉をかける。

「え……？」

それに対して、彼女が私の言葉に戸惑うような声をあげたのが聞こえてきたけれど、私がため息をつきたい相手は他でもないお父様。……皇帝の方だ。

国民からの人気も高いテレーゼ様の下に配属されていたという事実があるだけで、侍女としてはこの上ない誉れであり、名誉なことだろう。

しかも、皇后のお付きの侍女という地位は、皇女である私に付くよりもずっと高いものだ。

それを、わざわざ……。

どうして、私なんかの為に、一人の侍女の未来を犠牲にするようなことをしたのだろうか。

（そういうことなら、せめて事前に言っておいてほしかったな）

と、内心で思いながらも、私がいない間に決まってしまったものならば、基本的にもう、どうすることも出来ない。

魔女として能力を持つことになって、精霊王であるアルと契約してから、お父様の私に対する対応が明らかに変わったような気がしていたのは、私の勘違いなんかじゃなかったのだろう。

（だからこそ、私のことを、監視したいという意味合いも強く含まれているのかも）

そう思うと、ますます目の前の侍女のことが可哀想に思えてくる。

新米だと自分で言ってしまうからには、本当に皇宮で働くことになってそんなに日にちも経っていない新人のメイドなのだろう。

それを、能力者である私の下につけて、監視の役目も背負わせるだなんて……。

私の考えがもしも全て正しいのなら、それはあまりにも彼女では荷が重いんじゃないか、と思ってしまう。

流石に目の前にいる侍女を可哀想に思いながら……。

「わざわざ、テレーゼ様の侍女を外されるだなんて。……私以外の、他の皇族に付いた方が絶対に名誉なことなのに。あまり役には立たないかもしれないけど、それでもその待遇を私でも、お父様に掛け合うことくらいは出来るから。……だからもしも、待遇に不満があるならいつでも言って。……ねっ？」

と、声をかければ……。

エリスと名乗ったその侍女は、私がそんな言葉をかけるとは夢にも思っていなかったのか、その一言に、びくりと肩を震わせて固まってしまった。

「……っ、私なんかには身に余るお言葉です。アリス様にお仕え出来るだけで、侍女としてはこの上なく幸せなことですから」

きっと、嘘がつけない性格なんだろう……。

あまりにも、ぎこちない表情のままそう言われて『嫌われ者の皇女』に仕えるだなんて嫌な気持ちになるのは当然だと。

……目の前の侍女の境遇に、同情した気持ちを抱きながらも。

今まで私のために、ローラが一人でやっていた仕事の分量を考えると、新しい侍女が来たことは仕事が分散出来て良かったかもしれないと……。目の前の侍女には本当に申し訳なく思いながらも、私はちょっとだけ有り難いなぁという気持ちを持ってしまった。

……私自身、部屋からあまり出ないから、今まではそれでも何とかなっていたけれど。

今後は、些に行く機会も増えてくるだろうし、ローラの仕事量が軽減されるに越したことはないだろう。

そうでなくとも、食事を他の皇族と一緒に摂らないようになってから、毎食の私の食事の準備なども……。

侍女の仕事の範疇を明らかに超えていることを、今の今まで、ローラの優しさに甘えて負担を強いていたことは自分でも自覚していた。

「私の身の回りのことは、此処にいるローラが全部こなしてくれているから。あなたは、ローラのことを助けるつもりでその仕事の補助をしてくれると嬉しい」

私がエリスと名乗った彼女に対してそう伝えると、まだぎこちない表情を浮かべたままだった新しい侍女は私に。

「承知しました」と言って、頷いた。

とりあえず彼女には、今日はもういいから、明日から来てほしいという約束を取り付けたあと。

初々しい雰囲気で、皇族に対する最上級の礼をされ、扉を閉めて去っていったのを確認して。

私は自分の中に大きな疲労感を感じながら、自室にある椅子の背もたれにもたれかかり、小さくため息を溢した。

「しかし、突然人を寄越すだなんて、一体何を考えているのだ？」

「もしかして、アルフレッドと姫さんが契約したことが関係してんのか？」

……アルの率直な疑問に、セオドアがそっと考えられるであろう答えを返してくる。

客観的にこの状況を見てくれているセオドアですらも、やっぱりそうとしか考えられないのなら、いよいよ、私の考えが・・・・・・正解な気がしてきた。

「うん、多分そうだと思う。……それと能力が使えるようになったことも含めて。監視の意味合いもこめて、過度な力を持った私のことを、定期的に見張っておきたいのだと思う」

私がお父様、皇帝の考えそうなことを先回りしてそう言えば、目の前でアルが嫌悪感を隠そうともせずに、大袈裟に顔を顰めるのが見えた。

「ふむ、そういえばお前の父親は、たまにでいいから私の元に来なさい、と自分のところにお前が来るよう誘導していたもんな。用事があるのなら自分から来ればいいものを。……わざわざ、呼びつけるあたり、気に食わぬ」

「……アル、怒ってくれてありがとう……」

そうして、そんな私達の遣り取りを聞いたあと、ローラが寂しそうな顔をしながら。

悔しさの滲んだ声色で……。

「陛下は、侍女が私だけでは、アリス様に力不足だと考えられたのでしょうね」

と、声を溢してくる。

その言葉は、私に向けたものでは無く皇帝に向けたものだったけど……。

私はローラのその言葉にすぐさま、ううん、と首を横に振ってそれを否定するように声をあげた。

「他の誰もが分かっていなくても、ローラが私のことを思って色々としてくれているのは、私自身が一番、知ってるよ。……いつも、私のために本当にありがとう。それに、どっちみちローラの仕事量のことを考えたら、遅かれ早かれ誰かには来てもらう必要があったと思うから、完全に悪い話ではないと思う」

そもそも、私に仕えてくれている侍女がローラただ一人であることもおかしいんだけど。

その他の人達は私がベルで呼ばない限り、来てくれさえしないのだからどうしようもない。

最近は、どこに行ったのか常駐すらしてないように見えるから、ついつい私もローラに頼り切ってしまっているんだけど。

これで、一人私の侍女が増えたということで、ローラの負担を減らせると思えば、そこまで悪い話な訳じゃないと、ポジティブに考えることにした。

なるべく、明るく発した私の一言に、「確かにそうかもしれぬが……」と、アルが呟いてから。

「だが、あの女はお前に、どこか仕えるのを嫌がっているような素振りだったろう?」

と、言ってくる。

そこは、素直に否定することが出来なかったから、私は苦笑しながらも頷いた。

「仕方がないよ。本来みんなみたいに、私のことを大切に思って傍にいてくれる人の方が稀だから……」

期待していない分だけ、最初から諦めている私の言葉に「むぅ……っ!」と、取り繕うこともせずに唇をとがらせて、不満そうな表情を浮かべるアルに、何でも無いように取り繕ってふわりと微笑めば……。

「お前はそれでいいのかもしれぬが、僕はお前が傷つくのを見るのは嫌だ」

と、アルが言ってくれる。

アルにせよ、セオドアにせよ、ローラにせよ、私の身の回りにいてくれる人達が隠しもせずに出してくれる、その気持ちだけで充分、嬉しかった……。

「……あと、このクッキーも、どうしましょう?」

それから、ほんの少し経ってから、戸惑った表情のローラにそう言われて、『そうだった。……そっちの問題もまだ片付いていないんだった』と、私は頭を悩ませる。

これはこの場で捨ててしまった方が良いんじゃないかと思っていたけれど、一応皇帝に見てもらって、報告は入れておいた方がいいだろうか。

「あぁ、うん、そうだよね。新しい侍女のことと、そのクッキー缶のことも含めて……。今日直ぐに会って話を聞いてもらえるかは分からないけど、これから一度お父様に会いにいってみようと思う。そうなれば、もしかしたら、私に贈られる貴族からのプレゼント自体、今後一切廃止にしてくれるかもしれないし」

私の一言に、アルの表情が更に不快感を隠しもせずにぐっと渋いものに変わっていくのが見えた。

それを、私が疑問に思うよりも先に……。

「アリス。……たとえ殺すという明確な殺意がなくとも、これは最早、悪戯の範疇をとっくに超しているぞ。それを根本から断つには、プレゼントを贈るという制度自体を廃止にするよりも、元凶を見つけて、断罪するのが道理ではないのか？」

と、先手を打たれるかのように、そう言われてしまった。

「うん、アル、心配してくれてありがとう。……でも、それは、皇帝が決めることだから」

正論ともとれるようなアルの言葉に、私は苦い笑みを溢す。

皇帝であるあの人に、本当のことを伝えたところで、どういうふうに動いてくれるかなんて自分にも全く予測がつかない。

もしも、ミュラトール伯爵の今までにしてきた功績が大きいものだとしたら、お父様が使えると判断している自分の手駒を私のために手放すだろうか？

私が幾ら、皇女であろうとも、その肩書きは何の意味ももたらさない。

そんなことは、ずっと前からもう分かっていたことだった。

だからこそ、伯爵を公に罰することはせず、大した刑もなく終わらせてしまうことも有り得る話で……。

（それに、最初から希望なんて持たなければ後で傷つくこともない）

だから……。

無意識のうちに、お父様が私に少しでも配慮してくれるなら、と。

一番現実的に考えられそうなものを選んで、口にしただけだったけど。

私のその後ろ向きな発言が原因で、アルを怒らせてしまったかもしれない。

はっきりと言いたいことを、いつだって我慢することもなく真っ直ぐに伝えてくれるアルだから。

こういう考え自体に、納得がいかないのも理解出来る。

『間違っている』と真正面から伝えてくれるのも、私のためを思って言ってくれているのが分かるから。

……だから、こんなふうに顔を顰めさせてしまったことに、内心でしょんぼりしながら。

「ごめんね」

と、申し訳なさから謝罪すれば、アルはそんな私を見てぐっと押し黙ってしまった。

そうして、私はクッキーの入った缶をそっと持って。

……これから、お父様のところに向かうことを決めた。

遅くなればなるほどに、行きたくなくなる思いも強くなってしまうだろう。

そんなことになる前に、思い立ったときに動いた方がまだ、精神的にマシだ。

どっちみち、約束を取り付けていない以上、会ってもらえるかすらも分からないんだけど……。

(そもそも、まともに伝令が来てないこと自体がどう考えても、あちらの不手際なのに)

と、内心で少し恨めしい気持ちになりながらも。

こんなことで、驚くことすら無くなっている自分自身に笑ってしまった。

『誰かから、伝令がないことも』

『決まったことを一人だけ教えてもらえていないことも』

『いつの間にか、部屋から物が消えていることも』

『堂々と、耳に入るような声量でわざわざ貶されることも』

そして……。

『……本当のことを言っても信じてもらえない、ことも』

——その全てが、日常茶飯事だったから。

こんなの、今更だ。

私が意を決して立ち上がれば、セオドアがそっと、私の動きに合わせてくれる。

アルも、私の動きを見てから一度頷いてくれたから、きっとついてきてくれるつもりなのだろう。

(……今の軸では、そうやって私のことを思って動いてくれる人がいる)

一人じゃ無い、それだけで……。

——こんなにも、心強い。

それから私は、心配そうなローラに見送られて、重たい足取りで自室から廊下へと続く扉を開けた。

予期せぬ出会いと一触即発

「……っ、ぁっ……ご、ごめんなさいっ」

今の時間ならばまだ、皇帝も執務室で仕事をしているだろうと踏んで……。

幾つかある宮の中の仕事場などがある棟(とう)へと向かい、廊下を歩いていれば、曲がり角で急にドンと、誰かにぶつかってしまった。

鼻が痛いのを我慢しながら、ぶつかってしまった相手から距離をとり、慌てて頭を下げて謝罪しつつ、よく確認もせずに上を見上げれば……。

「……っ、おにい……さまっ」

——どこまでも冷たい金色の瞳が、見下ろすように私に視線を向けていた。

一番上の兄の、突然の登場に思わず身体が硬くなる。

二番目の兄であるギゼルお兄様は、悪感情だけを此方に向けてくる分、ある意味で分かりやすいんだけど……。

巻き戻し前の軸も含めて、いつも私には、一番上の兄、ウィリアムお兄様が何を考えているのかが全く読み取れず、無機質なその冷たい瞳が。……どうしても、苦手だった。

……同じ『金』でも、兄弟でこうも違うものなのだろうか。

二番目の兄の瞳に宿るものが燃え盛るような炎なら、一番上の兄の瞳はどこまでも冷たい氷みたいだといつも思う。

「……こんなところで何をしている？」

兄の静かな問いに、私は再度頭を下げて、丁寧に謝罪したあと……。

「お父様に用事があったので、此方に」

と、声をあげる。……思わず震えてしまった自分の声に、苦笑する。

二番目の兄も、お父様も、今回の軸では淡々としながらも関わることは平気だったのに。

一番上の兄に対しては、未だ、苦手意識を払拭することが出来ず、こんなにも恐怖心を感じている自分が情けない。

「……用事？　そんな話は聞いていないが？　……突然こちらにやってきても、会えないことくらいはお前でも知っているだろう？　父上が常日頃から忙しくされていることをお前は全く考慮していないのか？」

強く、咎めるようにそう言われて、私はふるりとその言葉に、一度、首を振って否定してから……。

「……勿論、承知はしているつもりです。……ですが、どうしても急用が出来てしまったので」

と、なおも、食い下がるように声を出した私の言葉に、どこまでも冷たい視線を向けたまま、呆れたように一つため息を溢した兄は……。

「なら、俺が聞こう」

と、思ってもみない事を私に提案してきた。

「お兄様、が……？」

「父上の手を煩わせることもないだろう。……どうした？　俺には言えない事なのか？」

そうして、私を上から見下ろすように眺める兄の姿に色々と諦めた私は、仕方なく重たい口を開くことにした。

「お父様の指示だと。……今日、新しい侍女が私の下へ来たのですが、伝令が無かったため、本当にお父様の指示だったのかどうかの確認を」

「あぁ、今朝の朝食での話だ。……間違いない」

「では、やっぱり本当なのですね？」

「……はぁっ……。そんなことで嘘を言うほど、俺も暇じゃない。というか、それだけなら伝令が来るのを待てばいいだけの話だろう？　何かがあって、伝令が遅れているだけかもしれないものを、ほんの少しでも我慢出来ないのか、お前は。待っていれば、今日中に絶対届くはずのものを……」

それから、ぴしゃりと厳しくそう言ってくる兄の姿に、私は小さく口角を吊り上げて、薄く笑みを浮かべた。

（……もしもそれが、お兄様相手のことならば、本当に伝令が遅れているだけで、ちゃんとその日のうちに情報は正確に届けられるだろう）

……私だからこそ届かないということは全く考慮する必要もないのだろう。

兄の常識の中に、皇族相手に『わざと、誰かが悪意を持って、陥れるため』に情報を止めているなんてことは、欠片すらも存在していない。

兄と私の間にある、絶対に噛み合うことのない認識の違いに、私はただ、苦笑することしか出来ず。

「それだけか？」

と、冷たい視線を向けてくる兄に……。

一度、口を開きかけて。

けれど何て言ったらいいのか分からず、言いよどんでしまった。

そんな私のことを、兄が訝しげな表情で見つめてくる。

そうして、私の持っている缶に兄の方が目ざとく気付いて視線を向けた。

「……それは？」

問われて、私は苦笑する。

……それから、一度俯いて、再び、言いよどんだあと。

最早、これが見つかってしまった以上、言わないでおくことなんて出来ないだろうと諦めた私は、その缶に視線を向けながら、声を出すことにした。

「……そのっ、今日、貴族の方から届けられたプレゼントの中に、毒が混入されていたんです」

戸惑いながらも、事実だけを正確に切り取って、なんとか伝えれば……。

「はぁっ……」という、失望したようなため息がひとつ聞こえてきた。

そのことに、反射的に、びくり、と肩を震わせれば……。

「……いい加減にしたらどうだ？　お前はまた懲りもせずにそうやって、父上の気を引くような嘘をつくつもりか？」

「……っ、ちがっ……！」

と、呆れたように兄から降ってきたその言葉を否定しようとして……。

視線を向けた先、此方をただ真正面から非難する目つきで見てくるその姿に、何も言えずに身体が硬直してしまった。

「……全くお前は本当にどこまでも愚かで浅ましいな。よくも平気な顔をしてつらつらと、厚かましくも俺にそんな言葉を伝えてこられるものだ」

そうして、兄から容赦なく冷酷で厳しい言葉が降ってきたことに、私はぎゅっと手のひらを握りしめた。

（……こんなことで、傷つくなっ）

信じてもらえないなんて、今に始まったことじゃない。

けれど、息を詰まらせて、それ以上どう言えばいいのか分からなくなった私は、未だ冷たい瞳で此方を見下ろしている兄の視線に耐えられずに俯くことしか出来ない。

そんな、私の目の前に……。

……そっと、影がよぎったのが目に入ってきた。

パッと、視界に映ったのは、見慣れた騎士の隊服で……。

「……っ、セオ……っ」

気づけば、セオドアが私のことを守るように、立ってくれていた。

しかも、完全に鞘から抜いた剣の……。

──その切っ先が……、兄の方を向いていた。

「騎士ごときが。……一体、どういうつもりだ？」

「……ハッ……！　あんたが次期皇帝様だから、俺がしゃしゃり出て、俺の主人に迷惑かかるような真似なんざ出来ればしたくなかったけどよ。ふざけんなよっ？　その汚（きたね）ぇ口で、これ以上、俺の主人を侮辱してみろっ！　皇族だろうが、皇帝だろうが、絶対に容赦しねぇぞっ……！」

「っ、セオドア、待ってっ！　だめっ。……あのっ、違います、お兄様っ……！　ごめんなさいっ」

守るように目の前に立ってくれながら、私のことを庇ってくれようとしているセオドアに、兄が眉を寄せて、不快そうな表情をしたあとで……。

一瞬だけ、興味を持ったように、その視線が動くのが目に入ってきた。

（今、セオドアに興味を持ったの？）

がたがたと、自分の身体が恐怖で震えてしまう。

セオドアが、私のために刃向かってくれたことで、兄から何をされるのか想像出来なくて……。

慌てて、ぎゅっとセオドアのその背の、服の裾を掴んで……。

一生懸命止めようとする私に、お兄様の呆れたような表情は、やがて、くつり、と唇を歪めて。

「面白い。飼い犬風情が俺に刃向かうというのか？　……やってみろっ」

と、挑発するような視線を、セオドアに向ける。

その状態に、一人あわあわと慌てながら……。

縋るように、アルに視線を向ければ。

「うむ、セオドア、僕もいい加減、腸が煮えくり返りそうだったのだ。……お前がやると覚悟を決めたなら手を貸そう」

と、何故か此方は此方で、セオドアの横に立ってお兄様相手に応戦しようとする。

……突然、緊迫感を増してしまった一触即発のその雰囲気に、けれど兄にほんの少しでも傷を付けてしまったなら、もう、罪を免れることなど不可能だろう。

今の私に出来ることは、二人に対して可能な限り『やめて』と伝えることだけで……。

無意識のうちに、ぎゅう、っとセオドアの服を握る手に力を込めれば……。

「……随分と外が騒がしいと思って来てみれば、これは一体どういう状況だ」

ぽつり、と……。

静かに。……だけど威厳のある声色で、この場を制するような発言が辺りに響いた。

「……おとうさまっ……！」

……誰の声かなんて、見なくても分かった。

その存在に、こんなにも感謝する日が訪れるなんて思いもしなかったけど、その姿は今の私にとって限りなく『救い』に違いなかった……。

この場で、絶対的な権力を持つ、突然の第三者の介入に、私が答えるよりも先にお兄様が。

「躾のなっていない、飼い犬が俺に牙を剥いてきたので。少し相手をしようと熱くなってしまいました、申し訳ありません、父上」

と、声をあげる。

「確かに、私の騎士がお兄様に対して剣を向けたのは事実です。本当に、申し訳ありませんでした。ですが、お父様っ、これは……私の騎士が私を守ろうとしてくれただけなのです。今後は二度とそのようなことは、させないことを誓います……。だからっ……、私の騎士に罰を与えるのは、どうかやめてくださいっ。……おねがい、しますっ！」

……私の必死な嘆願に、お父様が状況を見渡すように視線を一周させる。

どう考えても、セオドアが剣をウィリアムお兄様に向けていることは隠しようもない事実だ。

そうして、一度眉間の皺を深めた、お父様、皇帝は……。

ふぅ、と一つため息をついたあと。

「……とりあえず、縋るように騎士の服を掴んでいるその手を離しなさい」

と、私に言ってくる。

もしかして、『はしたない』とでも、思われてしまったのだろうか。

皇帝からの言葉に、ぎゅっと握ったままだったセオドアの服から指を外せば……。

セオドアが、苦い顔をしながら、兄に向けていたその剣を鞘にそっと納めてくれた。

「……守ろうとした、とは？」

そして、そのことを見届けてから、皇帝が私に問いかけるように聞いてくる。

とりあえず、一方的に兄の話だけを信じずに、こちらの意見も聞いてくれようとするその姿にホッと安堵しながらも……。

「お父様に私が嘘をついて気を引いていると、お兄様が私に言った言葉で。……私の騎士が私のために怒ってくれたのです」

と口にする。……こんな状態で嘘なんか吐いても仕方がないから、私は正直に現在の状況の説明をすることにした。

……正直、旗色はそれでもこちらの分が悪いだろうということは分かっていた。

(こんなことを言っても無駄かもしれない)

でも、言わないでおくよりは、少しでもきちんと、現状を伝えておいた方がマシだ。

「嘘をついて、気を引いている、と。……アリスはそう言っているが？　ウィリアム、その言葉をアリスに伝えたのは本当か？」

「ええ、間違いありません。……ですが、父上、俺は事実を述べたまでです」

「……そもそも、アリス。お前はなぜこんなところにいるんだ？　ここにいるということは、私に何か用事があったのではないか？」

「……はい、お父様にお聞きしたいことが幾つかあって、訪問する途中でお兄様に偶然出くわしたんです。お忙しいお父様に代わって、話を聞いてくれることになったお兄様に事情を説明していたのですが、その、些細な行き違いで……」

「……行き違い？」

「まず、一つめにお父様の発言で、侍女が私の下にやってくるのを聞いていなかった私が、それを聞きにきたこと。……それに関してはお兄様に直接、お父様が朝食時にそういった発言をしていたことを知ったので、そこまでは良かったのです。もうひとつ。……そのっ、こちらの缶が今日、貴族の方からプレゼントとして届けられたのですが、中に入っているクッキーに毒が入っていて」

一番上の兄がいる状況で、恐る恐る出した私の説明に、分かりやすく皇帝の眉間の皺が深くなる。

「……恐らく、お兄様は皇族の検閲が、きちんとされていないことなどあり得ないとお考えになり、私の発言を嘘だと断定されたのだと思います……。ですが……っ、これは、アルにも見てもらって、きちんと毒が入っていることを確認した上で、お父様を訪問しているものです。……疑われているのならば、幾らでも調べていただいて構いません」

そうして、片手に持っていたクッキーの缶を皇帝に見せれば……。

皇帝は、アルと私に視線を向けたあとで、次いでセオドアを見て、最後に兄に視線を向けたあと。

「ウィリアム、アリスが言っていることは本当か？」

「えぇ、それがアリスの話だけを指すのであれば、事実です」

「そうか。……ならば、その騎士がお前に剣を向けたことは不問とする」

と、はっきりと声を溢した。

その思いがけない発言に、いつもあまり動くことのない一番上の兄の瞳がほんの少し驚きに見開かれるのが分かった。

それと同時に私自身も、今、皇帝が出した発言が信じられなくて驚愕に目を見開いた。

たとえ、譲歩はしてくれても……。

——丸ごと、許してもらえるなんてそんなこと、思いもしなかった。

「父上……。アリスの言っていることを信じると？」

「……これ以上は、くどいぞ。それより、アリスが私の元を訪ねてきたというのにお前はそれを、下らないものだと勝手に判断して私の代わりにアリスの話を聞こうとしたのだろう？　……いつ、だれが、お前にそのような権限を与えたというのだ？」

「……それは。いえ、出過ぎた真似をし、申し訳ありませんでした、父上」

「それに私は今日、アリスには一番に伝令しに行くようにと、朝の時点で確かに命じておいたはずだが、ハーロック」

——どうなっている？

という、皇帝の発言に、その後ろに影のようにずっとついていた執事が、慌ててお父様に頭を下げるのが見えた。

「申し訳ありません、陛下。……侍女長が伝令を伝える過程でどこかで行き違いが生じたのでしょう。彼女には私から必ずや言い含めておきますのでっ」

「……仕事も出来ぬ者に、ここにいる資格などない。それがどんなに、長と役職のついている者であろうともな」

「……はい、心得ております」

「心得ているのならば、なぜそんな簡単な伝令すら滞るのだ？　まさか私が全てを知らないとでも？　侍女長は私が何も言わないのをいいことに、アリスに、わざと伝令すらしなかったのではあるまいな？」

皇帝のその発言に、ひゅっと、息を殺したようにハーロックが声なき声を溢して表情を硬くする。

「……皇女というお立場であるお嬢様に対し、そのようなことは決してあってはならぬことです。必ずや、私が、侍女長にきちんと、今後二度とそのようなことが起こらぬよう伝えておきます」

「……お父様、本当に伝令がどこかで止まってしまい、滞ってしまっただけだと思います。あまり、ハーロックに対しても、侍女長に対してもきつく言われなくても……」

皇帝のどこまでも底冷えするような冷たい視線に堪えかねて、目の前で絞られている執事をそっと助けるように発言すれば。

「……お嬢様っ……っ」

と、ハーロックが感動したように声を溢すのが聞こえてきた。

というか、こういうのなんて日常茶飯事なのに……。

どうして今更、お父様がこんなにも怒っているのか理解出来ない。

……まさか、こういうことが起こっていることを把握していなかったとでも言うのだろうか？

それならば、皇族の威信自体が穢されたと思って、怒るのも分からなくはない。

私だからというよりも『高貴な皇族への対応としてはあってはならない』という考えなのだろう。

それよりも、お父様がセオドアのやったことを、丸ごと不問にしてくれて本当に助かった。

やっぱり、精霊王であるアルもちゃんと毒のことを認識してくれていたことが、功を奏したのだと思う。

アルがこの場にいてくれなかったら、セオドアは間違い無く罪に問われていただろうし。

そうなれば、私では、セオドアのことをちゃんと守ってあげられなかっただろうということは想像に難くない。

……思わず、一番最悪なシナリオが頭の中を過り、ゾッとした。

(セオドアが、私の事を思って兄と敵対してくれた時、本当は凄く嬉しかった)

でも、それ以上に……。

——セオドアが私の傍からいなくなってしまうことが、恐ろしくてたまらなかった。

そうなったら、多分戻れるだけ。

何度も繰り返し時間を巻き戻して、事が起こる前まで遡ろうと能力を使ってたと思う。

本当にアルが、傍についていてくれて、よかった……。

「アリス、毒の件も含めて、詳しい話が聞きたい。……ここでは、どこに目があるかも分からぬからな、後のことは私の執務室で話そう」

そうして、皇帝にそう言われて私はこくりと、頷いたあと。

……セオドアに対して、先ほど向けていた挑発するような表情も。

こちらに対して向けられる失望したような表情も、皇帝の対応に僅かに驚きの表情を見せていたことも全て、今ではすっかりと鳴りをひそめて。

元の、あまり動くことのない無機質な表情に戻っている兄に視線を向けた。

（あんなふうに、挑発するような視線を向けてくるお兄様初めて見た……）

「お兄様、今回のことは本当に、些細な行き違いで申し訳ありませんでした」

そうして、誠心誠意、今自分に出来る限りの謝罪はしておく。

……これで、兄にセオドアが目をつけられてしまったら最悪だ。

『些細な行き違い』ということを強調することで、兄のお父様を思うその気持ちも分かっているということを、きちんと言葉の裏にのせておき。

私から先に謝罪することで、今回の件で私のことを兄が必要以上に憎むことがないようにと願いをこめる。

どんなに姑息な手であろうとも、私を憎むのは構わないけど、セオドアとアルに悪感情を向けられることは、できるだけ避けておきたい。

私の謝罪に、兄は一度此方を真っ直ぐに見つめてきたあと。

「父上が決めたことだ。……お前が俺に謝る必要など、どこにもない」

と、そう言って、次の瞬間には……。

その表情はもう、興味を失ったように私の方を向いてはいなかった。

「……父上、俺はこれで失礼します」

それから、一言だけ、皇帝にそう声をかけたあとで、兄の姿が遠ざかっていく。

そのあと、私は皇帝に執務室へと入るよう促され、兄に背を向け、反対方向へと歩き出した……。

＊＊＊＊＊

皇帝から、執務室に案内されて入ったあと。

「かけなさい」と言われて、部屋の真ん中にあるローテーブルを挟むように置かれているソファーに座るように促される。

「もしよければ、精霊王様もどうぞ」

私が座った後、アルに視線を向けた皇帝は、私と同じようにアルに椅子に座るよう促したんだけど。

「いや、僕はここでいい」

と、アルが断って、私の後ろにセオドアと一緒に立ってくれていた。

「……さて、本題に入ろうか」

私の対面に座った皇帝にそう言われて、私は緊張しながらもこくりと頷く。

……ただその前に、どうしても聞いておきたいことがあった。

「お父様、毒の話をする前に一点お聞きしてもいいですか？　どうして新しい侍女を私に？」

監視の意味合いも込められているのなら、新人ではなくある程度、そつなく色々とこなすことが出来る侍女を送ってきた方が効率が良いのでは？

という思いも込めて出した言葉だったんだけど……。

「ああ、それか。……お前に仕えていた侍女と騎士を遡って調べていくうちに分かったのだがな。現在、お前について仕事をしている侍女は一名のみで、他は待機しているだけで碌に仕事もしていなかっただろう？」

と、真っ直ぐに私を見ながら、皇帝から返ってきた答えは予想の斜め上のものだった。

一体どうして、皇帝が私に仕えていた侍女も騎士もわざわざ、遡ってまで調べる必要があったのかは分からないけれど。

……今、皇帝は私の傍にいる人間のことを、正確に認識しているということになる。

(お前の大切な人間がどれほどいるのか。こっちは正確な情報で握っているんだぞ)

という、脅しなのだろうか。

そんなことをされなくても、使えと言われれば何かあったとき、能力を使用することを躊躇ったりしないのに……。

「それが、どうして私に侍女を送ることに繋がる、のですか？」

私の問いかけに皇帝は、難しい顔をしながら。

「碌に仕事もしない人間など必要ない。自分から率先して動くこともせず、待機だけしている人間は皆、揃って辞めさせることにした」

と、口にする。

そんなことになっていたなんて、夢にも思っていなかった私は、驚愕に目を見開いた。

「……そう、なのですか？　えっと、ごめんなさい、知りませんでした」

「……これでも、他の仕事先を斡旋して便宜を図ってやるつもりだったのだがな。どうして自分の仕事も碌にしていなかったのか問いただしたところ、お前に呼ばれなかったからだと責任転嫁してきたから、全員、もれなく追い出す形で解雇にしたのだ」

……しかも、追い出すという形で解雇されていたなんてことも、今ここで初めて知った。

どうりで最近、その姿が全く見えない訳だ……。

ローラがいないときに、ベルを鳴らしたら仕方なしに来てくれる人達だったから……。

(私が呼ばなかったから、仕事をしなかった)

という、彼女達の発言は、あながち間違ってはいない。

確かにここ最近は、その影を見ることも無くなっていたけど。

アルやセオドアなど、私の傍にいてくれる人はローラ以外にも増えていたから、彼女達を呼ぶ頻度も必然、減っていたし、職務放棄は日常茶飯事だったから、特にそれを可笑しいと思うことすらなかった。

たとえ役立たずの私であろうとも、皇族の威信が穢されたと思うと、皇帝としてその状況を見過ごす訳にもいかなかったのだろうか？

「……えっと、はい……。そうなんですね」

お父様が下したその決断に、躊躇いながらも返事を返せば……。

「そこでだ。……人が減ったのを補填する目的もかねてお前に対して、何人か新しい侍女の候補を探していたところ。どこからその情報を聞きつけたのか、今朝、テレーゼの方からお前が一人で寂しい思いをしているのではないか？　と言ってきてな」

と、続けて皇帝から降ってきた言葉は更に……。

私の知らない間に、よく分からない状況になっていることを示すようなもので。

「テレーゼ様が？」

「ああ。……アイツに付いていた侍女ならば、まだ新米で一番若いからお前との年齢差もそこまで大きくなく、お前が話しやすいのではないかと言われてな。どうせ、侍女をお前に送ろうとは思っていたから、いい機会だと思ってその侍女をつけることにしたんだ。……その、お前は複雑かもしれないが、あれはあれで、お前の事を気にかけているのだろう」

そうして降ってきた皇帝からのその発言に、私はテレーゼ様が関わっていたことを知りびっくりしたのと同時に。

（……テレーゼ様が、私の事を気にかけている？）

と、混乱する。

巻き戻し前の軸、テレーゼ様と私は、殆ど関わることすらなかった。

二番目の兄みたいに、直接私に対して憎悪を、悪感情を向けてくる訳でもなく。

一番目の兄みたいに、私の事を道ばたに落ちてる石ころみたいに興味を持たない訳でもなく。

会えば、それなりに、当たり障りのない話をこちらに振ってきてくれてはいたと思う。

……だけど、私の記憶の中に悪い思い出しか無いのは、巻き戻し前の軸の時に……。

テレーゼ様に会えば、会うほどに自分の惨めさを実感するようで。

その度に、私は誰からも必要とされていないのだと、まざまざと思い知らされるようで。

（拒絶反応が酷くて、どうしても、会う度に子どものような八つ当たりに近い思いが隠せなくて）

だからこそ、なるべく話をしたくなくて避けていたのだ。

顔を合わせれば、あの方に、どうしようもない苛立ちをぶつけてしまいそうになるから。

――今思うと、その全てが本当に幼稚だったと思う。

「そうですか。……テレーゼ様が」

けれど、皇帝の話から、私に侍女が送られてきた理由に関してはこれで、納得することが出来た。

……ルールに厳しいこの人のことだ。

知ってしまったからには、皇族としての威信のために、下の者からの此方に対する態度を律さざるを得なかったのだろう。

テレーゼ様が、私のことを気にかけてくれた事に関しては、いまいちよく分からないけど……。

『皇后』になられたばかりで、その、立場上、私の事を完全に放置する訳にもいかなかったのかもしれない。

周囲の目はいつでもどこでも、関係なく其処彼処(そこかしこ)に漂っているものだから。

特に、向けられる支持が最底辺だった私達母子(おやこ)と違って、なまじ色んな人間から慕われ、愛され、その支持が圧倒的なほどに数多くあるテレーゼ様だからこそ。

その胸中がどうであれ、私のことに関しても皇后として一応の目配りはしておかねばならない、という配慮なのかもしれない。

……それよりも、新しい侍女を付けた皇帝の目的が。

特段、私の事を監視するという目的のためではなかったことが分かってほんの少しホッとする。

「本来ならば、複数人つけようと思っていたのだが。……お前が病み上がりなことを考慮して。付ける侍女は一名からのみで段階を分けて、後々、増やしていけば良いのではないかと、テレーゼから進言されてな。お前がもしも望むのならば、今すぐに他の人間もつけるが」

皇帝にそう言われて私は首を横に振った。

「いいえ、充分です、お父様。気にかけてくださり、ありがとうございました。テレーゼ様にも感謝していることをお伝えください」

「……そうか」

「それと、本題が遅くなってしまい申し訳ありません。クッキーのことなのですが」

「ああ、そうだな、そちらの話をしよう……」

それから、私が差し出したクッキーの缶を開けて……。

「この缶に入っているクッキーか。……中身を食べてはいないのだな？」

と、一つ手に取り、それをまじまじと眺めて暫く確認した後で、問いただすようにそう聞かれて私はこくりと、頷いた。

(見ただけでは、毒が入っているかどうかなんて分からない)

とでも、言いたげなその質問に。

「はい、食べる前に……。アルにも確認してもらったので」

と、一度、アルに視線を向けてから……。

もう一度皇帝に視線を向け直せば、難しい顔をしてから、手に持っていたクッキーを缶に戻したあと、皇帝はそれを机に置いて。

「誰から、贈られてきたのだ？」

と、真っ直ぐに私の瞳を見つめながら聞いてくる。

改めて、私の話は信じるに値するものだと思ってもらえたのだろう。

そのことに、内心で安堵しながらも……。

「ミュラトール伯爵からです」

と間を空けることもなく、偽りなく返事を返せば。

難しい顔から一転、その瞳に僅かに怒りにも似たような感情が宿るのが見えた。

「……？」

「陛下、お待たせいたしましたっ。郵便物の検閲を担っていた者を全員お連れしました」

私がそれを疑問に思うよりも先に……。

今の今まで、席を外していたお父様の忠実な執事が、扉をノックしたあと、三人、男の人を引き連れて此方へ戻ってきた。

「……ご苦労だった」

一言、ねぎらいの言葉を執事にかけたあとで、その視線は私から外れ、やってきた人達全員に視線を向けてから……。

「……なぜ、此処に呼ばれたか分かる者はいるか？」

と、お父様が声をあげる。

突然の皇帝からの呼び出しに、困惑したような表情をありありとその瞳に宿しながら彼らは次いで、皇帝の目の前に座っている私の存在を見つけたあと……。

その瞳を、驚愕したように見開いた。

「……陛下、私達は、何もっ……」

そうして、逸らすように私から視線を背けたあと、一人、真ん中にいたリーダー格っぽい男の人が『何も知らない』と声をあげたのを皮切りに、それに乗じて周りにいた二人も……。

今自分が何故ここに、こうして呼ばれているのか。

思い当たる節は何も無く『訳が分からない』という事を、口々に皇帝に伝えていく。

「……もしかして、また皇女様が、宝石を盗まれたとか仰ったんですか？　私達は、何も関係ありません、陛下。……皇女様がそのようなことを仰るのは日常茶飯事だったではありませんかっ」

そうして、そのうちの一人がそう言ったことで、一斉に、その場にいた人間の視線が私へと向いた。

急に話を振られて、全く関係のないところで自分に対して矛先が向けられたことに動揺しつつも、私が声を上げるよりも先。

その発言に対して皇帝が……。

私の前で酷く苛立ったように、トン、トン、と机の上を何度か指で叩くのが見えて、私は開きかけた口をそっと閉じた。

「……宝石が盗まれたなど、そんな報告、私には欠片も入ってきていないが？　日常茶飯事だったのか、ハーロック……？」

「……も、申し訳ありませんっ、陛下。……その、っ、陛下のお心を乱す訳にいきませんでしたので。このことは、侍女や、私の耳に入ることはあっても、決してっ」

そうして、静かに……。

けれど苛立ちを隠す気もないのか、冷ややかな視線を執事に向ける皇帝に。

その矛先が突然自分に向いたことに、慌てたように執事がしどろもどろになりながらも、頭を下げて謝罪し始める。

──まさか、クッキーの件で、違う不正が暴かれそうになるだなんて。

私含め、誰もそんなこと予想も出来なかっただろう。

「アリスの言葉を、嘘だと断じた根拠は？」

「そ、それは……」

「そこまで言うからには、勿論、ちゃんと全て調べた上で嘘だと断じたのだろうな？」

「……い、えっ、侍女からの報告では、いつものお嬢様の癇癪だと……」

そうして、執事に対して、問い詰めるように質問を繰り返していた皇帝から「はぁ……っ」という深いため息が聞こえてきた。

……それに対してびくりと、身体を揺らす執事に……。

私の背後からも二人分、冷たい視線が執事と、男の人達に向いているのを背中越しに感じていれば。

そんな私達の様子を見て、『いつもと違うことに』旗色が悪いと明確に悟ったのだろうか。

混乱した様子の三人はどこか、顔色を悪くして慌てたような素振りを見せた。

（そうだろう、今までその一言で、ずっと上手くいってたのだから）

『自分達が盗んできた』にも拘わらず、私の我が儘や癇癪を免罪符にしてきた彼らにとって、この状況はあまりにも予期せぬものだったに違いない。

さっきまで、意気揚々と『私の癇癪の所為』にしていた彼らのその口が今は閉じ……。

この状況に、墓穴を掘ったことに気付いたのだろうか。

発言した一人の顔面がみるみるうちに真っ青になっていく。

「……へ、陛下……そのっ、私達はっ」

「……何にせよ、ちょっと調べれば、簡単に足はつくであろうな。売って、羽振りがよくなっていたなら尚更のこと、城下にある全ての店舗で、それらが売買された経歴を遡って調べることも可能だが？　それで……。盗ったのか？　盗っていないのか？　どっちなんだ？」

「……も、申し訳ありませんっ、陛下っ」

強い威圧と共に皇帝からそう聞かれて、たらり、と一筋、嫌な汗を流しながら……。

リーダー格の男が、隠し切れもせず、がばり、と頭を下げて謝罪する。

それを見て、もうどうしようもないと周囲にいた二人も悟ったのだろう。

「……お許しください、陛下。もう二度とそのようなことはいたしませんっ」

と、同様に平身低頭、皇帝へと謝罪と許しを乞うような言葉を繰り返している。

その姿に、不愉快そうな顔を隠しもせずに、執事へと視線を向けた皇帝は。

「ハーロック。……この者達は罪を認めたが、その間、この状況を知っていながらお前はみすみす、不正を見逃していたということになるな？」

と、追及を全く緩めることもなく、その矛先を執事に変えて声を上げた。

「……申し訳ありません、陛下。全ては私の不徳の致すところでございますっ」

ハーロックが頭を下げてそう言ったことで……。

傍から見ても、皇帝がどれほど怒っているのか伝わってくる。

（皇帝が、お父様が、ここまで怒るだなんて……）

『皇族の私財』が勝手に余所へ流れていたと知って、その逆鱗に触れてしまったのだろう。

その強い怒りに、別に今回、その件で呼ばれた訳でもないのに……。

口を滑らせて、藪をつついて蛇を出すようなことをしてしまった三人に哀れみの視線を向けながら私は、完全に発言する機会を失ってしまい……。

とりあえず、真面目な顔をしながら、口も挟むことなくこの成り行きを見守ることしか出来なかった。

「ということは、聞くまでもないな」

「……は、っ……？　へ、陛下、それは一体どういう意味でしょうか？」

「皇族の私物を勝手に盗って、私腹を肥やしていた連中が……。きちんと、検閲の仕事はしていましたなどと、今更その口で言える訳もあるまい？　お前達を今日、ここに呼び出したのは他でもない。皇女に贈られたプレゼントの中に毒が混入していたのだ。……そのことに関して、何か、申し開きがあるなら言ってみよ」

そうして、皇帝が発した一言が、あまりにも予想外のことだったのか。

一気に目の前の三人がグッと息を呑みこんだのが見えた。

「……は、っ？　え、？　……毒が、皇女様の、ぷれぜんと、に？」

「ち、違いますっ！　陛下っ！」

「……そっ、そうです……っ、それは、さすがに私達ではありませんっ！」

「……はぁ……っ、お前達の仕業かどうかなどそんなもの、今は些細なことにすぎぬ。ここで問題になるのはお前達が仕事として、郵便物の検閲をきちんとしていたと言えるのか、否かだ。もしも一点の曇りもなく仕事に邁進していたというならば、ここで、私の目を見て正直に誓うといい。……嘘など断じてついていないことを」

「……それ、はっ……」

問いただすようなその質問に答えることが出来ず、そうして、それっきり黙ってしまった三人に皇帝の金の瞳がどこまでも無慈悲に冷酷に、向いた。

「皇族の私財を不正に横流ししていたことも有り得ぬが。まともに、仕事すらしていなかったとはな。どこまでも、馬鹿にしてくれたものだ。……この者達を引っ捕らえろ！」

皇帝の強い発言で、扉の前で待機していたであろう、騎士達が数人、此方に入ってきた。

そうして、抵抗することもなく。

あっという間に、どこかに連れて行かれてしまった三人を見送ったあと。

皇帝の執事であるハーロックの視線が私の方へと向いたのを感じて私も彼に視線を向ける。

「……お嬢様っ、本当に、このたびは申し訳ありませんでした。どのような処罰でも受けるつもりです」

そうして、謝罪された一言に、私は苦笑する。

「……いいえ。必要がないので、大丈夫です」

はっきりと声を出せば、目の前で目を見開いてその顔が驚きに染まるのが見えた。

『なぜ……？』と、ありありと書かれているその表情に……。

「今回の件に限らず、私の話が信用されないことなど日常茶飯事です。……それら、ひとつひとつに罰を下していたなら膨大な数になりますし、そもそも私自身、その全てを覚えていません。皇帝陛下であるお父様が、不正が行われていたことを認められ、適切な罰を当人にくだされたのならば、他の人など些細なことです。私自身、それ以上を求めるつもりもありません」

と、言葉を返せば。

それ以上、ハーロックは何も言えないかのように黙り込んでしまった。

そして、何度か私を見てやっと口を開き……。

「……申し訳ありません。以前からそのようなことが行われていたことを、私は……」

と、声を溢す。

……そうでしょう？

――知っていて、黙認していたのだ。

そのことは、誰よりも私が一番よく分かっている。

口を開いて私を見て、何かを言いよどむことを繰り返す目の前の執事に、前までならば、怒りの感情でもぶちまけてしまったかもしれない。

……でも、今は不思議とそんな気持ちも湧いてこなかった。

それは単純に、私が私の事を見てくれる人達に出逢えたことの方が大きいのだと思う。

——だから、明確に線引きした。

不要な物にいくら手を伸ばしても、それは時間をただ無駄に消費させることに他ならないと、気づくことが出来たから。

「ここまで、酷いとは思っていませんでしたか？」

「……っっ！」

『不正が行われていることまでは知らなかった』

『……我が儘や、癇癪で片付けて、まともに話を聞く気すら起きなかった』

——だからこそ、こんなふうになっているとまで思っていなかった。

私の質問に言いよどむ執事を見れば、図星を指されたのだということを如実に表していた。

以前の私に問題があったことは百も承知だ。

……伝え方だって、いつもいつも、間違えて。

でも、誰からも見向きもされなかったのは、それ以前の問題でもある。

その根本の部分にあるものは、私が皇族の誰からも必要とされていなかったから……。

……本来なら、そもそも生まれてくるべきですらなかったのだ、私は。

仕える最大の主人が、何よりも私の事を見向きもしなかったから。

それを見ていた彼ら主従が、私の事を思ってくれるはずもない。

――それでも、最期のその瞬間。

その身を擲って(なげう)まで、私を思ってくれていた人が一人いる。

……今は、そういう人達がちょっとずつ、私の周囲に増えてくれている。

それだけで、充分、今回の軸の私は幸せだと言えるだろう。

だからこそ……。

(これ以上、他に望むものなんてない)

「……おじょう、さまっ」

気付いたら、私を見てくるハーロックのその瞳が、揺らいでいた。

「……?」

どうして、そんな表情をされているのかが分からなくて。

首を傾げれば……。

「いえ、そうですね。……これだけ長い期間、お嬢様のことを見ようともせずに。一方的に決めつけで判断して、今更、罪を償って自分の身を軽くしたいがための許しを乞うなど、どこまでも、身勝手なことでした。許してほしいとは言いません。ですが、これからは、必ずや！　誠心誠意お仕えさせていただきます」

と、私の両手を取ってそう言ってくる。

「……アリス」

そうして、その遣り取りを見ていた皇帝が……。

コホン、と一つ咳払いをしたあとで、私に向かって声をあげてきた。

ハーロックのその手が私から外れたあと、名前を呼ばれたことで、そちらへと視線を向ければ皇帝の表情が、珍しく強ばっているようにも見えて……。

「……ずっと長いこと、お前の置かれている状況を見てやれずにすまなかった」

そうして、その口から飛び出した突然の謝罪に私は驚きすぎて、一瞬、本当に時が止まってしまった。

（お父様が私に、謝ってくるだなんて……）

まさか、そんなふうに言われる日が来るなんて、欠片も思っていなかったから。

これは、都合のいい夢なのではないかと自分自身を疑ってしまう。

信じられない物を見る気持ちで、お父様に視線を向けるけれど、真っ直ぐに私の事を見てくるその瞳からは、嘘を言っているようには見えなくて。

もしかしたら、今回の軸では……。

『愛』は無くとも、お父様とちょっとでも、歩み寄ることは出来るのかもしれない。

能力のことやアルのことを差し引いても……。

少なくとも、私の話を信じて聞いてくれるようになるまでは、ほんの少しでも信頼はされたのだろう。

「いいえ、お父様……。私の話を信じてくださりありがとうございます」

――上手く笑えていたかどうかは分からない。

……けれど、今回の軸……。

私は初めて皇帝、お父様に、心から笑顔を向けられた気がした。

映し鏡　――ウィリアムＳｉｄｅ

「……それで？　一体、俺に何の用だ？」

「最近の父上がおかしいことは、兄上も気づいているのでは……？」

自室の扉がコンコンとノックされ、勢いよく突然、押しかけてきた弟に一度ちらりと、視線を向けたあと、俺はデスクの前に置かれている椅子に座ったまま、持っていた書類の一つ一つに目を通していく。

……父上の仕事のほんの一端を、ようやく最近になって任されるようになってきた俺が忙しいことくらい、コイツも知っているはずだ。

(何か、よほど、重要なことでも言いに来たかと思えば、そんなことか)

と、弟の一言に呆れながら、眉間に一度皺を寄せれば……。

弟は、そんな俺に構わず、子どものように苦虫を噛み潰したような顔で、堰を切ったように喋り始めた。

「……兄上、アイツの騎士を見ましたかっ？　あの赤目っ……！　ノクスの民を騎士にするだなんて、幾らなんでも皇族としての恥ですっ！」

そうして、まるで苦言を呈すかのように苦々しく吐き出された言葉に、俺は口角を上げ、小さく笑みを溢して、手に持っていた書類をパサッと机の上に置いた。

『ノクスの民』

アリスがその男を、自分の騎士にしたということは、噂で聞いてはいた。

──そして、そのことに好意的な意見が全くないことも。

（皇女様はとうとう、おかしくなったのか……⁉）

なんていう噂が、特別アイツの状況を知ろうとしなくとも、勝手に俺の耳にも入ってきたほどだ。

その話を聞いたとき、アリスの騎士だからというよりも、『ノクスの民』が一体どんな人間なのかに関しては興味があった。

夜を意味するその民は、黒髪、『赤い瞳』を持ち、その身体能力は計り知れないという。

（なるほど、どうやらその情報に嘘偽りなどないらしい）

……実際にこの目で見てみると、よく分かる。

──あの男は、化け物と呼ばれる類いの人間だろう。

俺と対峙していても、アリスに後ろからその服を掴まれていようとも。

（そのどこにも、隙が見あたらなかった）

あの日、あの時、あの瞬間。

確かに、あの犬は牙を剥いて、いつでも俺を喰い殺せる状態にあった。

――俺だとて、剣の腕には全く自信がない訳じゃない。

なんなら、アリスと同じ歳の頃、最年少で騎士団の入団試験に合格出来るほどだと、世辞などではなく言われたこともある。

だが、あれと対峙したからこそ分かる。

ぶわり、と、身の毛がよだつような、その感覚。

向けられた殺気は、どこまでも研ぎ澄まされて、どこまでも鋭利だった。

（それが、どうだ？　……恐らくだが、あれほどの化け物をアリスは、飼い慣らしている）

俺に剣を向けてはいても、いつでも食い殺せると殺気を向けていても、それでも決して、最後まで俺に噛みつかなかったのが、何よりの証拠だ。

もしも、あのタイミングで父上が来なかったら、アレは俺に噛みついたか？　と言われれば、疑問がのこる。

……何故なら、あの瞬間のあの騎士は。

一見、俺に対して我（われ）を失って怒りを向けているように見えて、我自体（がじたい）は、決して見失ってなどいなかった。

怒りも殺気も明確に此方へと向けていながらも、実際には恐ろしいほどに冷静に周囲の状況を見ることも出来ていた……。

（アリスが、必死でその身体を止めたのが、最後のストッパーだったとしたら……？）

——いったい、どうやってあんな化け物を手懐けたのか。

……しかも、妹自身は、あの騎士がどれほどの化け物なのか全く理解していない。

躊躇なく、その身体を後ろからひき止めることが出来るのが、その証拠だ。

……それとも、あんなにも殺気立っている人間を、迷うことなく止めることが出来るほどの信頼関係だとでもいうのか？

止まることとなくとめどなく、思考がくるくると巡っていく。

「……っ、兄上、どうして何も言ってくださらないのですか？　アイツは、兄上が貰えるはずだった皆まで貰ってて、甘やかされて、どこまでもつけあがってるんだっ！　忌々しい、忌み子の分際でっ」

不意に、声をかけられてそちらに視線を向けた。

嗚呼、そう言えば、今は弟が俺に話しかけてきていたんだったな。

短絡的すぎるその思考を隠すこともない弟に、俺は一つ、呆れたようにため息を溢した。

「……っ、あにう、えっ」

そんな俺の表情を間近で見て、びくり、と、強ばるように弟の身体が硬くなる。

俺と三歳しか違わないというのに、こういうところではまだ、幼稚さが際立つ弟に俺は無表情のまま、普段に増して何の感情も抱いていない視線を向けた。

「……今、その口で、忌み子……と言ったのか？」

「……っ！　も、申し訳ありません、兄上……っ」

俺の冷たい視線に、耐えきれなくなったのか、弟はその瞳を俺から逸らして、口先だけの謝罪を口にする。

「まぁ、いい。……だが、アリスに咎を与えたのは、他の誰でも無い父上だ」

「それが、おかしいことだと、俺はっ……」

「だとして、どうする？　父上に言うのか？　アリスに咎を与えるのはおかしいから考え直してください、とでも？」

「……私が決めたことだ、決定は覆らない、と……」

「なんだ、もう伝えたあとだったのか」

弟の発言に呆れたように声を溢せば、弟は俺に見捨てられてしまったかのように、迷子の子供みたいな表情を見せたあと、目の前で悔しそうにその唇を噛んだ。

……全く本質を見極めることが出来ていない弟に、もう十三歳にもなっているのだから、もう少し物事をきちんと捉える術を身につけてほしいものだと、思うものの。

いつまでもこの調子で、アリスに対して敵対し、一方的に悪感情からくる思いをぶつけていては、それも無理だろう。

（実際、咎くらいは本当に何でも無い）

あそこの咎は、別に要所にあるものでもないし。

父上がアリスにそれを与えたところで、影響などは全くない。

だが……。

(あの、騎士……)

あれが、アリスの傍にいる限り……。

この先、アリスに何かあれば、一番にあれが動くであろうことは想像がつく。

(それから、あの茶色の髪の子ども)

——あれは本当に、子供なのだろうか？

弟よりもよほど、成熟しているようなそんな素振りであり……。

しかも、恐らくだが、父上からの信用を勝ち得ているのだろう。

毒を盛られたという話をした時に、あの子どもの愛称を出しただけで、丸ごと父上がアリスのことを信用したということは隠しようも無い事実だ。

実際に俺がこの目で、見たのだから。

(毒の種類や、薬学にもかなり精通している人間か？)

クッキーを一目見ただけで、それが直ぐに分かったとでもいうのだろうか。

だとしたら、あの歳で……。

あり得ないほど膨大な、知識を覚えられるだけの才能をその身に秘めていることになる。

——缶に貼られていたラベルには見覚えがあった。

見たところ、アレは確か……。今、市井で流行っている店舗のクッキーだろう。

当然、市販されていたそのクッキーに、最初から毒が混入していることなどはあり得ない。

万が一、そのことが知られれば、店自体が潰れるのだから、店舗の人間が関与しているとは到底思えない。

ならば、恐らく、誰かがそのクッキーに、後から毒の入った香料を使用したということになる。

(驚くべきは、その知識もだが、その嗅覚だ)

市販されていて、王都でも人気の店のクッキーである以上、見た目では判別出来ないようになっているはずなのは勿論のこと。

俺がもしも、誰かに毒を盛るならば、『その臭い』も、元々のクッキーの匂いに近い香料でごまかして、直ぐには判別など出来ないようにするだろう。

それが、毒であるとちゃんと判別出来るということは、当然その毒が何であるか知っておかねばならないのに加えて、あの子どもは、ほんの僅かなその毒の臭いを正確に嗅ぎ取ったということだ。

そして、事実、あの子どもの見立ては確かに正しかったということが証明された。

――その日のうちに、父上が、皇族の検閲係を罰したのだ。

(アリスの検閲に関して、きちんと行っていなかった挙げ句、今まで宝石などを盗んで不正を働いていた、と)

しかも、わざわざ……。

かなり強い罰則を制定し、父上が、今後一切、そのようなことがないようにと命じられたということは、俺の耳にも直ぐに届いた。

毒の話はまだ、俺達の耳には入ってきていないが。

それが、どこまでも慎重に精査しなければならないものだから、直ぐに発表は出来なかったのだと容易に想像がつく。

(そのような天才が、まだアリスと同じ年頃の子どもとは。成長すればその知識がどれほどのものになるのか計り知れない)

……そして、その化け物染みた存在が、二人も、腹違いの妹についているという事実。

あの騎士を選んだのは、アリス本人だとしても、あの子どもは父上の紹介だったというから。

父上がアリスのことを気にかけているということは、最早、誰の目から見ても明らかだ。

(……嘘など、欠片もついていなかった、か……)

アレの話を碌に聞きもせず、一方的に嘘だと断じたが、今まであいつが言っていたことは、本当のことばかりだったのかもしれない。

腹違いの妹は、いつだって、自分の気に入らないことがあれば喚いていたように思う。

だからこそ、誰も妹のことを信じなかった……。

だが、久しぶりに会った妹は。……どこまでも、変わっていた。

前までの妹の姿は、そこに無く。

落ち着いた様子で、きっちりと順序立って物事を説明することも出来るようになっていた。

そして、いつの間に覚えたのか、礼儀作法もしっかりしてきたように思う。

……それにしても。

（……あの騎士のことが、そこまで大事なのか？）

——父上に許しを嘆願し、俺にわざわざ謝罪してまで、守りたいと？

そこまで考えて俺は、浮かんできた自分の考えを、嗤った。

（だから、どうした……？）

アレは、今も、昔も、俺にとっては不要なもの……。

興味すら持つ必要がない……。

そうでなければいけないだろう、絶対に。

——俺と、アレは映し鏡にはならない。

浮かんできた、もう一つの可能性を、頭の中で否定する。

多少、アイツが変わったからと言って、これから先、俺がアレに、妹に関わらなければいけない理由など、どこにもない。

「……ギゼル、話はそれだけか？」

机の上に溜まっている書類に視線を落とし、言外に、忙しいことを滲ませながら弟に告げれば。

まだ、納得の出来ていなさそうな弟は。……けれど、それ以上俺に対して何も言えることがなかったのか。

ほんの少し言いよどんだあと……。

「……っ、お忙しいところ、申し訳ありませんでした、兄上……」

と言って、部屋から出て行った。

お茶会の誘い

あの事件があったあと……。

(毒の入ったクッキーの件は、もっときちんと精査する必要がある)

と、お父様が言ったことでこの件は完全に私の手を離れて、お父様に全てが委ねられていたけれど……。

ミュラトール伯爵が断罪されたのは、あれから少し経ってから。

『今、そのことでかなり社交界では話題になっているようですよ』とローラから聞かされて知った。

「まさか、そんなことになってるなんて……」

事情を聞いて、いつものようにみんなと過ごしている自室で困ったように声をあげた私に、アルが、後ろでフンっ、と小さく鼻を鳴らすのが聞こえてきた。

「お前のことを傷つけたんだ、当然の報いであろう?」

「でも、私……。クッキー、食べてないよ」

「食べたかどうかは問題じゃない。……誰がどう考えても、明確に悪意を持ってやったと推測出来るような悪質なやり方で、皇族である姫さんを狙ってやってんだ。当然それだけのことを為出かしたなら、罰もきっちり受けないといけない。……むしろ、今回のことで、皇帝がちゃんと動いてくれて俺はよかったと思ってる」

……アルも、セオドアも、私のことを思ってそう言ってくれるけど。

（……一回死んだことがあるからこそ、殺される時の苦しみは分かってしまうし）

巻き戻し前の軸では、その罪が暴かれることもなかったから、多分、未来では普通に暮らしていたのだと思うと……。

どうしても、ミュラトール伯爵が悪いと分かっていても何となく割り切れなくて、落ち込む私に、ローラがミルクティーをティーカップにいれて持ってきてくれた。

「……あのっ……、皇女様、気分転換にお外でも行かれたらどうでしょう？」

髪の毛が赤いことで皇族の恥だと思われている節があるから……。

基本的に外出に関して禁止されている私は、呰に行く以外は、やっぱりこうして自分の部屋にいることの方が多くて、自然、従者の面々も私の部屋に集まってきてくれることが多いのだけど。

新しく入ってくれた侍女のエリスは、そのことに全く慣れないのか、度々こうして、私を皇宮の中庭にでも行ったらどうかと、積極的に誘ってくれたりする。

「……今日は、いいかな。ありがとう」

有り難い申し出だけど、これで断るのは何度目になるだろう。

……今日はではなく、今日も、なのだ……。

外といっても皇宮の庭程度なら、私だって、いつでも行くことは出来る。

だけど、その度に否応なく晒されてしまう悪意ある言葉の羅列は、聞いているだけで私の精神にかなり重く、ずっしりとのしかかってくる。

あれから……。

お父様や、ハーロックが私に対する態度を変えたことが伝わったのか、以前のように歩いてるだけで、あからさまに悪口を言われたりすることは減ったけど。

それでも、まだ……。悪意に満ちた視線や言葉は完全には無くなっていない。

それどころか、最近は何故か違う意味で好奇の視線を向けられることが多く……。

私を目にした瞬間に、ひそひそ、こそこそと内緒話をされてしまう率が、かなり高い。

(多分、何かしら、噂が独り歩きしているのだろうけど……)

それが、どんなものなのか私に聞こえないように話されているせいで、気になるけど、面と向かって聞く訳にもいかないし。

せめて、少しでも悪い噂じゃないといいなぁと、願うばかりだ。

だから、どちらかというと、精神的にちょっとしんどい日は部屋に籠もっていたい。

元気な日なら、多少庭に出ることもやぶさかではないのだけど。

「そうですか……」

代わり映えのしない私の返答に、出不精な主人だな、とでも思われてしまっただろうか。

決してそんなことは、きっと思っていても私には口にしないのだろうけど、困ったように俯いたエリスは……。

「……それよりっ、凄いプレゼントですよね。全部、皇女様宛てだなんてっ」

と、それっきり、黙ってしまうのも良くないと思ったのか、話を続けようとしてくれて、急に口調を変えて私に話しかけてくれた。

そのことに、気を遣わせるような感じになって申し訳ないなぁ、と思いながらも……。

今、私を悩ませているもう一つの事象に、思わずため息が出そうになるのをなんとか堪えながら、彼女の発言に同意するよう、こくり、と頷き返した。

なんとかして、私との会話の糸口を見つけようとしてくれている目の前の侍女に、実はこれも、ストレスの元凶なんだ……。

ということは、流石に空気を読んで伝えるのが憚られてしまった。

「……御茶会のお誘いばかり」

思わずため息と共に、げんなりとした言葉が溢れ落ちる。

——一体、どうして、こうなってしまったのだろう？

お父様が皇族の検閲に対する見直しをしてくれたことで、それら全てがきちんと機能するようになったから、私の目の前にあるこのプレゼントや、メッセージカードは全て。

ちゃんとした物には違いないとは思うんだけど……。

貴族の人から贈られた、その溢れんばかりのプレゼントの山に、視線を向ければ……。

『親愛なる皇女様へ』

と、書き出し文はどれも似たり寄ったりだけど……。

そのメッセージカードに書かれているものを、どれだけ目を凝らしてよく見ても……。

『是非一度、皇女様を私の開く茶会にお誘いしたいのです。皇女様が今の流行をおつくりになられていると聞きましたので、その件を是非とも詳しく……』

『年頃の近い娘がおりまして、皇女様と仲良くなれるのではないかと存じます。皇女様のお側にいらっしゃるという、茶色の髪をした少年も是非紹介していただければと……』

『我が息子を是非に、皇女様と一度お目通りさせたく筆を執らせていただきました。もしも、機会を与えていただけるならば、この上ない喜びで……』

……など、など。

どう考えてみても、今までの人生で、一度も目にしたことのないような、よく分からないものばかりなのだ。

(……こわい)

……これは、何かの暗号で。

もしも火で炙ったら、透かし文字でも出てきてしまうのだろうか?

私に贈られてくる、そのどれもが今までは、私の性格自体を直したい人か。

なんとしても、私でいいから皇族とのパイプをつくっておきたい人か。

テレーゼ様を貶して、私を持ち上げてくる都合よく私を使いたい人か。

……この、三種類だったはずなのに。

(一番、この中で近いのは、私でいいから皇族とのパイプをつくっておきたい人、になるだろうか)

一つ、アルの素性を気にかけるようなものが入っているような気もしなくもないけど。

メッセージカードも、贈り物も……。

これでもかとばかりに、十歳の子どもが喜びそうな物ばかり贈られてきていて、ただただ、困惑するしかない。

その中には一切、食べ物類は入っていないところを見ると、ミュラトール伯爵のことが、社交界で話題になっているというのは本当なのだろう。

そうしてその中の一つに、私でもその名を覚えている、爵位が上位である貴族の名前があったことも、億劫な思いに拍車をかけた。

『エヴァンズ侯爵』

お父様ならこういう時……。

(上に立つ人間である以上、繋がりは持っておけ)

と、言うだろう。……外に必要以上に出ることは望まれていない私でも、こういう貴族との繋がりを持つことは、一応、皇女としての役目に入っている。

巻き戻し前の軸では、あまりそんなものに誘われたことすら無かったけど。

少なくとも一つ、絶対に行かなくてはならなさそうな御茶会があることに、今から酷く憂鬱な気分になってきてしまう。

(それと、此方も……)

他のプレゼントとは一線を画すような大きめのプレゼントには、一体どこに置けば良いのか全く分からないような、特大サイズのうさぎのぬいぐるみが入っていた。

とりあえず、それを部屋の隅っこに置いてみたけど圧迫感と、存在感が凄い。

そんなスケールの大きいプレゼントと一緒に入っていた手紙は、きちんと封蝋をされており。

印璽(いんじ)されているそのシンボルマークには見覚えがあった。

――公爵家のものだ。

つまり、お母様の家……。

手紙には、お祖父(じい)さまと思われる人から達筆すぎる字で、『一度でいいから、会いたい』という
メッセージが届けられていた。

……長々と、時候の挨拶とかが書かれていたけれど、多分、要約したらそういうことなのだと思う。

あまりにも堅すぎて、はっきり言って、私が年齢のまま、本当に十歳だったら、この文章の大半
も読めなかったと思う。

巻き戻し前の軸、一度も関わって来ることすらなかったのに。

そんな人が今さら私に『会いたい』と言ってくる意味が分からなくて、こちらはこちらでもの凄
く憂鬱になってしまう。

……既に、お母様が亡くなってしまってる分、余計に。

「……返事、書かないと」

一通、一通返していたらキリがないんだけど、とりあえず、私の立場上、絶対に返さなければな
らない手紙は幾つかある。

自室にぎゅうぎゅうに押し込められて、贈られてきたプレゼントの山を見ていると、まだ開封し

ていないものも沢山あって、一度我慢したため息が、自然に溢れ落ちた。

こんなことをしても何もならないし。

どうせ、今日だって外にも出る予定がなくて暇にしているのだから、と。

重い腰をそっと上げながら、諦めた私は、とりあえず返信が必要な物とそうでない物から順番に仕分けていくことにした。

＊＊＊＊

あれから、一週間ほど日にちが経って……。

皇女としての立場上、どうしても行かなければいけないお茶会へ参加させてもらうのに、私はエヴァンズ侯爵邸へとやってきていた。

「お待ちしておりました、皇女様」

……皇宮ほどではないけれど、侯爵家の広い客間を通り、侍女から案内された庭園へと向かえば、私の姿をその瞳に入れた瞬間、立ち上がって私のことを出迎えてくれた侯爵夫人に。

「本日は、お招きいただきありがとうございます」

と、即席でカーテシーを作り上げ、挨拶をする。

きっと、専属の庭師がいるのだろう。

綺麗に整えられたその庭には、円卓のテーブルが用意されており、私以外の人間は既にそこに揃っていた。

……案内されて、一つだけ空いていた席に座れば。

「……まぁっ。皇女様のところだけ、まるでお花が咲いたように可憐ですこと」

「そのドレスは見たことがないものですね。もしかして、そちらも皇女様がお作りに……？」

「皇女様が、今の社交界での流行をつくっているとお聞きしてはいましたが、本当にその通りのようですね。……一体、どうやったらそのような柔軟な発想が思い浮かばれるのですか？　是非とも私にも詳しく聞かせてもらいたいです」

と、答える間もなく、矢継ぎ早に夫人達から、声が降ってくる。

「皆様、皇女様にお会い出来て嬉しいのは分かりますが、あまりそう、矢継ぎ早にお話しされるものじゃありませんことよ。皇女様の年齢を今一度、お考えください。……どう言えばいいのか分からずに、困ってらっしゃるでしょう？」

そうして、彼女達の言葉に、一人、どういうふうに答えればいいのかと戸惑っていたところで、侯爵夫人が周囲の人達を窘めてくれるのが見えて内心でホッとした。

貴族の笑顔と、言葉の裏に隠された本音を読み取ること自体、苦手な私は、あまり自分に自信がないけれど。

彼女達が今、私にかけてくれた言葉に関しては、とりあえず、そのままちゃんと言葉通りの意味として褒めてくれているのだろうとは思う。

……というのも、ここに来る前、沢山の貴族から手紙と共にプレゼントが贈られてきたこともあって、一度、侯爵夫人に手紙の返事をする前に、事前にお父様に、侯爵家からのお誘いがあったので、行った方がいいのかと確認してみたら。

（あそこは、子どもは息子しかいなかったはずだが？）

と、最初は、難色を示されたのだけど。

そうではなくて『夫人からのお誘いで……』と伝えたところ。

（……一体、エヴァンズ家は何を考えているんだ？　お前一人で行くには年齢的なものがあるだろう？　……私もお前について行こうか？）

と、珍しく私のことを気にかけてくれた様子のお父様からそう言ってもらえて……。

母親が一緒に来るのならまだしも、お父様が来ることなど向こう側も想定していないはずだし、しかも、お父様はそんなことをする暇もないくらい、普段から政務に追われていることもあって。

ただでさえ仕事人間のお父様を、そんなことで振り回すことなど出来る訳もなく、やんわりと断れば、少し考えて、私が殆ど自分の身の回りのものを売ってしまっていたせいもあるのか。

（……新しくドレスを新調しなさい）

と言われて、今日この日のために、またデザイナーを呼ぶことになってしまった。

ローラにプレゼントを贈る時はあれほどこだわった洋服作りも、自分の事になると途端に億劫な気持ちが勝って、何でもいいと伝えたんだけど。

（そんなことを仰らずに、是非、皇女様のアイデアをお聞かせくださいっ！）

と、デザイナーさんから鼻息荒く言われて、私は、あまり派手にならない程度に、今日この日のために、ドレスを作らせてもらうことにした。

巻き戻し前の軸の時はお母様が好きだったこともあって、お母様のことを真似て、派手な感じの衣装を身にまとっていることが多かったんだけど。

自分にどんな服が似合うのかは、自分が一番よく分かってる。

どちらかというのなら、派手派手しいドレスよりもシンプルで落ち着いた色合いのドレスの方が似合うことも……。

そうして、巻き戻し前に幾つか流行ったデザインを組み合わせながら、オリジナルドレスを提案すれば。

それまで、私の話を黙って聞いていたデザイナーさんは、暫くしてからもの凄く笑顔になったあと、前回と同様に……。

(皇女様っ、このデザイン案を是非とも、うちの店でまた取り扱ってもいいでしょうか？)

と言ってきた……。

前回は、完全にローラに宛てたものだったから、侍女用のものを作ったのだけど。

それが、格式の高いクラシカルなもので、シンプルな中にも気品や高級感を醸し出していることから、ドレスにも転用したところ……。

直接的な華やかさをあまり好まないような年齢層の高い貴族の夫人達から『主張しすぎずとも、大人な気品を出すことが出来る』と、爆発的な人気が出たみたいで……。

完全に自分のオリジナルではない上に、給仕服から、ドレスに転用している辺り、どう考えてもこのデザイナーさんが優秀なだけで、私が褒められるようなものではないから。

ちょっとだけ複雑な気持ちになりながらも、使うことは好きにしてくれたらいいので、それに了承すれば……。

（皇女様のその発想を無料で頂くのは創作者としては、やはり気が引けますので。前回の分とそして今回の分も合わせて、利益が出ましたら、その三十％を皇女様にお支払いします！　早速私と、契約書を交わしましょう。……それから、何かを思いついたら是非これからも、皇女様のそのデザインを私にお聞かせください！）

と、ぐいぐいと迫られてしまった。

思わず、その迫力に耐えきれずにこくりと頷いた私は、ウキウキ気分で帰っていったデザイナーさんに、どっと疲れたんだけど。


「申し訳ありません、皇女様……。私達のような年齢の高い者よりも、同年代の方達とお話された方が皇女様も気楽でしょうし、本来ならばそういった席を用意するのがマナーだとは分かっては、いたのですが。……それでも、最近飛ぶ鳥を落とす勢いで人気の新進気鋭と名高い、マダムジェルメールのお店で、皇女様考案のデザインが大人気になっていて、新しく作ってもらうには予約すら取れないと、社交界では、今、もっぱらの噂でしたので。ここにいる皆が皇女様のお話を聞きたいと望んでいるのです」

と、侯爵夫人に言われて、私は内心で安堵していた。

——自分の場違いさは、自分でも理解している。

御茶会に誘われても、そもそも自分からどういう話題を話せばいいのか分からなかったし……。

流石に、貴族同士の御茶会で、館までは従者を連れてくるのは許されてはいるものの。

きちんとした席についたなら、従者とは離されてしまう。

(招待してくれた貴族のことを、信用していないことにも繋がりかねないから……)

——逆を言えば、それで何かトラブルがあったなら、主催者側に責があることになる。

こういった御茶会はお互いに、ある程度の信頼関係があるのが前提のもと、成り立つものだ。

だから、セオドアも、ローラも何かあった時のために、今は別の部屋で待機してくれていて、そのことに少し心細い気持ちになっていた。

ここへ来るまでは、自分の髪色のこともあって、周囲から一体、どんなふうな目で見られるのか不安で仕方がなかったけど。

私の予想に反して、思いのほか好意的な視線が多くて、本当に良かった。

(まさか……。洋服のデザインがきっかけで、自分が御茶会に呼ばれるなんて思わなかったけど)

デザイナーさんから直接、ローラの給仕服をドレスに転用して、それが社交界でも話題になって沢山の人達から人気になったと事前に聞いていなかったら……。

多分、今もあの、膨大なプレゼントの中の手紙に書かれていた内容の大半が理解出来ていなかっただろう。

「それなら、よかったです……」

夫人達に囲まれた中で、一人、ホッと胸を撫で下ろす私に。

「それに、お会い出来て本当に良かったですわ。……世間で言われているような方ではなく、お話してみると、皇女様がとても礼節を持って接することが出来る御方だということが、こうして分かりましたもの」

と、侯爵夫人が、続けて私に声をかけてくれた。

私の表に出ている情報は本当に全くと言っていいほどに碌なものがないから、多少、色眼鏡で見られることは覚悟していたけれど。

それに対して、私はどこまでも苦い笑みを溢すしかない。

……十六歳まで生きてれば、流石にマナーも覚えられるようになる。

巻き戻し前の軸、物覚えの悪い私が……。

(皇女様、違います！　本当に何度言ったら分かるのですかっ！　同じ歳のころ、二人の皇子様はもう、全てを完璧にマスターされていましたよ？　特に、第一皇子様の素晴らしさをもう少し見習っていただきたいものです！)

(あれだけ言ったのに、まだ、これだけしか出来ないのですか？　はぁ……本当に、皇女様は、何をやっても不出来なのですね。……ここまで教えて出来ないだなんて、やはり、どう考えても、血の問題が関係しているとしか思えません。二人の皇子様が皇族の証しである金を持つ優秀な遺伝子であることに対して、あなたのその髪色ではねぇ)

と、お兄様達と比べられて、どれほどマナー講師から怒られたことか。

多分、教える方もそもそもが、嫌々だったのだと思う。

何をしても当たりが強くて、出来ない度にドレスに隠れる足を鞭で打たれて。

――ぽろぽろ、泣いて、もう嫌だって、叫んで……。

呆れたマナー講師が部屋から出ていったあと、それでも一生懸命、言われたことを繰り返して。

でも、出来なくて……。その繰り返し。

誰も見ていないところで、一人きり。

何度も何度も、頑張った……。

だけど、言われたことが出来るようになっても、周囲からしてみれば、それは当然のことであり、私はいつだって、二人の皇子と比べれば出来損ない。

（ここまで教えて、これだけしか覚えていない）

と、周囲からは、いつだって、そんなレッテルを貼られてしまっていた。

今の軸では、マナー講師は来ていないけど、それは別に特別なことじゃない。

巻き戻し前の軸も誘拐事件が起こる前は、普通にマナー講師がついていたけど、お母様がああなってしまってから、暫く私には家庭教師と名の付く人はつかないように免除されていたのだと思う。

多分、ロイが診断書に……。

（まずは身体を治すことが先決なので、皇女様には暫くはつけないように）

とでも、書いてくれたんじゃないかと、今回の軸で初めてそのことに合点がいった。

別に身体も、精神的なものも、特になんともないんだけど……。

ローラも、ロイも、お母様のあの事件以降、私がもの凄く辛い思いをしたんじゃないか、と思っている節がある。

巻き戻し前の軸の時は、確かにお母様が亡くなってすぐの情緒は安定していなかったけど。

今は、それら全てが仕方がないと思っているし。

『私が私である以上』色々なことを受け入れることが出来ている。

「お褒めいただき、光栄です」

何度も繰り返し、繰り返し、練習したことで。

今ではすっかり身についてしまった所作で、私は侯爵夫人に礼を言った。


……それから。

私の予想に反して穏やかに進んでいたお茶会の時間も、中盤に差し掛かり。

それまでの間に、巻き戻し前の知識をフル活用して『これからやってくるであろう、最新の流行』を、質問された内容に従って、いっぱいいっぱいいっぱいになりながらも、その場の空気を壊すこともなく答えられていたのだけど。

和やかに交わされる会話にも、なんとか私でもついていけるようになった頃……。

不意に、隣に座っていた夫人が……。

持っていたティーカップを、テーブルの上に落としたのが見えた。

ゴト、という鈍い音から、まだティーカップの中に残っていた紅茶が、じんわりとシミを作るように私の方へと流れていく。

「……っ、」

……あっという間の出来事すぎて、私が何かを言うことすら出来ない間にも、それは机の端を伝って、ぼたぼたと、私のドレスを汚していってしまった。

「まぁっ。……まぁ、まぁっ！　やだわ、私ったら、何てことをっ！　ごめんなさい、皇女様。折角、皇女様がお作りになったというドレスですのにっ！」

そうして、隣に座っていた夫人が慌てたような仕草で、此方をみて謝罪してくる。

「大変、直ぐにタオルを持ってきてっ！」

侯爵夫人が、控えていた侍女にそう伝えてくれると……。

直ぐに、侍女は動いてくれたんだけど、私のドレスにべちゃりと染みついた紅茶が直ぐに取れる訳もなく。

「皇女様、火傷はしていらっしゃらないですか？　あぁっ、私ったら、本当に、どうしましょうっ。侯爵夫人、洗面台があるところはどこですか？　私が責任を持って皇女様をお連れしますわ」

「……ええ、それならお願いしようかしら。皇女様とボートン夫人を、案内してあげて」

それから直ぐに、きちんと対処した方がいいだろうということで。

侯爵夫人に言われて、控えてくれていた侍女がこくりと頷いたあと「……此方です」と、私達を先導してくれる。

そうして、案内された洗面台についたあと……。

「あなたは、もう大丈夫よ、ご苦労さま。一度案内していただければ、私でも帰りの道は分かるから」

と、私のドレスに紅茶を溢してしまった夫人が、侯爵家の侍女に向かって声を上げた。

一瞬、主人の命令ではないことに躊躇った様子だった侍女は、けれど直ぐに目の前の夫人の言うことに従い「承知しました」といって、引き下がった。


……それから、幾ばくも経たぬうちに。

こちらへと振り返った、その人の表情は……。

さっきまでの心配そうな顔も、こちらへと謝罪するようなそんなものではなく。

――くすり、と、嘲るような、どこまでも歪な笑みを浮かべていた。

(……嗚呼。この表情は、どこまでも、見覚えのある、顔だ)

そこで初めてこの状況が、目の前の夫人によってつくり出されたものだと悟る。

「あらまぁ、本当に大変ね？　こんなにも汚れてしまって。……早く綺麗にして差し上げないといけませんわね、皇女様」

そうして、何の感情も湧かないような、心が一切こもっていない、その声で。

私を見て、そう言ったあと……。

洗面台に置いてあった、石けんを入れておく器から、石けんだけを取り出して、それに水を汲んでから……。

彼女はなんの躊躇いもなく、それを、私にぶっかけた。

……ぱしゃり、と水の跳ねる音がして。

量自体はそんなに多くないにしても、胸をめがけてかけられた水滴がぽたり、と地面に向かってしたたり落ちていく。

「……あら、あらっ。濡れ鼠みたいで素敵ですわ。どこぞの赤鼠が、よくも、こんな神聖な場所に来られましたこと」

くすり、と歪に嗤いながら、悪意だけを表情に映し出した目の前の夫人は。

大人気ない表情を全く隠すこともなく私の事を見ながら、けれどその口調はどこまでも、小さな子どもに言い聞かせるように。

「確かに皇女様のセンスは素敵よっ。けれど、あなたが私達に認められているのはそのセンスだけ。いいかしら？　穢らわしい血が入っているあなたのことを、本当の意味で認める人間などいないことを、あなたは知らないといけないわ」

――ねぇ、そうでしょう？

と、言ってくる。

（……変化球で、こんなのが飛んでくることは、全く予想してなかった、な）

決して胸から上へ水が飛んでこないことも、目の前の夫人の計算ずくの行動なのだろう。

御茶会の会場へと戻ったとき、私の髪や顔が濡れていたらそれだけでおかしいと思われるだろうから。

それから、もう一度、『私の事を思って言っている』という体を一切崩すこと無く。

「子どもの考えたデザインに、今は物珍しくて、みなが好奇心から集まっているだけなのよ。優しいから誰も仰らないの、もう十歳にもなられる皇女様なら、分かるでしょう？　それともそんな簡単なことすら、理解出来ないのかしら？　全く、烏滸（おこ）がましいにも程があるわ。……侯爵夫人は気位の高い素晴らしい御方です。彼女に呼ばれたという事はとても名誉なことであり、一流のレディーであることの証し。その御茶会は誰もが夢見る場所よ？　本来なら、あなたはこの場所にくることすら出来ない人間だということを思い知りなさい」

と、そう言ってから、どこまでも嘲るようにその口角を上げて私に向かって笑みを溢す。

本気でそう言っているのだろう、ということはその表情から直ぐに読み取れた。

……この人にとっては、赤い髪をした忌み子の私に『正論を言ってやった』という感覚でしかないのだろう。

一応、皇女である私に対して、自分だけが、子どもを叱るみたいに正しいことを伝えられる。

……という、ある種の、正義感でもあるのかもしれない。

其処（そこ）に、ほんの少し交じる、優越感。

でも、私にとってこんな言葉は、最早、普段から聞き慣れていると言ってもいい。

――私に対して、そういう事を言う人達は、いつだってそんな表情を浮かべてくる。

あまりにも慣れ親しんだ侮蔑の表情と言葉の羅列に、傷つくことも最早、なくなっていて。

ぽっかりと穴が開いてしまったかのように、無くした感情に何の感慨も抱くことなく。

私は、目の前で私のことを馬鹿にしてくる人を、ただ真っ直ぐに見つめて、薄く笑みを浮かべた。

「……っ！　なにを、わらって、いる、のっ？」

「ご忠告、痛み入ります。……私よりも長く生きてらっしゃる夫人のお言葉です。きっと、人生経験が豊富でいらっしゃるはずですから、有り難く、これからは、その言葉を心に刻んで生きていきますね」

「なっ、なに、をっ……」

私から、そんな言葉が降ってくるとは欠片も思っていなかったのか。

……彼女が予想していた反応は、私が泣くことか、それとも、怒ることか。

——癇癪を引き起こすことを、狙っていたのか。

御茶会の会場に戻ったあとで、そんな、私を周囲の人に見せびらかして。

……どちらにせよ、浴びせられる幼稚な言葉に、こちらも同じ土俵に上がる必要なんて全く無い。

『私がこれだけ手を尽くしたのに、皇女様は、礼節も何も弁えていないのよ』ということを伝えたかったのか。

私は、真っ直ぐに目の前の夫人の瞳を見ながら、そう声に出した。

「……ヒュー、カッコイイっ……！」

……其処へ。

唐突に、その場には場違いとも思える、口笛、一つ吹いたような音がして、そちらに視線を向けると。

銀の長い髪を無造作に一つに束ねた男の人が、洗面所の入り口にある壁に寄りかかり、涼しげな

表情で私とボートン夫人のことを見ていた。

「なっ、なっ……」

その男の人を確認した瞬間、一気に夫人の表情が青ざめていく。

「……る、ルーカス様っ！　こ、これはっ、あの、違いますっ！　こ、皇女様のお洋服を綺麗にしている途中でしたのよっ」

「ふっ、ははは！　自分の表情、その鏡でよく見てみれば？　すげぇ、醜い顔してんの、丸わかりだよ、ババア」

途端、冷や汗を垂らして焦りながら、取り繕ったように声をあげる、夫人に。

銀色の髪をしたその男の人は口元に笑みを湛えたまま、心底楽しそうな声を溢しながら、あからさまに嘲笑したあとで、夫人のことを罵（ののし）った。

「……なっ！」

「あーあ、イケないなぁ……。人様ん家で、誰が見ているかも分からないところで、そんなことしやがってたら、ほら……、俺にこうして見つかっちゃってんじゃん。そういうことはもっと上手くやらないと。……どう考えても、皇女様の方が、あんたの何倍も大人なの、見て分からない？」

夫人に、ルーカスと呼ばれたその人が、お世辞にも綺麗とは言えない言葉を、はっきりと、そう口に出しながら、どこまでも愉快そうな顔をすれば、夫人はもう何も言えなくなったのか、パクパクと、口を何度か動かして……。

「……こ、これはっ、そのっ」

と、しどろもどろになりながら、単語にもなっていない言葉を紡いでいく。

「……まっ、そんなことは、関係なく。……どっちにしろ、もう、あんた、終わりだけどね」

そうして、少しだけ目を細めながら、はっきりとそう声に出した男の人は……。

視線を私達から逸らしたあと、すぐに、自分の横にいる人影へと向けた。

それから……。

ルーカスと呼ばれた人の視線を受けて、その人影が、私達の目の前に姿を現した瞬間。

「……ウィリ、アム……殿下っ！」

夫人が大きく目を見開いて、驚愕したように声を出したのが聞こえてきて。

――いったい、いつからそこにいたのだろう？

一番上の兄の、その金色の瞳が……。

濡れ鼠になってしまった私と、夫人のことを無表情で、見下ろしていた。

……どうしてお兄様がここにいるのか、未だ全く理解出来ていない私を置いてけぼりにして。

「……皇族に対して、このような事をすればどうなるかくらい、分かっているはずだが？」

と、冷たい口調でウィリアムお兄様が夫人に向かって声を上げる。

それに対して、夫人がしどろもどろになりながらも、「も、申し訳ありません、殿下」と、焦ったように謝罪を繰り返せば。

「確か、ボートン家の夫人だったな？　皇女を蔑ろにしたこと、この件は正式に、抗議させてもらうことにする」

と、お兄様が、どこまでも冷たく、無慈悲に声を上げた。

（……もしかして、最初から全部、聞いていたのかな？）

流石に、皇宮ならまだしも、公の場で『私が貶されていたから』助けに入らざるを得なかったのだろうか。

私が、内心でそんなことを思っている間にも……。

「……そ、そんな、っ。……殿下、お待ちください。主人にだけは、このことはっ！」

「はぁっ？　あり得ない。……伯爵どころか、お前の発言そのものが、家の存続の危機であることがまだ分からないのか？」

と、夫人に対して、冷酷に声を出すお兄様の詰問は、続いていく。

私相手だし、流石に、不敬罪にはなるだろうけど、家の存続の危機とまではいかないだろう。

だけど、その脅しが効果覿面(こうかてきめん)だったのか、夫人の顔色はみるみるうちに血の気が引いて真っ青になっていく。

「……っ！　そ、それだけは、本当に、ご勘弁、を……。殿下、お許しっ、お許しくださ、いっ……！　あ、ぁ、こう、こうじょ、さまっ！　本当に、本当に、申し訳ありませんでした、どうかっ……私に、寛大なご慈悲をっ！」

「……その舌の根の乾かぬうちに。惨めにも、次は、あれほどその口で貶していた妹に、慈悲を乞うつもりか？　沙汰は追って通達されるだろう。……どんなに俺や妹に許しを乞うても無駄なことだ。それを決めるのは俺では無く父上だからな」

「……っ、ぁ」

そうして、色を失った表情のまま、がくり、と崩れ落ちるようにその場にしゃがみ込んでしまった夫人を。

けれどもう、お兄様のその金色の瞳は、興味を一切無くしてしまったかのように、一度も見ることはなく。

そのまま今度は、私に視線を向けてきた兄は、洗面台に夫人が裸のまま置いた石けんを取ると、それを水に濡らし、私の汚れた服に向かって擦りつけてくる。

突然の兄のその行動に、一瞬、本当に何をされているのか分からず、困惑したあとで。

ようやく、その行動の意味が分かって、ぎょっとしていれば……。

「……っ、全く、鈍くさいにも程がある。一体、何をやっているんだ、お前は」

「……も、申し訳ありません、お兄様っ……自分で、出来ますっ」

と、なぜか怒ったようにそう言われて、私は、謝罪することしか出来ない。

嫌われていることとくらい分かるから、なるべく事を荒立てないようにそう伝えれば……。

そんな私の目を一度ちらりと見たあとで、兄は、少し苛立ったような表情を浮かべながら。

「……今日は、あの番犬は一緒じゃないのか？」

と、聞いてくる。

番犬、という単語には、直ぐに思い当たらなかったけど。

兄が犬扱いしていたのに該当する人間が、一人いた……。

「……セオドアのことですか？　一緒に来てくれてますけど、流石に女性しかいない御茶会の場までは……」

──私の騎士を、犬扱いしないでほしい。

そう思いながら、兄に向かって、ちょっとだけ怒ったように声を出せば。

ウィリアムお兄様はわざわざ、洗面台と此方へと往復し……。

しゃがんで、私のドレスに何度も濡らした石けんを擦りつけては、自分の手のひらが水に濡れることも構わずに、私のドレスをくしゃりと自分の手で汚れが落ちるように、揉みこんでいく。

そのことに、あわあわとしながら。

「……自分で、出来ます、おにいさまっ。……手が、ぬれちゃいますっ」

と、か細く、声をあげるけど。

兄は、私のおろおろとしたその声には一切、返事を返してくれる気配がない。

「……いつも、こうなのか？」

そうして、問われた一言の意味が分からずに、首を傾げれば……。

呆れたように、はぁ、っと、小さくため息を溢されて、そのことに、びくりと条件反射のように肩が震えてしまう。

「こんなふうに。……いつも、こういう類いの言葉を浴びせかけられているのか、と聞いているんだ」

それから問いただすように聞かれた一言に、私は、暫くしてから、ようやく兄が私に何を聞きたいのか納得がいって、なるべく平常心を装いながら、声を出す。

……声は、少しだけ震えていたかもしれない。

「いえ、御茶会に誘われること自体、初めてのことでしたので。……このような場所で、こういう事を言われるのは初めてのことです」

「……こんな場所じゃなかったら、今までにも似たようなことがあったのか？」

「……え、っと、あのっ……」

「……そのようなことが、あったんだな？　一体、誰だ？」

「……え？」

「言えっ。……一体、今まで誰に、そんなことを言われたんだ？」

詰問にも近い、怒りと不愉快そうな顔を隠しもしない兄のその質問に……。

「あの、マナー、講師、とか……。今まで、仕えてくれていた侍女とか、騎士、とか。あっ、えっと、だけど今、私に仕えてくれている人達は本当にみんな、そんなことは言わないし、優しい人達ばかりでっ」

と、しどろもどろになりながらも、なんとかそれに答えれば……。

「そんなことは、聞いていない」

と、ウィリアムお兄様は、それっきり、むっつりと、黙り込んでしまった。

その怒ったような雰囲気に、ただ圧倒されて……。

（どうしよう？　何が、正解だったのか、全くわからない……っ）

と、一人、内心で困惑していると。

「うわぁ……、流石に、怖すぎじゃないっ⁉　もっと、レディーには笑顔を振りまいてやらないと嫌われるって。ねっ？　鳥籠の中の、お姫様？」

……と、どこか、呆れたような様子でお兄様に向かって声を出したあと、私に向かって声を出してくるもう一人の存在に、更に戸惑ってしまう。

「……えっと、あ、の……っ」

「うるさい、黙れ、喋るな、ルーカス。……お前のその口を縫いこんで、永遠に喋れないようにしてやろうか」

「……まぁっ、こんなにも忠義を誓っている人間に、なんて酷い言い草でしょう」

……おどけて、ふざけて、からかって。

無表情がデフォルトの兄と、こうして対等に言葉を交わしあっている。

そのことに、驚きつつも……。

この人の存在を、私は記憶の中からなんとか引っ張り出すことに成功した。

「エヴァンズ侯爵、さま……？」

「残念、その息子です、お嬢様（レディー）」

未来では、彼が侯爵家を継いでいたから、そう呼んだけど。

……そうか、まだ、継いでいないのか。

お兄様と年齢が同じだったはずだから、確か今、十六歳、だったかな？

未来では、お兄様の、側近中の側近だったはず、だ。

嗚呼、そっか……。

それで、お兄様が侯爵家に来ていたのか……。

二人の関係性を傍から見るに、皇太子であるお兄様に対し、こういう非公式のプライベートな場では、対等な言葉遣いが許されているほど……。

同い年で、気の合う友人という間柄であることはその様子から窺い知れた。

「あの、とりかご……？」

「おや？　ご存じない？　殆ど公に顔を出すことがない深窓のお姫様だからそう呼ばれていることを」

「……あぁ、なるほど。私の事を揶揄した言葉でしたか……」

「……っ、おや、これは失礼しましたレディー。そのようなつもりは一切なかったんだが」

「いえ、大丈夫です。気にしてませんから」

私の言葉に、エヴァンズ侯爵の子息だという彼の表情が一気に戸惑ったようなものへと変わる。

「……参ったね、どうも。皇女様は噂とは全く違うらしい」

そうして、やりにくそうな顔をした彼は、ぽつりとそんな言葉を口にした。

「いいえ、あまり変わってません。……我が儘だったのも、癇癪で色々な人を困らせていたのも事実ですから」

「そりゃァ、また、なんで。……どんな心境の変化で？」

「……私には、その全てが必要なくなっただけです」

そうして、問われたその言葉に口元を緩め、ふわり、と笑顔を溢せば。

納得したような、納得していないような顔をした彼は……。

「おい。いい加減、その口を閉じろ、ルーカス」

と、不機嫌そうな表情を全く隠すこともないお兄様にそう言われて、今度こそ、その口を閉じた。

その、瞬間……。

「……紅茶がドレスにかかったって聞いて来たんだが、コイツは一体どういう状況だ？　なんで、第一皇子が此処にいる？　姫、さんっ、身体は……っ」

……いつまでも、帰ってこない私のことを、誰かから聞いて心配してくれたのだろうか。

やってきてくれたセオドアが、私達の様子に、警戒しながらも、困惑したような表情を見せた。

その隣に、セオドアをここまで連れてきてくれたのか、さっき、私達をこの場に案内してくれたエヴァンズ家の侍女の姿も見えた。

そして、セオドアの姿を確認した瞬間、私のドレスのシミを落としていた兄の手がピタリと止まり。……その場から立ち上がると、もう興味を一切無くしたようにサッと私に背を向けていく。

「……この駄犬、が。……来るのが遅い」

ドンっ、と、一度セオドアの胸元を拳で叩いた兄は……。

それっきりエヴァンズ侯爵の息子、お兄様にルーカスと呼ばれていたその人を引き連れてここから、離れていく。

その間際、ルーカス、さんが……。

侍女に耳打ちするように、二言、三言、何かを話すと。……血相を変えた彼女は慌てたようにこの場から去って行った。

それと引き換えに、私の全身を見たセオドアが、慌てたように此方へと駆け寄ってくる。

「……っ！　姫さん、大丈夫かっ！」

そうして、私のドレスの惨状に息を呑むと、険しい顔をして、セオドアが自分がつけていた騎士のマントをふわりと、私の身体にかけてくれた。

そのあと、マントの端と端を、胸の前でキュッと結んでくれる。

さっき、兄が、紅茶のシミを石けんで擦ってくれていたけれど、綺麗にそのシミが落ちたとは、到底、言い難いし。

何より、胸のところがボートン夫人に水で濡らされてしまい、結構、際どく透けていた……。

まぁ、私自身が子どもだから、多少透けていても、別にどうってことないんだけど。

……だって、普通に、ぺったんこ……。

「だいじょうぶ」

「……っ！　そんな姿で……。全然、大丈夫なんかじゃねぇ、だろっ。クソっ、俺が、もっと早くに来ることが出来ていればっ。いや、そもそも、茶会の場だからって、姫さんから片時も、離れるべきじゃなかったっ……。一体、何があったんだ？　……っ、何をされ、た？」

そうして、私を心配してくれながら、地を這うような低い声でセオドアが言葉を発するのが聞こえてきた。

さっきまでの経緯（いきさつ）というか、兄と私の詳しい遣り取りまでは見ていなかったのだろう。

先日、廊下でバッタリとお兄様に会ってあんなことがあったばかりだから……。

警戒してくれているのは、言われなくても分かった。

私のことを心配するセオドアに私はふるふると首をふり、ひとまず、兄には何もされていないことを伝えたあと。

「……心配してくれて、ありがとう。ちゃんと帰りの馬車の中で話すね。とりあえず、一緒に御茶会の会場に戻ろう？　きっと、侯爵夫人や、他の方達が心配されているから、呼びに来てくれたんだよね？」

と、そう言えば……。

「……っ、分かった」

と、声に出して、まだ納得はしてくれていなさそうだったけど、それでもセオドアは、私の言葉に頷いてくれた。

……あれから、御茶会の会場に戻ったあと直ぐに、何が起こったのか全て分かっているように、侯爵夫人から、誠意が伝わるような態度で、丁寧に謝罪された。

その隣には、私達を案内してくれていた侍女が硬い表情を浮かべながら、侯爵夫人と共にその頭を私に下げてくる。

……あの時、ルーカスさんが侍女に向かって何かを伝えていたのは、事の顛末で。

そうして、彼女を通して、既に侯爵夫人にはそのことが伝わっていたのだろう。

……ということは。

どこまでも、淡々とした兄に脅されて、洗面台の前で生気が抜けたような表情を浮かべていたあの夫人の方にも恐らく誰かが行っているのだと思う。

「本当に申し訳ありませんでした、皇女様。……全ては、主催者である私の責任です」

何度も頭を下げられて、夫人からはそう言われたけど、私はその言葉に首を横に振って、大丈夫であることを伝えた。

……でも、流石にもう、私自身は御茶会どころでは無くなってしまったから、お茶会が開かれている庭園に戻ることなく、ここで失礼させていただく旨を伝えれば。

「それは勿論、当然のことです」と言いながらも、そのあとも……。

御茶会の場で心配した表情をしながら、私のことを待ってくれていたであろう、ローラとセオドアと一緒に馬車に乗るまで、それは続き。最後には……。

「直接、謝罪の品をお持ちいたします。この度は本当に申し訳ありませんでした」

と、夫人に言われて、それに対して、苦笑いをしながらも私は頷いたあと。

道中、何があったのか、セオドアとローラに事の顛末を話さなければならず。

私から話を聞いて、怒りに震える二人を宥めながら、やっとのことで、皇宮へと戻った……。

＊　＊　＊　＊

「つ、つかれ、た……」

帰ってから、直ぐにローラにお風呂に入れられた私は……。

紅茶をかけられたことを聞いたローラに、念入りに身体に火傷の痕がないかと確認されたあとで、ゆっくりと一日の疲れを癒やす間もなく。

お風呂から上がり、ダメになってしまったドレスを尻目に、緩やかな部屋着に着替えたあと……。

自室に戻って、ベッドに、ぽすん、とはしたなく身を委ねた。

帰ってきてから、ようやくつけた一息に……。

「あ、マント……。セオドアに返さない、と」

お風呂に入る前に、ベッドに置いたセオドアのマントに丁度寝転んでしまったらしい。

ふわり、とほのかに香ってくるいつものセオドアの匂いに、なんとなく安心感を覚えて。

それを、ぎゅっと握れば……。

急激に、眠気が襲ってくる……。

……慣れないことなんてするものじゃない。

ただでさえ、御茶会の場で緊張しっぱなしだったのに、お兄様には遭遇するし、あんな事件があって自分でも気付かないうちに、神経が張り詰めていたのだろう。

(早く、まんと、返さない、と……)

(でも、あとちょっと、こうしててもいいかな……)

(でも、はやく、かえさないと)

——セオドアが、こま、る……っ。

眠さがピークに達していて、ぽわぽわと、回らない頭の中でぼんやりと考えていれば……。

「アリス、聞いたぞ、大丈夫なのかっ」

バンっ！　と珍しくノックもなく、アルが私の部屋へと入ってきた。

突然のことで、直ぐに対応出来ず、ビクっと自分の身体が思いっきり跳ねてしまう。

「……あ、あのねっ？　ち、違うの、アルっ。……此はっ、セオドアが傍にいてくれるみたいで、安心するなぁって、思った訳じゃ、っ」

「……？　何を言っているのだ？」

「……ううん、なんでもないっ！」

しどろもどろになって声をあげる私に、アルが不思議そうな表情をして此方を見てきて。

一気に何処かへと飛んでいってしまった眠気に、わたわたと、ベッドの上で上半身だけ起こして何でもないように取り繕えば、アルは不思議そうな表情のまま、その首を傾げた。

「……おい、アルフレッド、せめて扉はノックしてから入ってくれ。姫さんが困るだろう」

そうして、少ししてからアルの後を追うように、入ってきたセオドアに私は心の底から安堵する。

(……よかった、普通だ)

なんとなくだけど、無意識に恥ずかしい行動をやらかした自覚があったので、誰にも気付かれなくてホッとした。

それから、私は、握っていたマントをそっと持って、セオドアに返すためにベッドから下りた。

「セオドア、今日は、マントを貸してくれて本当にありがとう」

私がマントをセオドアに手渡すと、それを受け取ったセオドアは、若干、眉を寄せて険しそうな表情を浮かべながらそれを見つめる。

そのことに、『さっきのこと、実は見て見ぬふりをしてくれているだけだったらどうしよう？』と、内心、びくびくしていたら……。

セオドアは私を見ながら……。

「こんなことくらいで、俺に、礼なんざ言う必要ねぇよ」

と、穏やかに私に向かって笑顔を向けたあと、ぽんと、頭を撫でてくれる。

（よかった。私の取り越し苦労だった……）

「それより、アリス……今日のこと、聞いたぞ」

そうして、間髪を容れずにアルにそう言われて、セオドアやローラの口から、もう既にアルにまで話が伝わっていたのかと、私は思わず苦笑してしまった。

そして……。

「……何を言われたのか大体想像がつくけど、そこまでのことじゃなかっ」

『……たよ』と、私が言い切るその前に……。

「そこまでのことじゃない、だと？　何を言っているのだっ？　その髪のことや、血がどうのなど、巫山戯たことを引き合いに出してお前のことを貶した奴がいるのだろう？」

と、アルが怒りに染まった表情で、私にそう声をかけてくる。

「……それは、……そうなん、だけど……」

アルの言葉に何も言い返せなくて、私がそう言えば。

「……むぅ、セオドアもセオドアだぞ。お前、アリスについていていながら何をやっていたのだ」

と、アルがセオドアに向かって責めるように声をあげた。

咎めるようなその一言に、セオドアが苦虫を噛みつぶしたような表情を浮かべていく。

「……ああ。その通りすぎて、返す言葉もねぇよ……っ。やっぱり、片時も姫さんから離れるべきじゃなかった……っ！」

ぎりっと、唇を噛みしめながら、後悔したようにセオドアがそう言ってくれるのを聞いて、私は慌ててそれに首を振った。

「ううん、御茶会の場であんなことになるなんて、誰も予想できなかったことだから仕方がないよ。結果的には、なんともなってないから。……ね？ そこまで心配しないで。……大丈夫だから」

「ありがとう」と改めて二人に対してお礼を口にすれば、どこか呆れたような視線でアルが私に向かってため息をついてくる。

「……身体は、なんともないのだな？」

「うん、大丈夫」

「……僕は、全然、欠片もそれが大丈夫だとは思っていない。だが、お前がそう言うから仕方なく、僕が妥協していることをお前はもっと知るべきだぞ」

アルらしい全く納得いってなさそうなその発言に、思わず私は噴き出してしまった。

『これでも、かなり、譲歩しているのだぞっ！』と言わんばかりのアルのその発言には、優しさしか込められていないことが分かるから。

笑顔で、ありがとう、と感謝を伝えれば……。

むぅ、と……。不機嫌そうな顔を隠しもしないアルは、けれどそれで引き下がってくれた。

「皇女様。レモンティーをお持ちしました。……今日は大変だったとお聞きしましたので、ホッと一息つかれるのも良いかと」

……そこへ。

タイミング良く、侍女のエリスが、扉をノックしてこちらへと入ってきてくれる。

セオドアとアルと話していた私に一度、視線を向けてくれたあと「ここに置いておきますね」とエリスが、コトン、とテーブルの上にティーカップを置いてくれる、その瞬間。

「……ちょっと、まった」

「……っっ!」

と、セオドアがエリスのその手首をガシッと掴んでいた。

(……？　セオドア？)

——普段、絶対そんなことをしないのに、一体、どうしたんだろう？

私が、セオドアのその対応に一人、困惑している中、エリスも似たように感じたのだろうか。

「えっと、何か……？」

と、もの凄く驚いた様子で、反射的に、びくりと肩を震わせ……。

どこか、張り詰めたような緊張感を滲み出したあと、戸惑うようにセオドアに向けて、恐る恐るといった感じで声を溢すのが聞こえてきた。

「姫さんは、レモンより、ミルク派だ。……それに今日は、色々あって疲れてるから、侍女さん特製のミルクティーに替えて持ってきてもらうよう、伝えてきてくれねぇか？」

(何も言ったことがないのに、どうして私がローラ特製のミルクティーが好きなことをセオドアが知っているのだろう？)

しかも、レモンよりも、ミルク派だということも知られてしまっている！

自分が、子ども舌であることを恥ずかしく思っていたら、セオドアのその対応に、エリスの瞳が動揺した様子で怯えを滲ませ、びくりと揺らぐのが見えた。

嗚呼……、ただでさえ、セオドアはセオドアのことをよく知らない人から、恐がられやすいからっ。

私のことを思って言ってくれているのであろう、セオドアのその視線に怖がるようなエリスの表情を見ながら……。

勝手にはらはら、内心で心配しながらも……。

「セオドア、ありがとう。でも、今日はエリスが折角持ってきてくれたから、それを飲もうかな」

と、私が声をあげれば。

エリスは、困ったように、私を見て、そうしてセオドアに視線を向けたあと。

「いえっ、皇女様。……私の配慮不足でした、直ぐにローラさんに聞いてミルクティーをお持ちします、ね」

と、声をかけてくれる。

「……いや、俺が、話したいことがあるから、侍女さんに伝えてくれるだけでいい。紅茶を持ってきたついでに、俺も侍女さんと話せるし。あんたも、それなら、二度手間にならなくてすむだろう?」

きっと、エリスの仕事のことも思って、言っているのだろうけど……。

如何せんセオドアは、一見すると私以外の他の人に対しては、表情の変化があまりないせいもあって、勘違いされてしまいやすい。

本当は、凄く優しい人なのだと、伝えられれば! と。

どこまでも、もどかしい思いを抱えながらその様子を見守っていれば……。

「……承知しました、そのように」

と、エリスは、強ばった表情を崩すことなく、少しだけ肩をふるふると震わせながら、そう言って頷いた。

書き下ろし番外編

みんなで
ピクニック

The reincarnated villainous princess
who truly became a witch,
Vows never to lose anyone she loves again.

眠たい目を擦りながら、ベッドから起きあがる。

古の森の砦で、初めて、魔法の練習をしたからか……。

未だ、ふわふわと目眩にも似たおぼつかない感覚と、ほんの少しの気だるさを感じるものの。

一日、目が覚めなくて、みんなを心配させてしまったあと。

ゆっくりと休ませてもらえたこともあって、身体は外へ出歩くのに、充分といっていいほど元気になっていた。

窓からは木漏れ日が差し込んでおり、今日が快晴であることを告げてくる。

チュンチュンと、賑やかな鳥の鳴き声が聞こえてくることも、ここが皇宮ではなく森の中にある建物だということを如実に表していた。

古の森に来てから、アルに出会ったり、能力の練習をしたりで、ゆっくりする時間もあまりなかったけど……。

(ここに来て初めてちゃんと、別荘で過ごしているという実感が持てているかも……)

ぼんやりとそう思いながら、私はウキウキとした気持ちで、ローラがやって来てくれる前に持ってきたドレスへと手早く着替えてしまう。

なんて言ったって、今日は普段、滅多に外に出ることが出来ない私のために……。

(こんな機会もなかなかないので、ピクニックをしに行きませんか?)

と、ローラが、声をかけてくれていたから……っ!

みんなでピクニックをするだなんて、人生で生まれて初めてのことで。

子供っぽすぎるかもしれないけれど、昨日から本当に楽しみすぎて、夜、直ぐに寝付けないくらいにはドキドキわくわくしていた。

皇宮に帰るまでは、まだほんの少し猶予があるし。

ここが基本的にシュタインベルクの皇族以外は立ち入り禁止の森であるからこそ出来ることで……。

誰かの目を気にしたりすることもなく、親しい人達と一緒に涼しい森の中でピクニックが出来るだなんて、巻き戻し前の軸の時から考えたら『夢』みたいで、本当に嬉しい。

一人、ワクワクしながら、砦の中にある自室として使っていた部屋から出れば、丁度、同じように楽しみしていたのか、隣室(りんしつ)から出てきて、私の部屋にやってきてくれたアルと……。

それから、いつの間にそこにいてくれたのか分からないけど、私の部屋の前に立ってくれていたセオドアに出くわした。

「アリス、おはようっ！　今日は、絶好のピクニック日和だぞ……っ！」

ワクワクした様子で、此方に向かって挨拶をしてくれるアルに私も「おはよう」と、弾んだ言葉を返す。

きっと、昨日『ピクニックをしないか』と、ローラから提案してもらった時……。

聞き慣れない単語だったのか、詳細を聞いたあと、それがどんなものなのか知って。

(僕も初めてのことだが、ピクニックとやらはもの凄く面白そうな行事だな……っ！)

と、子供のように喜んで楽しみにしていた様子だったから、アルも私と同じような気持ちなんだと思う。

「姫さん、おはよう。……随分早いな？　身体はもう大丈夫なのか？　体調は？」

それから、目が合ったセオドアに体調のことを心配されて……。

「心配してくれてありがとう。もう、大丈夫だよ」

と、なるべく自分の身体が元気であることをアピールしつつ。

外に出るには問題がないことを告げる。

ここで、セオドアに問題がないと思ってもらわないと……。

もしかしたらローラとロイと相談した上で、ドクターストップをかけられて。

折角のピクニックを止められてしまうかもしれないと、ほんの少し不安に感じてドキドキしていたら……。

セオドアからは、全てを見透かされたように。

「ピクニック、楽しみにしてるんだろう？　大丈夫、止めねぇよ」

と、苦笑しながら、声をかけてもらえた。

その言葉に、ふわりと微笑んで「ありがとう、セオドア」と声を出せば……。

『気にすんな』とばかりに、ポンポンと優しく頭を撫でられる。

その優しい手つきに、私自身、未だに誰かから頭を撫でられたりすることには慣れてなくて。

こういう時、ほんの少しだけ困ってしまって、どういう反応を返せばいいのか戸惑ってしまうばかりなんだけど。

セオドアは、私の髪の毛に触れるという行為を、特に厭うようなこともなく。

私のことを手放しで褒めてくれたりだとか。

慰めたりしてくれるような時に、いつもこうして自然な態度で接してくれる。

(私の髪、周りからはどうしても忌避されてしまって、嫌がられてしまうものなのに。

セオドアは触るの、嫌じゃないのかな……?)

普通の人からすると、きっと何でもないような仕草だと思うんだけど。

私にとっては、かなり重要なことで……。

『嬉しいな……』という気持ちと共に、こうやって誰かから無条件に優しくしてもらえることに。

(私自身、そんなふうに優しくしてもらえるような人間でもないのにな)

と、どうしてもちょっとだけ『申し訳ない』という気持ちが湧き出てきてしまって。

そっと窺うようにセオドアの方を見上げると……。

セオドアは、私の戸惑ったような視線を直ぐに察知して。

「うん……っ?　どうした、姫さん?」

と、どこまでも優しい表情を向けてくれる。

その表情に、心のどこかで『セオドアは他の人達とは違う』と分かっていたつもりだったんだけど。

私自身が、何よりそのことを否定していて……。

(誰からも愛されない私のことなんか、きっと誰も見てくれたりはしないだろう)

と、強く思い込んでしまっていたことに気付く。

凄く優しくて温かいセオドアのその瞳の色に、そう思うこと自体が……。

『私自身というより、セオドアに対しても凄く失礼なことだったな……』と考えを改めつつ。

よくよく考えてみれば、私もセオドアの瞳の色に関して、特に忌避感を持ったりはしていないし。

寧ろセオドアの赤い瞳は、キラキラと輝く宝石みたいで凄く綺麗だと思うから。

私の髪に関しても、綺麗だとまではきっと思われていないだろうけど。

セオドアも同じような気持ちを持ってくれていたら、凄く嬉しいなぁと、思ってしまった。

「……ううん、何でもないよ」

口元を緩めながら、セオドアの問いかけに穏やかに微笑みかけ。

しばらくの間、アルも交えた三人で私たちがそうして立ち話をしていると……。

廊下の奥の方から、私を発見したローラが慌てた様子で、パタパタとこっちに駆け寄って来てくれるのが見えた。

「申し訳ありません、アリス様っ。既に目覚められていたんですね……っ？」

私が、自分で服を着替えているのを確認したローラの顔色がほんの少し、過保護な方向に……。

まるで、本当に申し訳ないと言わんばかりに歪められたことで、私は慌ててふるふると首を横に振った。

「気にしないで、ローラ。みんなでお出かけ出来るのが楽しみすぎて、早起きしちゃっただけだから……っ！」

『そんなに焦らなくて大丈夫だよ』という意味合いを込めて、にこっと笑みを溢せば。

ローラの表情が一気に安堵の色に変わって、ホッとする。

その後ろから。

「皆さんお揃いで。……随分と早いですね？」

と、白シャツにズボンという普段はあまり見られない『清潔感のあるラフな格好』をしたロイが驚きながらも此方にやってきたのが見えた。

基本的に、お医者さんという役職に就いている人達はみんな、診療所が教会と密接に結びついている関係上、神父服の格好をしていることが殆どだから。

ロイの私服姿を見るのは、これが初めてかもしれないというくらいには貴重だなぁと思う。

無事にこうして、みんなが揃ったところで『いざ、ピクニックへ！』と、言いたいところだったんだけど。

私たちはそのままの足で、砦の中にある厨房へと全員で移動することになった。

……実は、これも今日の予定にしっかりと組み込んでいた行事の一環で。

折角ピクニックに行くのなら、持って行くお昼ご飯についてはこだわりたいと張り切ってくれたローラにアルが。

（折角なら、僕も人間の料理体験とやらをしてみたい！）

と言い出したことで。

急遽、ローラを先生にして、私とアルの料理教室を開催してもらえることになっていた。

といっても、お弁当のおかずの準備と下ごしらえに関しては、事前にローラが済ませておいてくれていて……。

私とアルはピクニックに持って行く『クッキー』を作るのに、生地から型を抜いて焼かせてもらったり。

サンドイッチ作りを手伝ったりだとか、そういう簡単なことしかさせてもらえないみたいなんだけど。

それでも、アルのその発言に便乗して……。

(私も一度でいいから、そういう事やってみたかったの……っ！)

と、張り切って声を出した時の、ローラの慌てっぷりったるや……。

(アリス様にそのようなことをさせるだなんて。……うぅ、お嬢様の侍女として、私は失格ですっ！)

なんて言うか、目に見えて分かるくらいに『くらぁっ……』と、その場で卒倒しそうになってしまったローラに、本当に申し訳なかったなと、ちょっとだけ反省してしまった。

だけど、巻き戻し前の軸の時に嵌まっていた『冒険小説』の主人公達はみんな、自給自足が基本だったし。

彼らのかっこよさに憧れて、常日頃から、チャンスがあれば、と……。

私も料理作りなど、基本的に、この身分では絶対に出来ないようなことに『いつか、挑戦してみたいなぁ』と思っていた。

それに、もしかしたら、未来でギゼルお兄様に殺される可能性を運よく回避出来たとしても。

国外追放だとか、そういう憂き目に遭う恐れだって決してゼロだとは言い切れない。

一応、サバイバル知識だとか料理の知識だとか、そういうものをほんの少し齧っているだけでも、何かが起きた時には『役に立つ』かもしれない、と思うから。

出来れば本当は、いつ何が起きても困ることのないようにと、基本的なことは全て教えてほしいと思っていたんだけど。

……ということは、流石に私を見て、

(アリス様に、下働きのようなことをさせるだなんて)

と、悩ましい表情を浮かべているローラには口が裂けても言えなかった。


それから……。

私たちが砦の中にある厨房に移動すると。

こざっぱりとした台所の上には、事前にローラが作ってくれていたお弁当の箱が並んでいた。

中のおかずに関しては、森の中で開けるまで楽しみに取っておいてほしいからと、秘密にされたんだけど。

パッと見ただけでも、ローラがいつも以上に気合いを入れて作ってくれたのだと分かるくらいには、おかずを敷き詰めることの出来る箱が幾つも置いてある。

その横に、ボールと、まな板、そして包丁が綺麗に並べて置かれているのが見えた。

ボールの中には、クッキーの生地と思われる、まだ焼き上がっていない薄黄色の丸い生地が見えていて。

恐らくまな板と包丁に関しては……。

その後ろに食パンやハム、レタス、そしてチーズなどの食材が置かれていることからも、これから私たちがサンドイッチを作るのに敢えて置いてくれているのだと思う。

だとしたらきっと、アルと私のどちらか一人は『クッキー作り』の担当で。

もう一人は包丁でパンを切って『サンドイッチを作る役目』を任されるのだろうと理解した私は、ローラが用意してくれていた、真白いエプロンドレスを着用してから……。

「ローラ、サンドイッチにするために、この食パンを三角の形に半分に切ればいい？」

と、包丁の柄の部分を持ったあと、振り返って、ローラに声をかけた。

——瞬間。

『……ひぇぇ……っ！』と、声にならない悲鳴のような声を上げたローラが……。

「あぁぁ……っ、アリス様っ！　いきなり包丁を持ってはダメですっ！　指を切ったりすると危険ですから……っ！」

と、目に見えて動揺し、あたふたと慌てたあと。

「お二人には切ったパンに具材を挟むのを手伝ってもらおうと思っていて。……食パンを切るの自体は、私がやろうと思っていたんです」

と、ローラにしてはどこまでも珍しく、おろおろと混乱したように声を出してくる。

その状況に『……そ、そうだったんだ』と。

お手伝いが出来ると張り切った手前。

早とちりしてしまったことに、失敗だったかな、と、ほんの少し気まずく思いながら、包丁を置いた方がいいのかと迷っていると。

そっと、背後から……。

「大丈夫だ、姫さん。そのまま、包丁を持っていてもいい。……だけど、頼むから自分の指は切らないでくれ」

と、セオドアが私の意思を尊重してくれるように。

後ろから抱きしめてくれるような形で……。

包丁を持っている私の手に自分の手を重ね合わせたあとで、一緒になってまな板の上に置いてある食パンを半分に切ってくれた。

その、もの凄く至れり尽くせりの対応に、ローラが私の傍にセオドアが付いてくれているのなら一安心だというように、ホッと胸をなで下ろしたのが見えて……。

……これくらいのことは、一人でも出来ると思ったんだけど。

考えてみれば、十歳の子供がいきなり何の前触れもなく包丁を持ったら『それはもう、びっくりされてしまうよね……』と、私は自分の今の行動を反省する。

そうでなくても、普段から過保護な感じで私のことを見守ってくれているローラだから、きっと私が刃物で自分のことを傷つけてしまわないかと心配してくれたんだと思う。

その後(あと)も、とりあえず『セオドアの補助付きなら大丈夫』ということで包丁を持つことを許された私は……。

セオドアの手による誘導で、目の前の食パンを三角の形に切っていくことだけに、ひたすら専念する。

一概にサンドイッチ作りといっても、五人分の量を作らなければいけないことを思えば、かなりの枚数が必要になってくるし、気を抜くことは出来ない。

ちなみにこういう時、包丁を持っていないもう片方の手は、指を切らないように握り拳を作って食材を押さえつけておくのが正解らしい。

こうすることで、次に包丁で何処を切ればいいのかというガイドの役割も果たしているんだとか。

知らないことが殆どで、どこまでも慎重になりながら、怖々と包丁を扱う私に……。

真後ろで、私に合わせて優しく手を動かしてくれていたセオドアが。

思わず、堪(こら)えきれなかったというように、くっと、小さく噴き出したような笑みを溢したのが聞こえてきて、きょとんとしたあと、振り返る。

……どうして、このタイミングでセオドアが笑ったのか分からず。

「セオドア……?」

と、戸惑いながら声に出してその名前を呼べば……。

「ああ、ほら、姫さん。……ちゃんと前見て切らないと、怪我しちまうぞ」

と、背中越しに……。

耳を擽(くすぐ)るほど近くで聞こえてきた、セオドアのその声色はどこまでも柔らかく。

まるで優しく見守ってくれるような温かい視線に、気付けばセオドアだけじゃなくて、アル以外のみんなの視線が、私が食パンを切っている姿に注目していた上に。

もの凄く穏やかな表情をしていることに気付いて、途端に気恥ずかしくなってきてしまった。

（あうぅ……っ、そんなにみんなから注目されていると、一気に恥ずかしくなっちゃうし。なんて言うか、滅茶苦茶、やりにくい……っ！）

思わず顔から火が出ちゃうんじゃないかというくらいに照れてしまって、りんごみたいに頬を染めれば。

「アリス様、食パンを切ってくださってありがとうございます。本当に上手ですっ！」

と、ローラが喜びを隠しきれないといった様子で、にこにこしながら手放しで褒めてくれる。

（私、本当に、ただ食パンを切っているだけなのに。……みんな、あまりにも大げさすぎじゃないかな？）

こうやって、お手伝いをしたことに感謝されたり、出来たことに関して褒められたり……。

そういう些細なことですら、今まで家族としてお父様やお母様、お兄様達と過ごしていた時には、経験したことのないものだったから……。

嬉しい気持ちと恥ずかしい気持ちが綯い交ぜになった状態で。

『あまり、照れている顔を見ないでほしい』と、抗議の視線を向ければ。

私の視線を、自分が笑ったことで私が怒っているのだと勘違いしたのか……。

「悪い、姫さん。……別に、悪気があって笑った訳じゃねぇんだが。その、なんて言うか、食パン一つ切るのにもあまりにも一生懸命で、ぷるぷる震えながら目の前で小動物みたいな動きをするから、つい」

という謝罪の言葉がセオドアから返ってきた。

「それって、褒めてくれて、る……？」

その言葉に、もしかしてからかわれていたりするのかな、と。

戸惑いながら声を溢した私に、セオドアは優しい表情を浮かべたまま。

「当然、褒めてる。……つぅか、可愛いって言ってる」

と声に出しながら、またぽんぽんと優しい手つきで、あやすように頭を撫でてくれる。

私自身、今までの経験から『人の悪感情』については割と敏感な方だと思うんだけど……。

良い感情と呼ばれるような人の感情については、あまりにも向けられ慣れていないから、分からないことも多くて。

『誰かの感情の機微を悟るのは、凄く難しいなぁ……』と思いながらも。

セオドアがこうして頭を撫でてくれることに徐々に慣れ始めていて、そんな自分自身に戸惑ってしまう。

(なんて言うか、初めての感情で戸惑うことだらけなんだけど……。私、こうしてセオドアに頭を撫でてもらうのが、凄く好きかもしれない)

——温かくて優しくて、まるで日だまりのようなホッと落ち着く気持ちになれる気がする。

頭の中でぼんやりと、自分が今、今までにない感情を抱いていることに混乱しつつも。

不思議とそのことが全然嫌じゃなくて、寧ろ嬉しいかもしれない、と思っていると。

不意に……。

「アリス、見てくれっ！　僕の、この型抜きしたクッキー達を……！　自分で言うのも何だが、中々、芸術点が高いと思わないかっ⁉」

という弾んだ声が、近くから聞こえてきて、私は思わず声のした方へと視線を向けた。

見れば、さっきから一人で、黙々とクッキーの型を抜く作業を頑張っていたアルが。

もの凄くやりきったような雰囲気で『ふぅ……』と、まるで人間染みた仕草で自分の前髪を手でよけながら……。

パァァアっと、その表情を綻ばせつつ、綺麗に生地からくり抜いて、均等間隔に天パンに置かれたクッキーを見せてくれた。

（もしかしてアルは、コツコツとした作業が好きなのかな？）

こういう作業一つとっても、精霊としての魔法を使えば簡単に出来るだろうに……。

敢えて、人間に合わせて一から色々と作業をして、なおかつ楽しそうな雰囲気を見せるアルに。

ロイが……。

「精霊王様は、こういった作業がお好きなんですか？　きっと、魔法を使えば簡単に出来ますよね？」

と、問いかけてくれると。

「うむ。たとえそこに無駄があろうとも。魔法を使った方が早く出来ようとも……。経験というものは何にも代えがたい宝だからな。こういうのは一度でも、体験してみることに意味があるのだ」

と、アルからは、どこまでも年長者らしい、真面目な答えが返ってきた。

そうして……。

「アリス、もう少し待っててくれ。僕が今、美味しいクッキーを焼き上げて見せるからなっ！」

と、続けて声をかけてくれたアルに……。

私も、にこにこと笑みを溢しながら『アルが嬉しそうなのが何よりだなぁ』と心の中で思いつつ
「うん。楽しみにしてるね」と声をかける。


……それから、一体どれくらい経っただろう。

サンドイッチ用の食パンを切り終えたあと。

中に挟む具材についても、ハムやチーズなどの既製品だけではなく。

簡単なものなら、セオドアと一緒に作ってもいいということで……。

初めての料理として、自分でボールに卵を割り入れ、バターと一緒にフライパンで炒めてスクランブルエッグを作るという工程もやらせてもらえた。

因みにセオドアは、自炊については『簡単な物なら、出来ないこともない』というレベルらしく。

何かを切るのは得意でも、基本的に食材に『塩とこしょう』で何となく味付けをすれば、食べられないことはない、という精神で今まで生きてきたらしい。

その言葉を聞いて、私は思わず『大丈夫なのかな……？』と、セオドアの健康面を心の底から心

配してしまった。

ジッとセオドアの身体のことを気にかけるように見つめた私に、私の考えを正確に察してくれたセオドアが、一瞬だけ苦い表情を浮かべたあと。

「今は、姫さんのお陰で、給金も跳ね上がったし。姫さんの傍にいるってだけで、毎日、食いっぱぐれることもなく、美味しいご飯を食べることが出来てる」

と、本当に感謝するような柔らかい視線を向けてくれた。

それから「自分一人で苦労しながら生きてきた時とは、雲泥の差」だとも……。

苦笑しながら声を出してくれるセオドアのその言葉には、ただただ実感が込められていて。

そういう話を聞くだけで、今まで大変な思いをしながら暮らしてきたんだろうなということが分かるから、私は、セオドアのことを思って、ほんの少しだけ胸が痛くなってきてしまった。

そうして、ロイを交えて三人で中に具材を詰めて、ハムサンドや、卵サンドなどの幾つかの種類を作り、カトラリーと一緒に専用のバスケットへ入れ終えたところで。

アルがローラと一緒に、オーブンで焼き上げてくれていたクッキーも無事に出来上がり。

ピクニックをする為の、簡単な荷物を手に持った私たちは……。

古の泉ほどではないけれど、森でお薦めの景観を見ることが出来るというスポットに、アルの案内で行くことになった。

砦の外に出て、あまりにも澄んで綺麗な空気に深呼吸をしながら、うっそうと茂っている森の中をみんなで暫く歩いていると。

目的地はそう遠くなく、私みたいな子供の足でもそんなに時間がかからずに到着することができた。

木々の間を縫って進めば、そこだけぽっかりと、森の中に開けた原っぱがあり。

それこそ時季に合わせて来れば、きっと紅葉など、四季折々の眺めが楽しめるんだと思う。

丁度、今の季節は緑が生い茂っていて、爽やかな風と共に、鳥たちの心地良い鳴き声が聞こえてくる。

ローラが持ってきてくれていた『私たちが腰を下ろすための布』を敷いて、みんなが座っても、ゆっくりと景観を楽しむには充分すぎるほどの広さがあって……。

鳥の鳴き声だけではなく、木々が揺れる優しい音や、川のせせらぎに耳を傾けながら、のんびりと過ごすには本当に絶好の場所のように思えた。

アル曰く、ここは色々な植物が生えているため、薬草などを採取するのにもぴったりな場所なんだとか。

私から見ると、どれも似ているように見える植物も、アルの目から見ると全然違って見えるのだろうか？

アルからは……。

「ここに生えている毒草などは、そう多くないとはいえ。……危ないから植物を触る時は、必ず僕に一声かけてから触るんだぞ」

と、念押しされてしまった。

それから、原っぱの真ん中辺りを、私たちがピクニックをする場所に定め、ローラが地面に布を敷いてくれている間……。

ロイが、誰でも使えるようにと、少し離れた場所にある木と木の間にハンモックを吊るしてくれるのが見えた。

「実は、普段からこういう場所に座って、落ち着いた風景の中で医学書などを読むのが好きなんです」

控えめな笑みを溢しながら、自分の趣味を教えてくれるロイに『意外な一面を見たなぁ……』と思いつつ。

私もみんなを見習って、早速、ピクニックの準備を手伝うことにした。

今は、ローラが敷物を敷いてくれたり、その上に持ってきたバスケットなどの荷物を置いてくれたりしているから……。

邪魔にならないよう、小さな籠を持って、私はアルに教えてもらったこの辺に自生しているという西洋すもも（プルーン）を採りに行く。

古の泉でアルや精霊さん達に会う前に、みんなで森の中で一夜を明かそうとした時。

ロイや馭者の人が採ってきてくれたベリーで作ったジャムが美味しくて……。

今日も出来れば、パンに塗るのにジャムを作りたい、とローラと話していたところ。

アルが『ベリー系もいいが。ジャムにするなら、この時季はプルーンがお薦めだぞ』と教えてくれていた。

サンドイッチは作ってきたものの……。

それとは別に、中に何の具材も詰めていないパンと、ローラがスコーンを焼き上げてくれていたから……。

そういう物に、ジャムやバターを塗って食べることが出来たら、きっとそれだけで凄く美味しいと思う。

この辺に沢山自生していると、事前にアルから聞いていた通り。

原っぱから少し離れただけで、プルーンの生(な)っている低木(ていぼく)が沢山見えてきた。

持ってきた籠を、地面に置いたあと……。

私はプルーンを一つ一つ、根元の部分から木を傷つけないように大事にもぎとっていく。

アル曰く、ジャムにするなら『砂糖を入れるため』そこまで気にしなくてもいいものの。

プルーンは、表面の皮がシワシワになっている方が、甘く熟(う)れて美味しいみたい。

「凄い！　いっぱい採れたね……？」

果物が木に生るなんて事も、私自身、今まで、想像したことさえ無かったけど。

こうして自分で食べるものを、自給自足で採取して、そこからジャムを作ったりすると思うと、なんて言うかそれだけで感慨深いものがある。

王都では決して出来ないような、貴重な体験だし……。

（折角だから、大切に食べたいな……）

と思いながら、一個ずつ丁寧に籠の中に入れたあと。

あっという間にいっぱいになった籠の中身を見ながら、ここまで、一緒に付いて来てくれたアルに弾んだ声を出すと。

アルも私に釣られてか。

「うむ、大収穫だっ！」と凄く嬉しそうな表情を浮かべて、一緒になって喜びを共有してくれる。

そこで初めて……。

こんな些細なことですら『嬉しい時に、嬉しいと……』誰かに一緒になって感情を共有してもらえるのって、本当に凄く幸せなことなんだな、って感じることが出来て。

私は思わず口元をふにゃりと緩ませた。

「うんっ？　アリス、突然嬉しそうな表情をして、一体どうしたのだ？」

不思議そうな表情を浮かべて、こっちを見てくるアルに。

「ううん、何でもないよ」と、声を出してから……。

私はプルーンの入った籠を抱えて、アルと一緒にみんながいる原っぱまで戻ることにした。

私たちがみんなのいる場所まで戻ると、何故かローラやセオドアにまで……。

「アリス様、何か嬉しいことでもありましたか？」

「……ん？　姫さん、そんなに、にこにこしてどうした？　アルフレッドと集めに行ってた果物が沢山採れて、嬉しくなったのか？」

と声をかけられてしまった。

（わぁぁ……っ！　私の感情、思いっきり、ダダ漏れちゃってた……っ！）

——そんなに、みんなから見て一目で分かるくらい、にこにこしちゃってたのかな……？

自分がどんな表情をしているのかは、自分では分からないため。

みんなから指摘されて、ちょっとだけ恥ずかしくなり。

頬っぺたに両手を持っていき、照れながら『かぁぁぁっ……』と顔に上がってきた熱を冷まそうとしていると。

「はうぅっ……！　見てくださいっ！　セオドアさん、アルフレッド様、ロイ！　アリス様が今日も、とっても可愛いですっ！」

というローラの黄色い歓声が聞こえてきて、私は思わず目を瞬かせる。

「……姫さんがこんなにも嬉しそうに、にこにこしてくれるんなら、ピクニックもやった甲斐があったな？」

そうして、セオドアにそう言われて……。

(何もしていないのに、ローラも含めてみんなが私のことを滅茶苦茶に甘やかしてくる)

と、思いながらも、私は気を取り直して。

『火があると何かと便利だから』とセオドアが準備してくれていた焚き火を使って、さっきアルと一緒に採ってきたプルーンでジャムを作ることにした。

一応、火傷をすると危ないということで……。

私とアルのジャム作りにはローラが付いていてくれて、作り方も含めて懇切丁寧に教えてくれる。

その間に、セオドアがジャム作りに邪魔にならない位置で水を沸騰させてくれていて。

ロイが、手際よく持ってきた陶器製のティーポットに、紅茶の茶葉を入れてくれるのが見えた。

ほかほかの湯気に……。

色々なところから、甘く優しい香りがほのかに広がって、思わずきゅうっと音を立てるくらいには、お腹が空いてきてしまう。

私たちがジャムを作り終えたところで……。

ローラがバスケットの中身と、おかずを入れた箱の蓋を取って広げて見せてくれると。

生ハムとレタスに乗せたカッテージチーズのサラダに、ナイフで削って食べる用のこんがり焼き目のついたお肉。

じゃがいものガレット。

タマネギとベーコンのマリネ。

トマトの器に、卵とお肉を詰めたファルシ（詰め物をした料理のこと）。

ナスやズッキーニなどの野菜をふんだんに使ったラタトゥイユ、などなど。

ローラからは「どのおかずも、簡単に作れる家庭料理で申し訳ないのですが」と言われてしまったけど。

何をとっても、どれも本当に凄く美味しそうで……。

思わず、この場でキラキラと目を輝かせた私は、何から食べればいいのかと選ぶのだけで目移りしてしまいそうになる。

……そこで、ハッとした。

私自身、ピクニックをするのは初めてのことだけど。

巻き戻し前の軸での経験上……。

パーティーでも、料理を卓上に並べている『立食形式のもの』は何度か経験していて。

取り皿には、綺麗に品良く見えるよう食べ物を取らなきゃいけない、だとか。

あまり取ると卑しいと思われるから気をつけなくちゃ、だとか。

皇宮でも、厳しいマナーをきちんと守らなくちゃ、と……。

ちょっとでも失敗すれば、それだけで周囲から厳しく怒られて。

必要ならば注意するために、躊躇無く、肌に食い込むようにぎゅっと爪を立てて腕を握られてしまったり。

背中を棒で叩かれたりすることで痣を作り、失望したようなため息を吐き出されていたことを思い出した。

（一番に取るべき前菜はこの中だと勿論、サラダ、だよね……？　あ、でもどうしよう？　マリネもあるっ）

ここにいる誰もが、そんなふうに怒ったりするようなことはないと分かっていても。

まるで、染みついてしまった癖のようにおずおずと周囲の様子を窺いながら……。

どのおかずを取れば一番いいのかと、一人迷っていると。

「アリス様。おかずはいっぱい作ってきたので、遠慮せず、食べたいものを好きなだけ召し上がってくださっていいんですよ？」

と、ローラが声をかけてくれて。

「よければ、私がお取りしましょうか？」

と、次いでにこにこと、何の邪気も無い笑顔を私に向けてくれた。

周りを見れば、アルなんかは既に「ふむ、これが人間の言うピクニックというものか……っ」と感慨深そうに言いながら……。

特に何かを気にする様子もなく、文字通り好きな物を好きなだけ取り皿に取って、美味しそうにもぐもぐとローラの作ったおかずを頬張っているし。

ロイも、口には出さないものの、唐突に固まってしまった私を見て『……どうしたのか』とその視線で私の様子を気にかけてくれていて。

セオドアからも……。

「姫さん、もしも遠くて取れないおかずがあったら俺が取ってやるから、いつでも声をかけてくれ」

と、凄く優しい声色で言ってもらえた。

（そっか。ここでは、あまりマナーとかも気にしなくて良いんだ）

みんなの醸し出す優しい雰囲気に『本当に、温かいなぁ……』とじわじわと嬉しい気持ちがわき上がってくる。

私自身も、ピクニックをするとローラに提案してもらった時。

（誰かの目を気にしたりすることもなく、親しい人達と一緒に涼しい森の中でピクニックが出来るだなんて、巻き戻し前の軸の時を考えたら夢みたいで、本当に嬉しい）

って、思ってたのにな……。

気付かない間に、すっかり、過去のことばかりに気持ちが囚われてしまっていた気がする。

かけてもらった優しい言葉に甘えつつも……。

「折角だから、自分で取りたい」と声に出し。

私もみんなに倣ってあまり気にせず、ラタトゥイユからお皿に盛り付けることにした。

他にもサラダやガレット、それから今日、料理のお手伝いをして自分で作ったサンドイッチも取れば、それだけで、凄く豪華なランチのワンプレートがあっという間に完成してしまった。

――ローラの作るご飯はいつだって美味しいから、食べる前からウキウキしてしまう。

生ハムのサラダから、三つ叉のフォークで取ってはむっと口にすれば……。

ドレッシングも、ローラのお手製の物だろうか？

オリーブオイルに、ペッパーとバジルの風味を利かせているのか、ほんの少しだけ香辛料の独特な辛みを感じるけど凄く美味しかった。

次に、折角だからと、あまり行儀はよくないかもしれないけど、自分で作ったサンドイッチを両手で持って、かぶりつく。

セオドア曰く、私の食べ方はサンドイッチを食べてても、同じ人間が食べているとは思えないくらい『凄く上品』だと言われてしまったけど……。

ふわふわのパンの中に挟まった卵の甘みが、口いっぱいにぶわっと広がってくる。

美味しいご飯に、のどかで美しい景色。

そして、いつだって私のことを思ってくれる優しいみんなに囲まれて食べる食事に……。

それだけで幸せな気持ちがわき上がってきて、思わずふにゃふにゃっとした柔らかい笑みが溢れ落ちてしまった。

だけど、一番嬉しかったのは……。

私の作ったスクランブルエッグの入った卵サンドを、みんなが口を揃えて美味しいと嬉しそうに声を出しながら食べてくれたことだった。

「アリス様の作ってくれたサンドイッチ本当に美味しいです」

ローラやみんなにそう言ってもらえる度に、どこかむずむずとしたような、温かくてほっこりした気持ちになれた。

普段から私もローラが作ってくれた食事に『ありがとう』と『美味しかったよ』という感謝の気持ちは伝えるようにしていたけど。

自分の作った物で誰かに喜んでもらえることが、こんなにも嬉しいことだなんて思ってもみなかった。

「ありがとう。……みんなに、そう言ってもらえると凄く嬉しいな」

にこにこと、笑みを溢しながらそう伝えると。

セオドアもローラもロイも、そしてアルも凄く優しい視線を私に向けてくれる。

……それから、暫くの間。

じわじわと照りつける太陽に、そよ風が吹いて心地のいい風を感じながら、まったりと食事を楽しんだあと。

デザートに、アルが型抜きをして焼いてくれたクッキーも、みんなで美味しく食べ終わり。

私達は「折角だから面白いものを見せてやろう」と声をかけてくれたアルの提案で……。

森の中にある、精霊さん達が住む泉ほど大きなものではないものの。みんなで食事をしていた原っぱの近くにあった、水がキラキラと反射して透明に透き通った沢にやって来ていた。

「アル、本当に大丈夫……っ？」

「うむっ！　全然、問題ない！」

パシャン、と水音を立てて、靴を脱いだアルが、平気な素振りでずんずんと水の中に入っていく。

精霊らしく白一色の洋服を着て、短パンを穿いているアルの脛くらいまでしかない水位とはいえ。

近くに滝があるし、意外にも水の流れは速いんだけど……。

特に気にした様子もなく、アルはあっという間に奥にある滝の方まで進んで行ってしまった。

「……うん？　お前達、一体、その場で固まってどうしたというのだ？　そこにいると折角の絶景が見えないぞ」

そうして、此方に向かって振り返ったアルから……。

私たちが、アルに続いて沢に入っていないことを『なぜ、こっちに来ないいんだ』と言わんばかりに、不思議そうに、きょとんとしながら声をかけられて……。

「おい、アルフレッドっ！　水の中に入る必要があるんなら、先に言ってくれ。お前、俺たちに面白い物を見せてやるって言っただけで、他には特に何の説明もなかっただろっ……？」

と、思わずといった様子でセオドアが突っ込みを入れるのが聞こえてきた。

「むっ……？　そうだったか？　ならば、ほら、今、お前達に伝えたぞ。……そう遠慮せずともよい」

それから一切の悪気もなく、私たちに向かってそう言ってくるアルに。

（ただ単純に、本当に伝え忘れていただけなんだろうなぁ……）

と思いながらも。

私自身、アルに声をかけられたことで、生まれて初めて沢の中に入るかも、と戸惑いながら……。

靴を脱いで、恐る恐る、そっと、ちゃぷんと、自分の足を水の中に入れてみた。

「ア、アリス様……っ⁉」「……っ、皇女様っ！」

私が、水の中に足を入れたことで、心配してくれたのか、驚いたようなローラとロイの声が聞こえてくる。

アルより少し背の低い私は今日、丁度、膝下くらいまでの丈のドレスを着ていて。

そのままにしていても、水にギリギリ浸からない感じではあったものの。

ドレスが濡れてしまうことを気にして……。

ちょっとだけドレスの裾を持ちあげながら、そのまま、おずおずと一歩踏み出そうとすれば。

思っている以上に水の流れが速くて、足を取られ、つるっと、滑って転びそうになってしまった。

――瞬間……。

「……っ、と、危ねぇ……。姫さん、水の中に入るなら先に言ってくれ」

セオドアが、私の背後に立って咄嗟に腰に手を回し、転ばないよう身体を支えてくれた。

「あ、ご、ごめんねっ……？　ありがとう、セオドア」

「いや、これくらいはお安いご用だ。つうか、アルフレッドの無茶振りと、急に姫さんが水の中に入ったことにびっくりしただけで、別に怒った訳じゃねぇからな？　ごめんは禁止だ」

一瞬のことだったのに、直ぐに私の行動を気にかけて動いてくれたセオドアに、申し訳ない気持ちが湧き出てしまって……。

思わず謝ると、セオドアからは『こういう時のための護衛騎士だろ』と言わんばかりに、優しく声をかけてもらえた。

そうして、危ないからと……。

セオドアには、何かあった時のために、私の後ろを付いて来てもらえることになったんだけど。

バランスを見ながら、セオドアが私を支えてくれていた腕を、そっと離してくれたことで。

……今、一人で、きちんと水の中に立って歩けているということに。

——何て言うか、本当に凄く感動してしまった。

「凄いっ……！　私、今、水の中を一人で歩けてる……っ！」

あまりにも嬉しくて。

自分でもびっくりするくらい、はしゃいだような声が溢れ落ちた。

一歩進む度に、パシャ、パシャッと音を立てる水の音と、その冷たさが心地よくて。

……私自身、今まで殆ど皇宮から出られなかった境遇もあって、こういうことが出来ると、凄く自由になれたような気がしてくる。

私が嬉しそうにしていると、みんなが喜んだような、嬉しそうな表情を向けてくれて……。

それだけで、ぽかぽかとした幸せな気持ちになれた。

「それで？　アルフレッド。……わざわざ、全員を滝の近くまで呼んで、一体何をするつもりだ？」

何とか、私たちが全員水の中を歩いて、滝のある場所までたどり着くと。

セオドアが、ほんの少しだけ眉を寄せながら、アルに対して何をするつもりなのか、と声をかけてくれた。

「ふむ、まだ、どうなるかは分からぬが……。皇宮で暮らすことになれば、人間に合わせなければならず、気軽に魔法は使えなくなるのであろう？　その前にお前達に、簡単ではあるが僕の魔法を見せてやろうと思ってな」

セオドアの言葉を受けて……。

どこか得意げな雰囲気を醸し出しながら、アルが私たちに向かって声を出してくれる。

昨日……。

（皇宮に帰ることになったら、お父様にはアルの存在を伝えなければいけないことになると思う）

という話をしたら、アルの方から……。

（ふむ。人間のルールというものはよく分からぬが、僕が気軽に魔法を使ったことが、誰かに見られてしまうと、あまりよくはないのだろう？　子供達の存在が悪い人間に見つかって、公になる訳にもいかぬし、慎重にしなければいけないな）

と、言ってくれていた。

確かに、アルの言うとおり。

王都に戻った後に、もしも、アルが気軽に魔法を使ってしまえば、混乱を招きかねないし。

お父様も絶対にいい顔はしないだろう。

……アルの精霊としての凄さが分かれば、もしかしたら私からアルという存在を取り上げようと画策してくるかもしれない。

皇宮に帰ることを考えれば、今からどんよりと、それだけで気が重くなってしまったんだけど。

その気持ちを、振り払うようにして。

「アルの魔法……?」

と、問いかけるように声を出せば。

アルは、私の方を見て「うむ」と満足げに声を出し、笑顔を向けてくれた。

……精霊の使う魔法というと、魔女達とはまた勝手が違ってくるだろうし。

(何かの詠唱みたいなものが必要になってくるのかな?)

と、巻き戻し前の軸に、冒険小説とかを読んでいた私はそう思っていたんだけど。

特に、そういう凝ったような台詞などは、口にすることもなく。

アルが、パッとその場で手をかざしただけで。

下に向かって落ちていたはずの滝から、水がこぽこぽと音を立てて……。

……気付いたら。

――あっという間に、中に空気を含んだ繊細なまでの水の泡が、滝を介して、幻想的にこの場に一斉に舞い上がるようにして飛んでくるのが見えた。

「わぁぁ……っ！　これが、アルの魔法なのっ？　凄く、綺麗……っ！」

「うむ。簡単な水魔法だがな。……僕達は、これを、シャボンと呼んで親しんでいるのだ」

アル曰く、別に沢の水などを利用しなくても、水魔法で、水と一緒に細かい泡をその場で作ったりも出来るとのことだったんだけど。

流石に、さっきの原っぱでやると……。

その周辺一帯が水でビショビショになってしまうから、魔法を使う場所を選んでくれたみたい。

ぷかぷかと空に浮かぶ空気を含んだ水の泡は、手で触った瞬間、儚くパチンと弾けて消えていく。

……滝を使って、アルが魔法をかけてくれたことで。

その場に、小さな虹がかかり……。

それもまた、この場で幻想的な雰囲気を醸し出すのに一役買っていた。

「……精霊達(子供達)は水遊びが好きなのでな。たまにこうやって、僕の魔法を使ってやると、もの凄く大はしゃぎしてくれるのだ」

ぶわり、と心地のいい爽やかな風が吹き抜ける。

ひらひらと、風に靡(なび)くドレスに……。

『水遊び』という単語をアルから聞いて、うずうずとした気持ちが抑えられなくて。

控えめに、パシャッと、水を掬(すく)って私の周辺で飛ばすと……。

キラキラとした水のしぶきが飛んでいく。

（どうしよう？　私、今、凄く楽しい、かも……）

ずっと皇宮内という場所に閉じ込められて、外に出ることも禁止されていたから。

私自身、子供の頃に絵本で見た外の世界というものに人一倍、憧れていた。

私にはあまりにも分不相応すぎて、こんなふうに特別なことは、もう二度と起きないかもしれないけれど。

『また一つ、夢が叶ったなぁ』と思いながら、下を見れば……。

小ぶりの川魚がふよふよと泳いでいるのが見えて、その姿を観察するのだけでも、あっという間に時間が経ってしまいそう、と、ドキドキしてくる。

（このお魚さんは稚魚（ちぎょ）なんだろうか、それとも、この姿が既に大人の姿なのかな……？）

アルの作り出してくれた非日常とも思える幻想的な景色の中で、色々な物に目移りしそうになりながら、あっちを見て、こっちを見て、とひとしきり楽しんだあと。

「ねぇ、みんな、見てっ。変わったお魚さんが泳いでるよ。……これは、何て言うお魚さんなのかな？」

と、振り返って、問いかけるように声を出せば。

……何故か。

「……っ、何なんだ、アレは。本当に、俺と同じ生き物か？　見てて、全く飽きそうもないんだが。言動が逐一、可愛すぎるだろ……っ」

「あぁ、アリス様が、こんなにも嬉しそうにはしゃいでおられるなんてっ！　本当に感激ですっ！」

「最近、色々なことが重なってしまい。あまりにも元気がないように感じていましたが、そんなに楽しそうにしてくださるだなんて。……皇女様に関わる者として私も凄く嬉しいです」

という、セオドアとローラとロイの言葉が聞こえてきた。

その言葉に、きょとんと首を傾げれば……。

「普段から、大人っぽくしようとして無理しなくてもいいし。こんなふうに、嬉しいことは嬉しいって、偽らずに感情を表に出してくれたら俺たちも嬉しい」

という言葉と共に……。

セオドアに優しく、首元に手を当てられて。

つい、っと、水しぶきで顔にちょっとだけかかってしまっていた水滴を拭うように、頬を親指で撫でられてしまった。

「うむ……っ！　よく分からぬが、僕も子供達のように、アリスが僕の魔法で思いっきりはしゃいで、喜んでくれるのは凄く嬉しいぞ」

その上、アルからもそう言われて……。

私は、今さっきまでの自分の言動が、周囲から、普段、全然『子供らしさを見せないこと』の反動のようなものだと受け取られてしまっていた事に、少なくない衝撃を受けてしまった。

（あうう……。中身はもう既にいい大人というか、本当は成人しているだなんてこと絶対に言えない……っ！）

——アルだけは、その事実を知っているはずなんだけど。

……嗚呼、でも、そっか。

悠久の時を生きているアルにとっては、人間の十六歳なんてまだまだ子供でしかないのかもしれない。


……暫くの間、みんながかけてくれる言葉に甘えて。

ここはもう『いっそのこと振り切って、思いっきり子供っぽく楽しんじゃおう』と。

目一杯、今の状況を堪能させてもらったあと……。

こうして、無事に私の初めてのピクニック体験は終わりを告げた。


それから、古の砦に帰った後も、しばらくは熱気が冷めないというか。

どこか、ドキドキと興奮したような気持ちが抑えきれず。

今日一日のことが、まるで夢だったんじゃないかと思えるほどに、凄く楽しいことばかりで。

料理作りに、自分で果実を採りに行って、採取したプルーンでのジャム作り……。

それから、森林浴をしながらお喋りをして楽しくみんなで食事をしたこと。

最後にアルが見せてくれた、水魔法を使っての絶景を楽しんだこと。

水遊びをして、お魚さんを見れたこと。

その全てが、あまりにも私の心の中に強く鮮明に残りすぎて……。

ひとつ、ひとつが貴重で大切なものだと、そっと、心の中に作った宝箱の中に『決して、忘れないように……』と、思い出を仕舞う。

いつだって、今日のことを思い出せば……。

――それだけで、これからどんな困難が待ち受けていたとしても、この先もずっと生きていけるような気がするから。

……それから、水遊びで濡れてしまった身体やドレスは、アルが魔法で乾かしてくれたものの。

普段とは違い、今日は外に出ていたこともあって、先にお風呂に入ったあと、少し遅めの夕食になってしまった。

砦での晩ご飯の最中も、主にアルと一緒に、今日、ピクニックをして楽しかったことを、みんながいる場で思い出すように話していたんだけど。

段々と、疲れが出てしまったのか、急激に頭が重くなり、船を漕いでくる。

ここに来る前、アルや精霊さん達と出会った直後も同じことをやらかしてしまったのに。

普段あまり外に出ない所為もあってか、十歳の身体は、想像以上に体力がないということを失念していた。

起きてご飯を食べないといけないという気持ちと、もうダメかもしれないという気持ちとがせめぎ合っていたら……。

そのタイミングで、誰かに、抱っこされたことに気が付いた。

(あ……、もしかして、セオドアが今、私のことを抱っこしてくれてるのかな……？)

困惑しながらも、眠い目を頑張って開けて、上を見上げれば、やっぱりセオドアが私のことを抱きかかえてくれていた。

そうして、優しい手つきで頭を撫でながら。

「一日、動き回って疲れたんだろう？　このまま、俺がベッドまで運ぶから、無理せず寝っててもいい」

と、柔らかい声をかけてくれて。

その言葉に甘えながら、そっと目を閉じる。

……何て言うか、セオドアの腕の中は、不思議と凄く心地が良い。

――ふわり、ふわり、と、優しくて温かい気持ちのまま、私は今日一日の嬉しい疲れを感じながら、セオドアの腕の中で心地のいい眠りについた。

あとがき

初めましての方は初めまして。

ウェブ版も読んでくださっている方は、いつもありがとうございます。双葉葵です。

今回、ご縁があって、『正式に魔女になった二度目の悪役皇女は、もう二度と大切な者を失わないと心に誓う』略して『正魔女』の書籍版をお手に取っていただき、最後まで読んでくださってありがとうございます。まさか自分が書籍を出すことになるとは思ってもいなかったため、お声がけをいただいて本当にびっくりしたのと同時に嬉しい限りです。

ウェブ版を読んでくださっている方は、もしかしたらあの時期かな、と分かるかもしれませんが、丁度、書籍版のお声がけを頂いたタイミングが、私生活の方が大変だった時と重なってしまいまして……。普段、ポジティブなだけが取り柄なのに、疲労がたまってしまっていたこともあり。担当の編集者様には二重の意味でご迷惑をおかけしたかと思うのですが、いつも優しく手取り足取り教えてくださって、私のために尽力してくれて、出版初心者の私にとっては、毎回その遣り取りに心が救われるような思いでした。

そして、そしてっ、何より、皆様、ザネリ先生が描いてくださった各キャラクターの表紙や挿絵のイラストをご覧になっていただけたでしょうか……⁉

私自身は『デザイン』が上がってきた段階で、本当に尊すぎてっ、大興奮してしまいまして、どのキャラも可愛くかっこよく素敵に仕上げてくださっていて、きっと世界中で誰より、私が一番、喜んでいると思います（表紙や挿絵まで、全てを家宝にしようと思ってます……）。

また、一介のネット小説に豪華にイラストをつけていただけただけではなく、コミカライズに関しても同時進行させていただけるとのことで、本当に光栄なことだなぁ、と思っています。

だって、漫画になったら、アリスやセオドアたちが紙面の上で動くんですよ……!?

こんなのもう、ドキドキとワクワクが止まらなくなってしまいますよねっ（笑）

（是非、発売した暁にはそちらもお手に取っていただければ幸いです～！）↑堂々と宣伝していくスタイル……！

そして、このように貴重な機会を設けさせていただくことになったのも、いつも応援してくださっている読者の皆様のお陰だなぁ、と改めて感じています。

また、いつも誤字報告をしてくださっている読者様のお陰で、改稿するとき殆ど誤字のチェックが入りませんでした……っ！　……紛れもなく、あなたが、神様です……っ！

正魔女は、私だけの力ではなく、担当の編集者様、イラストレーターのザネリ先生、そして何より、作品を読んでくださっている皆様のお力があって、みんなで作らせていただいた作品だと思っています。

誰かの手に渡って読んでいただけていると思うと、それだけで感無量ですし、少しでも、読んでくださった皆様の心の中に残るような作品になっていれば幸いです。

初めて読んでくださった方も、ウェブ版で先の展開を知っているよという方も、アリスたちの物語はまだまだ続きますので、良ければ、この先も楽しんで読んでいただければ嬉しいなぁと思っています。

そうしてまた、皆様にお会い出来ることを心より楽しみにしていますっ！

Character Profile

The reincarnated villainous princess
who truly became a witch,
Vows never to lose anyone she loves again.

Character Profile N0.1

アリス・フォン・シュタインベルク

年齢 10歳　**誕生日** 3/3（魚座）　**身長** 128cm　**髪色** 紅

髪型 腰までの長さのふわふわとした癖毛

服装 白や水色を基調とした落ち着いた色合いのシンプルなドレス

好きな食べ物 ローラ特製のミルクティー　**能力・特技** 時を司る能力

交友関係 セオドアや身近にいる大切な人達

Character Profile N0.2

セオドア

年齢 18歳 **誕生日** ？ **身長** 185cm **髪色** 黒

髪型 短髪 **服装** 隊服（アリスデザインのものがお気に入り）

好きな食べ物 アリスと作ったサンドイッチ（思い出補正）

能力・特技 身体能力が高く、人の悪意などにも敏感で、気配の察知などもお手の物。

交友関係 自分の大切なものさえ守れれば良いので、アリスにしか興味がない

Character Profile N0.3

ウィリアム・フォン・シュタインベルク

年齢 16歳 **誕生日** 10/26（蠍座） **身長** 180cm **髪色** 金

髪型 さらさらした髪 **服装** マント付きの白い隊服

好きな食べ物 珈琲と、素材の味を活かしたシンプルな物

能力・特技 帝王学を早くから学び、全ての面で優秀

交友関係 無表情で周囲から誤解され近付き難いと思われるので、少ない

Character Profile N0.4

アルフレッド

If……
時を戻す
ことができたら？

子供達や友を亡くし、遣り切れない思いもしてきたゆえ。もしかしたら、もっと早く森を出て、能力や同胞達を救う未来を選ぶかもしれぬ。だが、そうなるとアリスに出会えぬのか、ううむ、難しい質問だな。

年齢 ？　**誕生日** 12/2（射手座）　**身長** 136cm

髪色 茶色（ミルクティーっぽい）　**髪型** 目にかかるくらいのふんわりした髪

服装 精霊らしく白を基調にした服

好きな食べ物 木の実や果物など自然由来のものを使った食べ物

能力・特技 魔法全般（特に補助魔法系統）　**交友関係** 誰とでも直ぐに仲良くなれる

ちっぽけな世界が
次巻予告
弟からの嫉妬
兄の王太子の変化
2024年発売予定!

少しずつ変わっていく――
突然の婚約申込み
皇女として気持ちの変化
正式に魔女になった二度目の悪役皇女は、もう二度と大切な者を失わないと心に誓う
2
双葉葵
イラスト ザネリ

シリーズ累計
170万部
突破!
(紙+電子)
小説
第15巻
2023年
12月20日
発売!
TOKYO MX・MBS・BS11にて
絶賛放送中!!!
帝国物語
餅月 望 ―― 著
Gilse ―― イラスト
式HPへ!
原作HP
TVアニメHP

ティアムーン帝国物語
コミックス
第8巻
2024年
発売予定!
漫画：杜乃ミズ
TVアニメ
ティアムーン
断頭台から始まる、
姫の転生逆転ストーリー
詳しくは公

ほのぼのる500シリーズ

原作

10巻

イラスト：なま

2024年 1/15 発売!

※5巻書影

コミックス

6巻

漫画：蕗野冬

2024年 2/15 発売!

ジュニア文庫

5巻

イラスト：Tobi

2024年 1/15 発売!

スピンオフ

2巻

漫画：雨話

2024年 1/15 発売!

TOKYO MX・ABCテレビ・BS朝日にて

2024年1月よりTVアニメ

放送開始!

※放送は都合により変更となる場合があります

◀◀ 詳しくは公式サイトへ

正式に魔女になった二度目の悪役皇女は、もう二度と大切な者を失わないと心に誓う

2023年12月1日　第1刷発行

著　者　**双葉葵**

発行者　**本田武市**

発行所　**TOブックス**
〒150-0002
東京都渋谷区渋谷三丁目1番1号　PMO渋谷Ⅱ　11階
TEL 0120-933-772(営業フリーダイヤル)
FAX 050-3156-0508

印刷・製本　中央精版印刷株式会社

ISBN978-4-86794-006-8